스타일 북 두 번째 이야기

초판 1쇄 인쇄 2008년 5월 21일
초판 4쇄 발행 2008년 6월 5일

글·그림 서은영
발행인 전재국

본부장 이광자
주간 이동은
편집팀장 유영준
편집 김표향
미술팀장 팽현영
마케팅실장 정유한
마케팅팀장 정남익
제작 박순이
디자인 designmorris

발행처 (주)시공사
출판등록 1989년 5월 10일(제3-248호)
주소 서울특별시 서초구 서초동 1628-1(우편번호 137-879)
전화 편집 02-2046-2854   영업 02-2046-2800
팩스 편집 02-585-1247   영업 02-588-0835

ISBN 978-89-527-5212-3 03810

값은 뒤표지에 있습니다.
파본이나 잘못된 책은 구입하신 곳에서 교환하여 드립니다.

스타일 북

두 번째 이야기

Style Book²

스타일과 사랑에 빠진 여자
서은영의 스타일 에세이

시공사

여자가 아름답기 위해서 필요한 것은
블랙 스웨터 한 장과 블랙 스커트,
그리고 옆에 있을 사랑하는 남자 하나 뿐이다.
__ 이브 생 로랑

스타일에 관한 두 번째 이야기를 시작하며

사실 두려웠다. 윤주와 나는 첫 번째 《스타일 북》이 성공했을 때 처음에는 그저 기뻤고, 신기했고, 신이 났었다. 그러나 시간이 지나면서 그 감정은 점차 부담스러움과 창피함으로 바뀌었다. 하고 싶은 이야기를 반은커녕 제대로 시작하지도 못했는데 이런 사랑을 받아도 되는지 싶은 생각에 민망하기까지 했다. 여우주연상을 받은 여배우가 두 손으로 입을 가린 채 "이런 큰 상을 받게 될 줄은 생각도 못했어요. 제가 이런 사랑을 받아도 될까요?"라며 울먹이는 제스처가 모두 거짓은 아니라는 생각까지 들었다.

그런 내게 《스타일 북, 두 번째 이야기》를 내자는 제안이 왔을 때, 나는 그것은 정말 말도 안 되는 이야기라고 생각했다. 최근 패션이나 스타일에 관한 책들이 우후죽순 쏟아져 나오는 가운데 윤주 없이 책을 내야 한다는 사실이 부담스럽기도 했지만, 그보다는 누군가에게 내 이야기를 들려주는 것에는 참으로 많은 정성과 진실이 필요하다는 사실을 깨달았기 때문이다.

그러던 내가 《스타일 북, 두 번째 이야기》를 쓰겠다고 마음을 다잡게 된 이유는 다름 아닌 《스타일 북》을 읽은 많은 독자들이 보낸 응원 때문이었다. 독자들이 내게 보낸 이메일이나 홈페이지 방

명록에 남긴 편지들을 읽으며 얼마나 가슴이 벅찼던지. 늦은 밤 일에 지쳐 집에 들어와 글을 읽으며 눈물을 흘린 적도 있다. 자신의 꿈이 생겼다는 어린 초등학생과 여고생들, 멀리 타국에서 보내 온 젊은 주부의 응원, 패션이 뭔지는 몰라도 자신을 꾸미는 것이 중요한 것 같다며 내 전화번호까지 찾아 직접 연락을 주신 연세 지긋한 방송국 국장님, 런던에서 우연히 만나 코벤트 가든의 작은 찻집에서 많은 이야기를 나누었던 유학생들, 뉴욕의 서점에서 책을 샀다며 기뻐하던 교포 여학생, 잘못된 점을 지적해 주고 또 열심히 하라고 응원해 주신 많은 분들……. 이 모든 분들에게서 나는 힘을 얻었고, 이렇게 얻게 된 기쁨을 나만의 행복으로 여기며 멈춰서는 안 된다는 생각을 하게 되었다.

사실 내 말이 모든 스타일을 대변하는 것은 아니다. 또한 내가 입은 옷이 무조건 정답도 아니다. 우리가 무엇에 대해 이야기할 때, 거기에는 여러 가지 선입견이나 굳어진 습관에서 비롯된 생각이 개입될 수 있기 때문에 모두 옳다고 말할 순 없다. 단지 내가 옷을 즐겁게 입고 사랑하면서, 거기에서 울고 웃고 화내고 좌절하고 다시 용기를 얻고 하는 과정을 통해 깨닫게 된 '스타일'에 대해 진심을 담아 들려주고 싶은 것뿐이다. 피카소는 "눈이 아닌 마음으로 본 것을 그림을 통해 이야기한다"고 말했다. 나 또한 눈이 아닌, 마음으로 본 '스타일'을 이야기하려고 한다.

내게는 사랑하고 존경하는 두 여인이 있는데, 바로 어머니와 이모다. 이모는 현명하고 강한 분이다. 평범한 주부지만 이모의 행동은 언제나 비범하다. 한사코 거부하는 데도 방송국에서 인터뷰가 들어올 정도로 평생 봉사 활동을 많이 했는데, 지난해엔 로마 교황청으로부터 감사패까지 받았다. 어머니는 막내딸답게 적당히 철없고 꿈 많은 소녀 같지만, 어떤 시련도 굳건히 견뎌 낸 '굳세어라, 금순이' 같은 여자다. 이 두 사람은 상반된 취향을 가지고 있으면서도 언제나 열정적이고, 소녀처럼 꿈을 꾸며, 아름다움에 대한 호기심이 크다. 담백하고 멋스러운 예술적 감성을 지닌 이모는 빨간 벽돌 이층집을 작은 갤러리처럼 꾸미고, 옥과 은으로 세공된 보석을 즐겨 하며, 베이지와 카키색을 죽도록 좋아하는 영원한 '홍대파'다. 그녀의 피를 이어받은 두 딸은 아티스트가 되어 세계를 돌며 활동하고 있다. 반면 화려하고 여성스러운 것을 좋아하는 어머니는 처녀 시절 패션 디자이너로 일했다. '땡땡이' 패턴과 리본, 진주와 검정색을 죽도록 좋아하는 어머니는 화려한 '압구정파'로, 그녀의 피를 이어받은 나는 스타일리스트가 되어 이렇게 글까지 쓰게 되었다.

그런데 성향이 너무나 다른 이 두 사람과 함께 있으면 웬만한 인기 드라마나 시트콤을 보는 것보다 훨씬 재미나다. 어떻게 옷에 대한 이야기를 그토록 끝없이 할 수 있는지 궁금할 정도다. 이 둘은 굉장한 이미지 메이커들이다. 규모가 작고 전문적이지 않아서 그렇지, 이들이 움직이는 것을 보고 있으면 전문가는 저리 가라 할 정도다. 이 두 사람은 자신들이 생각한 것을 형상화시켜 확실한 스타일을 만드는 데 탁월한 재능을 보이고, 이미지를 유추하는 과정에서 단 한 번도 자신들의 콘셉트를 흐트러뜨린 적이 없다. 언제나 일관성을 가지고 반복된 이미지를 제시하면서 자신의 스

타일을 만들어 낸다. 그것은 집을 꾸미는 것에 있어서도, 음식을 만드는 것에 있어서도, 옷을 입는 것에 있어서도 마찬가지다.

또 이 두 사람은 이 모든 것에 대해 언제나 생각하고 연구하는데, 연구소를 하나 만들어 주고 싶을 정도로 열정적이다. 돈을 들여 비싼 것을 사는 게 아니라, 자신의 스타일에 맞게 옷을 수선하거나 음식점에서 먹어 본 음식을 개발해 낸다. 그런데 이들의 스타일은 언제나 주변 사람들에게 화제가 된다. 그 범위가 동네나 성당, 동창 모임같이 작아서 그렇지, 사람들은 이들의 스타일을 보고 따라 하며 즐거워한다. 스타일을 만들어 내며 즐거워하는 어머니와 이모의 모습을 통해 사람들은 에너지를 얻는 듯하다.

어머니와 이모는 아직도 끊임없이 관찰하고, 생각하고, 표현하며 이상을 향해 열심히 살아가고 있다. 그들의 삶과 꿈은 내가 일을 할 수 있도록 이끌어 준 원동력이 되었다. 내게 열정과 스타일이 무엇인지 가르쳐 준 어머니와 이모를 코코 샤넬보다 더 사랑하고, 크리스찬 디올보다 더 존경한다고 말하고 싶다.

서은영

고마운 언니, 은영에게

또다시 봄이 찾아왔구려. 그런데 말이지. 봄이 봄 같지 않아서 어떤 날은 갑작스레 여름이 찾아와 입고 있던 외투를 집어 던지게 하더니, 또 어떤 날은 쌀쌀해진 날씨에 집어 던진 외투를 다시 꺼내어 겨울 스카프와 매치하게 되고. 이거 원, 어느 장단에 맞춰야 하는지……. 계절의 불규칙한 현상과 그런 계절을 별로 개의치 않는 패션의 흐름. 차를 산 후로는 거리를 걷는 일이 줄어든 데다 시즌을 반대로 살아가는 생활 탓에 언젠가부터 장롱 속의 계절들은 점점 하나가 되어 가고 있는 것 같아.

문득 '장롱' 하니까 언니의 옷방이 떠오른다. 나에게 그곳은 마치 보물창고와 같아. 주인 허락 없이 절대 들어갈 수 없는 무지 탐나는 곳. 가끔 언니 몰래 그곳에 들어가다 걸리면, 알지? 당신의 폭발적인 한 마디 말. "나가!!! 나가!!! 제발!!!"

예전에 에트로의 옷방은 마치 의상 갤러리같이 완벽하게 정리, 보관되어 있어서 보는 것만으로도 입이 다물어지지 않는 벅찬 곳이었다면, 언니의 옷방은 할머니들의 쌈짓돈이 몰래 숨겨져 있는 것처럼 꼬깃꼬깃한 게 귀여워서 한번쯤 물건을 들고 도망가고 싶은 장난기가 발동하는 곳이야. 그래서 항상 그 방 주변을 기웃거

리며 안쪽을 궁금해 했는데,《스타일 북, 두 번째 이야기》를 읽으
니 그 방에 감추어 둔 비밀을 알 수 있을 것 같아. 언니의 옷방 구석
구석을 구경하며 언니가 꼭꼭 숨겨둔 옷들을 맘껏 입어보고 즐기
는 기분이야.

언니, 난《스타일 북》을 쓰고 나서 거울 보는 시간이 예전보다
훨씬 더 길어졌어. 그만큼 신경 써서 나만의 스타일을 추구하고 즐
기고 있다는 거지. 가끔 즐기는 것조차 힘들고 지칠 때도 있지만
패션, 이미지, 행동, 생각, 그리고 마음까지 내가 지닌 모든 것들이
누군가에게 자극을 주고 긍정적인 영향을 끼칠 수 있는 진정한 ‘스
타일 리더’가 되고 싶어. 그러기 위해 항상 즐기며 노력할 거야!

《스타일 북》을 쓰면서 미처 깨닫지 못했던 스타일의 중요성
을 참 많이 배운 것 같아. 내가 늘 얘기하지만 지금에 이르기까지
언니가 내 옆에 있었기에 모든 게 가능했어. “고맙다, 서은영!”

이번에 책을 혼자 쓰느라 몸과 마음이 부담스럽고 힘들었을
거야. 우리가《스타일 북》에서 ‘스타일이 무엇인지’, ‘왜 스타일을
가져야 하는지’에 관한 포괄적인 이야기를 했다면《스타일 북, 두
번째 이야기》에서는 누구나 따라 할 수 있고 실생활에 활용할 수

있는 스타일에 대해서 좀 더 구체적으로 알려주는 것 같아. 진짜 서은영만이 알고 있는 특급 노하우 같은 것들 말이야. 언니의 책이 나에게도 꼭 필요한 지침서가 될 거라 믿어!

언니, 우리가 처음 책을 내기로 한 그날 밤 기억하지? 그날 밤을 잊지 않으면 돼. 그때의 진실함만 있으면 꼭 잘 될 거라고 생각해. 베이비, 다시 한번 말하지만 진짜 수고 많았어. 파이팅!

서은영의 종달새, 뮤즈 장윤주로부터

Contents

Part 1
스타일은 추억이고
　　　사랑이고 나의 인생이다

Part 2

스타일은 친구고 연인이고 나의 즐거움이다

Part1

스타일은 추억이고
사랑이고 나의 인생이다

At equal distances, the letters and punctuation were
a circle. Each sign as a nu
correspond to sequences of certain
acted with the letters on t
typical of word an language
of the circles

클래식 스타일에 관한
짧은 이야기

베티 데이비스의 파란 눈은 하얀색 모피 코트로 인해 더욱 아름다웠고, 에바 가드너의 가슴은 드레이프된 블라우스로 인해 더욱 섹시했으며, 캐리 그랜트의 멋진 미소는 턱시도 슈트로 인해 더욱 빛을 발했다.

세상에는 없어지거나 희미해지거나 혹은 잊혀지지 않는, 중독성을 가진 '기억'과 '모습'이 있다. 오드리 헵번이 티파니 매장 앞에서 선글라스를 끼고 있던 모습이 그랬고, 케네디의 장례식장에서조차 블랙 코트를 세련되게 입고 서 있던 재클린 케네디의 서글픈 모습이 그랬다. 고비 사막의 모래알 같은 시간이 흐르고 흘러도, 피닉스의 깃털 같은 세월이 흐르고 흘러도 그 아름다움은 영원성을 잃을 줄 모른 채 지속되고 있다. 그리고 엘자 스키아파렐리를 시작으로 크리스찬 디올, 크리스토발 발렌시아가, 잔느 랑방과 같은 디자이너들이 만들어 낸 아름답고 조형적인 룩과 실루엣은 영원불멸의 생명력을 가지고 매번 부활하고 있다.

특히나 1930년대부터 1960년대까지의 자료 사진을 볼 때마다 나는 그들의 매력에 언제나 흠뻑 빠지게 된다. 무성영화 시대의 이름 모를 여주인공부터 당대 최고였던 그레타 가르보, 에바 가드너, 로렌 바콜 같은 여배우들이나 베티나 같은 모델이 입었던 드레이프가 기막힌 드레스 혹은 테일러링이 잘된 재킷은 그녀들을 드라마틱한 헤로인으로 완벽하게 만들어 주었다. 사실 그 시대의 여인들은 굳이 할리우드 여배우라 들먹이지 않아도 될 만큼 극도로 우아하고 세련된 모습을 연출했는데, 여자의 몸매를 극대화시키는 실루엣, 붉은 립스틱과 장갑, 그리고 모자 같은 그 시대의 룩과 스타일이 바로 그런 모습을 연출하는 데 일조했다. 거기에 크리스찬 디올의 아워글래스 룩이나 랑방 여사가 만들어 낸 달빛처럼 청초한 드레스, 건축물같이 조형적이면서도 세련된 발렌시아가의 룩들이 그녀들의 아름다움을 절대적인 것으로 만들어 주는 데 결정적 역할을 했다.

"먼 훗날의 사람들이 지금의 패션을 보고도 이렇게 감탄할 수 있을까요?" 〈보그〉에 실릴 원고의 사진을 찾다가 발렌시아가 의상을 입고 있는 모델의 옛날 사진을 넋 놓은 채 쳐다보고 있는 내게 아트 디렉터가 물어 본다. 물론 알렉산더 맥퀸, 스텔라 맥카트니가 만들어 내는 옷이나 그레이스 코딩턴이 연출한 스타일 또한 세련된 모습으로 언제나 나를 감탄시키지만, 무한한 감동을 주진 않는다. 그것은 그들의 옷이 그만큼 아름답지 않아서가 절대 아니다. 과거의 디자이너들이 만들어 낸 아워글래스 룩이나 뉴 룩, 트래피

즈 라인 등은 '재현'이 아닌 '창조'의 개념을 지니고 있기 때문이다. 지금에서야 '클래식 룩'이라는 이름으로 과거의 아름다운 스타일이 되었지만, 그 당시에는 존재하지도 않고 보지도 못했던 룩과 실루엣이었을 것이다. 뷔스티에를 벗고, 드레스를 벗고, 새로운 형태를 만들면서 그들은 새로운 룩에 도전했다. 그렇게 만들어진 아름다운 룩은 '클래식 룩'이라는 이름으로 많은 디자이너들에게 영감을 주며, 계속해서 재현되고 있는 것이다.

특히 최근 들어 런웨이에 등장하는 클래식 룩은 그 시대도 다양하다. 다락방에 숨겨져 있는 문서를 찾아내듯 디자이너들은 1930년대의 잔느 랑방, 1950년대의 크리스찬 디올, 1970년대의 이브 생 로랑 등 각 시대의 디자인을 런웨이에 끌고 나온다. 클래식 룩이 등장할 때마다 나타나는 것들이 있는데 바로 비딩 자수나 크리스털 장식, 액세서리 등이다. 사실 모든 스타일이 그러하지만 특히 클래식 룩을 완성시키는 가장 중요한 요소가 액세서리다. 과거의 여인들은 머리부터 발끝까지 완벽한 스타일링을 연출했기 때문에 그때 사용되는 액세서리들이 스타일을 완성하는 데 중요한 역할을 했다. 그레타 가르보나 잉그리드 버그먼을 연상시키는 페도라(중절모)나 페이 더너웨이를 연상시키는 베레모 등 펠트 소재의 모자와 함께 가죽이나 캐시미어로 된 클래식한 롱 글러브, 섬세하게 세공된 브로치 등이 그러한 역할을 했다. 또한 베티 데이비스가 신

었을 것 같은 스트랩 장식의 메리제인 슈즈는 찰스 다윈의 진화론 같이 진화하며 매 시즌 선보이고 있다. 랑방에서는 현대적인 건축물같이 조형적으로 생긴, 굽이 매우 높은 메리제인 스틸레토를 선보였는데, 최근에 패션 아이콘으로 등극한 케이티 홈스가 그 신발을 신고 있는 모습이 파파라치의 렌즈에 포착되기도 했다.

반면 머스크 향이 항상 풍길 것같이 잘 정돈된 스크린 속의 남자들은 내 이상형만 높여 놓은 채 언제나 내 맘을 설레게 만들었다. 특히 흐트러짐 없이 잘 정돈된 머리에 약간 광택이 나는 슈트를 입고 어설프게 웃고 있는 캐리 그랜트의 모습은 조지 클루니보다 열 배 이상의 중독성을 지니고 있어 보고 또 봐도 언제나 설레게 된다. 사파리 룩을 입고 어설프게 웃는 해리슨 포드의 그것과는 다

르다. 그의 머리는 잘 매인 넥타이만큼이나 언제나 흐트러짐 없이 단정했다. 내가 이 시대의 남자 배우들을 유독 좋아하는 이유는 키가 작은 프레드 애스테어조차도 블랙 터틀넥 니트에 통이 좁은 팬츠를 멋있게 입거나, 턱시도 슈트를 근사하게 연출할 정도로 이 시대 남자들이 세련된 감성을 지녔기 때문이다. 이 외에도 험프리 보가트의 트렌치코트나 마르첼로 마스트로얀니의 화이트 슈트, 록 허드슨의 멋진 리조트 룩은 남성복 트렌드에 많은 영향을 준다.

사실 클래식 룩은 가장 단순하면서도 어려운 연출법일 수 있다. 클래식 룩의 기본은 언제

나 가장 베이식한 아이템으로 이루어져 있기 때문이다. 마르탱 마르지엘라처럼 해체적이거나 아방가르드한 아이템이 아닌, 랄프 로렌같이 어렵지 않은 기본 아이템으로 연출할 수 있다. 사실 소매가 뒤에 달려 있거나 셔츠 칼라가 두 장인 아방가르드한 아이템은 그 자체만으로도 강한 성향을 띠고 있기 때문에 다른 연출법 없이 그 아이템 하나만으로도 강한 분위기를 만들 수 있다. 마르탱 마르지엘라의 니트, 앤 뒤밀미스터의 재킷, 준야 와타나베의 셔츠처럼 해체적인 것들이 여기에 속한다. 그러나 기본 재킷, 셔츠, 블라우스, 팬츠 혹은 스커트(H라인이든 플레어든 간에), 원피스 같은 베이식 아이템은 그대로 입으면 정말 기본 그 자체이지만 연출을 어떻게 하느냐에 따라 분위기가 180도 달라질 수 있다.

클래식 룩은 이런 기본 아이템으로 이루어지는데, 여기에 색상, 소재, 액세서리, 메이크업이라는 요소가 플러스돼야 한다. 그냥 블루 셔츠에 데님을 입으면 캐주얼 룩이 되겠지만, 블루 셔츠에 베이지 색과 아이보리 색을 매치하면 바로 아메리칸 클래식 룩을 연출할 수 있다. 여기에 짙은 브라운색의 가죽 구두를 신어 주거나 손수건을 주머니에 꽂아 주면 더욱 완벽해질 것이다. 하늘색 니트 풀오버라 해도 모두 같지는 않다. 클래식 룩에 어울리는 하늘색은 너무 파랗지 않은, 베이지색이 살짝 가미된 부드러운 색이다. 똑같은 H라인의 스커트도 일반적인 스틸레토를 신으면 단지 섹시한 룩이 될 수 있지만, 앞코가 약간 둥근 메리제인 슈즈를 신으면 1920~1930년대 룩이 되고, 앞코가 뾰족한 2cm 힐을 신으면 1940~1950년대 룩이 될 수 있다. 여기에 7부 소매의 니트 풀오버나 진주 목걸이를 매치하면 더욱 완벽해질 것이다. 검정색 원피스 또한 마찬가지다. 목에 딱 맞는 진주 목걸이를 하거나, 아이라인을 살짝 두껍게 그리거나, 빨간 립스틱을 칠하면 흑백 영화 속 여주인공이 될 수 있다

펑키 룩, 아방가르드 룩, 섹시 룩 등 다양한 룩이 있지만 많은 패셔니스타나 셀레브리티들이 클래식 룩을 제대로 연출했을 때 사람들은 열광하고 환호할 때가 많다. 그만큼 대중적이면서도 지속적인 아름다움을 지녔기 때문에 오래도록 사랑받는 게 가능한 것이다. 그런데 이런 클래식 룩에 빠져서는 안 될 또 한 가지 아이템이 있으니, 그것은 바로 클래식 룩에 어울리는 단정한 행동이다. 언제나 말하지만 스타일은 옷만으로 해결되는 게 아니다. 여기에 '태도'와 '내면'이 더해져야 스타일이 완벽해진다는 사실을 늘 명심해야 한다.

클래식 룩을 볼 수 있는 클래식 영화

달콤한 인생 La Dolce Vita 1960 만약 당신이 진정으로 슈트를 멋있게 연출하고 싶다면, 조지 클루니도 브래드 피트도 아닌 〈달콤한 인생〉의 마르첼로 마스트로얀니를 봐야 할 것이다. 어깨 라인이 적당히 세워진 세련된 화이트 슈트와 블랙 셔츠를 입은 그에게서 지중해의 여유로움을 느낄 수 있다. 또한 페데리코 펠리니 감독만의 섬세한 스타일이 곳곳에서 묻어난다. 덤으로 아누크 에메의 드라마틱한 의상도 볼 수 있다.

샤레이드 Charade 1963 진정한 H라인의 룩을 보고 싶다면 주저하지 말고 이 영화를 볼 것! 아름다운 의상도 보고 로맨스와 서스펜스도 느낄 수 있다. 게다가 캐리 그랜트의 말끔한 정장 차림은 브래드 피트도 감당할 수 없을 정도로 멋지다.

세브린느 Belle De Jour 1967 더 이상 말할 것이 없다. 완벽한 스타일링과 실루엣, 그리고 카트린 드뇌브의 아름다움을 봐야 한다.

이창 Rear Window 1954 그레이스 켈리의 아름다움과 패션은 학습지처럼 암기하면서 봐야 할 것들이다. 진주 목걸이나 길이가 긴 장갑 등 액세서리 사용법에 대해서도 배울 수 있다.

북북서로 진로를 돌려라 North by Northwest 1959 알프레드 히치콕 감독의 영화. 사실 알프레드 히치콕은 배우들의 의상부터 인테리어에 이르기까지 영화 속 모든 스타일을 세심하게 연출했다고 한다. 특히 이 영화에서는 당대 최고의 남자 배우였던 캐리 그랜트가 슈트를 입고 계속해서 뛰어다닌다. 미국판 〈보그〉에서도 "캐리 그랜트를 능가할 남자 배우는 없을 것이다"라고 말했을 정도로 그의 미소는 잘 재단된 테일러드 슈트만큼이나 멋있다.

그랜드 호텔 Grand Hotel 1932 고혹적이라는 단어는 아마도 그레타 가르보를 위해 존재하는 것 같다. 턱시도 슈트나 테일러드 재킷을 더없이 세련되게 입었던 그녀는 이 영화에서도 아름다운 룩을 선보이고 있다.

연인들 Les Amants 1958 프렌치 시크를 알고 싶다면 카트린 드뇌브와 함께 잊으면 안 될 여인이 있는데, 바로 잔느 모로이다. 자그마한 체구에 마를렌 디트리히만큼 강하고 도발적인 힘을 가진 여배우로 1950년대 프렌치 시크의 정수를 보여 준다.

클래식 룩에 필요한 아이템

트렌치코트 Trench Coat

〈워털루 브릿지〉의 비비안 리를 연상시키는 트렌치
코트는 클래식 무드의 대부격인 아이템이다.

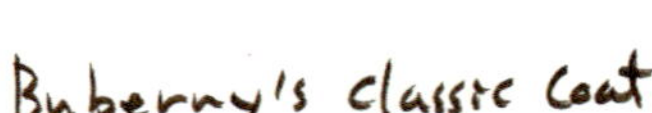

펜슬스커트 Pencil Skirt

엉덩이를 실룩거리며 걷는 마릴
린 먼로를 굳이 생각하지 않더
라도 여자를 가장 클래식하게
만들어 주는 아이템이다. 매니
시한 기본 셔츠에 펜슬스커트만
입어도 섹시한 클래식 룩을 연출할
수 있다. 단, 펜슬스커트를 입을 때
는 앞코가 뾰족하거나 핀힐로 된 스
틸레토를 신어 주는 게 좋다.

메리제인 스틸레토 Mary Jane Stiletto

〈누가 메리제인을 죽였는가〉에서 베티 데이비스가 신었던 끈 장식의 라운
드 토 힐은 여성스러우면서도 로맨틱한 무드를 연출할 수 있다. 플로럴 프
린트의 시폰 원피스에 양말과 메리제인 스틸레토를 신는 것도 가끔 도전해
볼 만하다.

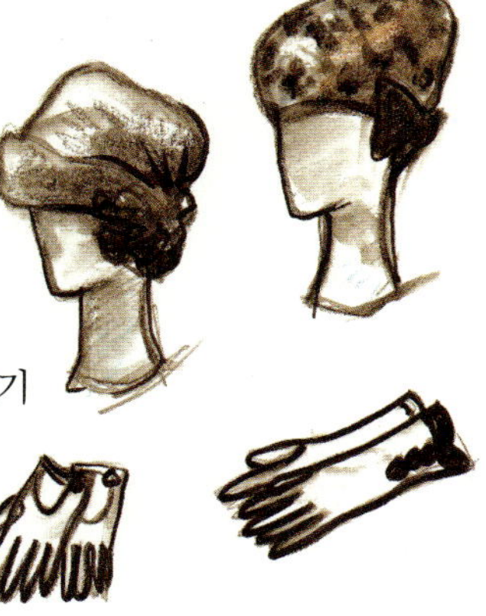

모자와 장갑 Headgear & Gloves

옛날 사람들이 훨씬 낭만적으로 느껴지는 이
유는 남자나 여자 모두가 모자와 장갑을 착용했기
때문이 아닐까. 모자와 장갑을 항상 착용했
던 그 시대에 살아 보았으면 좋겠다는 생각
은 스타일리스트라면 모두 해 봤을 것이다.

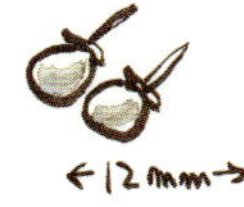

진주 Pearl

라운드 네크라인의 기본 니트 풀오버에도 진주 귀고리나
목걸이를 하면 순간 그레이스 켈리 같은 모습으로 변하게 된다.

플레어스커트 Flared Skirt

엉덩이가 매우 타이트한 펜슬스커트와 함께 가장 클
래식한 스커트 아이템은 바로 폭이 넓은 플레어스커
트다. 단, 플레어스커트를 입을 때는 상의를 피트되게 입는
것이 좋다.

앙상블 카디건 Ensemble Cardigan

보통 라운드 니트 풀오버와 카디건 세트를 가리키
는 것으로 펜슬스커트에 입으면 제대로 된 클래식
무드를 연출할 수 있다.

베이식 스타일에 관한 짧은 이야기

옷을 이것저것 입다 보니 가장 심플하고 베이식한 것이 가장 세련된 것 같다는 생각을 언제부턴가 하게 되었다. 심플하고 베이직한 의상은 입었을 때 편안할 뿐만 아니라 스타일에 있어서도 자신을 있는 그대로 보여 주는 성숙함과 견고한 세련미가 느껴진다. 물론 트렌디하고 디자인이 강한 옷은 개성도 돋보이고 강렬한 인상도 줄 수 있지만, 누군가에게 아직도 그렇게 할 말이 많은지 묻고 싶게 한다.

살아가면서, 또 일을 하면서 기본이 가장 아름다우면서도 가장 어렵다는 사실을 느끼게 된다. 드레스를 입어야 하는 파티, 시대적 배경이 드러나는 영화 포스터, 혹은 패션지 화보처럼 콘셉트가 확실한 경우에는 오히려 의상을 정하기가 편하다. 물론 나름대로 어려움도 있지만, 어느 한 가지만 확실히 하면 상대방을 설득하기가 쉽기 때문이다. 럭셔리하게 보이고 싶다면 매끄러운 실크 새틴 소재 같은 것을 사용하고, 화려하게 보이고 싶다면 크리스털 같은 디테일이나 레드 같은 강렬한 색상을 사용하면 된다. 화려하면 화려할수록, 디테일이 많아지면 많아질수록 감추기도 편하고 속이기도 편하다. 그러나 베이식한 것은 감출 수 있는 장치가 아무것도 없다. 하나하나 자연스럽게 조화를 이루어야 한다. 그리고 어떤 외부의 영향에도 크게 달라지지 않고 편안한 모습을 보여 줄 수 있는 내공이 필요하다.

광고 촬영의 경우에도 여러 가지 어려움이 많지만, 드레스나 특수 의상을 입어야 하는 명확한 상황을 촬영할 때보다 커피나 기초 화장품 같은 제품을 촬영할 때 스타일을 선정하기가 더욱 어렵다. 커피 광고의 경우, 광고주가 주문하는 것은 '무난하지만 세련되고, 나이 들어 보이지 않으면서도 성숙하고, 여성스럽지만 모던한 감성을 주는 스타일'이다. 결론적으로 그들은 오랜 전통을 가진 제품이 진부해 보이지 않으면서도 젊은 감각에 어필할 수 있는 이미지를 표현하고 싶은 것이다. 나는 이러한 요구를 들을 때마다 매번 스핑크스의 질문에 답하는 오이디푸스가 된 기분이 든다. 애매모호한 상황 속에서 나의 판단 하나로 '미니멀'이 '밋밋함'으로 바뀌어 버리는 낭패를 볼 수도 있기 때문이다. 또한 마스카라나 아이섀도, 립스틱 같은 메이크업 제품은 색상이 가지고 있는 화려함 때문에 제품에 맞춰 화려한 의상을 준비하면 되지만, 스킨케어 같은 경우엔 제품이 가지고 있는 순수함과 자연스러움을 유지하면서도 브랜드가 가지고 있는 고급스러운 특성을 살려야 하기 때문에 스타일 선정이 더욱 어렵다. 베이식이 편하고 쉬워 보이면서도 어렵다는 이유가 여기에 있다.

요즘은 많은 옷을 입어 보면 입어 볼수록, 또 많은 옷을 입혀 보면 입혀 볼수록 디테일이 많거나 개성이 강한 스타일보다 베이식한 스타일을 선호하게 된다. 예전에는 커다란 리본이 달리거나 뒤틀린 듯한 독특한 스타일을 좋아했는데, 요즘에는 기본 셔츠에 기본 H라인 스커트, 또는 기본 니트 풀오버에 기본 팬츠 입는 것을 좋아하게 되었다. 그것은 마치 철없을 땐 멋지고 잘생기고 말도 잘하는 남자를 동경하고 좋아하다가, 어느 정도 성숙해진 다음엔 서로를 이해하고 편안한 관계로 만날 수 있는 사람을 선호하는 것과 비슷한 경우가 아닐까 싶다.

디테일이 강한 옷은 그 자체가 주는 인상이 강하기 때문에 액세서리나 레이어링을 못하는 경우가 많지만, 베이식한 옷은 어떤 액세서리와 색상, 아이템을 매치시키느냐에 따라 다양한 스타일을 연출할 수 있어 매력적이다. 그러므로 베이식한 옷을 입을 때는 색상과 소재, 피트가 매우 중요하다. 가장 기본이 되는 스타일이기에 셔츠 칼라가 어느 정도 벌어져 있는지, 트렌치코트의 베이지 컬러가 너무 붉은지 아니면 밝은지, 재킷의 라펠이 두꺼운지 얇은지에 따라 기막히게 멋지거나 혹은 기막히게 촌스러운 스타일로 갈라지기 때문이다. 트렌디한 옷은 보는 순간 알 수 있지만 베이식한 옷은 입은 후에 달라 보이는 이유도 여기에 있다.

오랫동안 지속적인 사랑을 받는 브랜드들은 개성이 강한 의상보다는 너무 과하지 않은 디자인으로 전체적인 스타일링을 세련되게 연출하는 경우가 많다. "언니, 나도 요즘에는 셔츠 같은 기본 아이템이 좋더라.” 남자들은 섹시한 옷을 좋아한다고 몇 번을 말해도 허리가 두 겹인 비비안 웨스트우드의 팬츠나 몸 판이 한 번 꼬인 마르탱 마르지엘라의 옷을 즐겨 입던 멀티숍 빌렛의 바이어 김현경이 한 말이다. 결국 기본이 아름다운 옷은 오랫동안 편안하고 질리지 않게 즐겨 입을 수 있다는 사실을 새삼 곱씹게 된다.

그런 것을 보면 사람도 마찬가지인 것 같다. 자신의 생각과 개성이 강하면 돋보일 수는 있지만, 타인의 생각과 행동을 받아들이지 못하고 자신만 앞세우다 보면 홀로 고립되고 잊혀지는 경우가 있다. 강렬한 인상과 행동은 무엇인가 남다르고 멋져 보일 수 있지만 계속해서 자신을 그렇게 유지해 나간다는 것은 쉬운 일이 아니다. 어쩌면 다른 사람의 이야기를 듣고 받아들이고 또다시 비우는 과정을 반복하게 되면, ‘순환 작용’으로 인해 계속해서 자신을 유지하고 발전시킬 수 있지 않을까 싶다.

그럼에도 언제나 생각하는 일이지만, 기본은 역시 어렵다. 꾸미지 않은 베이식한 삶을 진심으로 원하지만, 그것은 모든 사람들에게 사랑받을 수 있는 멋진 베이식 스타일을 연출하는 것만큼 어려운 일이라는 생각이 든다.

오랫동안 사랑받는 베이식 아이템

화이트 셔츠

블랙 재킷

블랙 미니 드레스

데님

H라인 스커트

펌프스

할 머 니 의   옷 장,
빈 티 지   옷 에   관 한   이 야 기

내게는 친할머니가 며느리인 어머니에게 물려주고, 어머니가 내게 물려준 루이비통의 모노그램 백과 세공이 아름답게 된 진주 팔찌가 있다. 이것들은 내게 고가의 물건이라는 개념을 떠나 할머니와 어머니의 '젊음'과 '가족의 사랑'이 느껴지는, 더없이 소중한 보물이다. 첫 번째 《스타일 북》에서 나는 "오래된 옷은 오래된 친구와도 같다"라는 코코 샤넬의 말을 했었다. 여전히 그 말에 공감하면서, 여기에 시간이 오래 지난 옷에서밖에 느낄 수 없는 매력에 대해 덧붙이고자 한다.

오랜 시간이 지난 옷은 옷장 속에 놓여 있어도 나와 함께 많은 시간을 보낸, 그리고 나의 비밀을 모두 알고 있는 동무와도 같다. 그 옷을 입었을 때의 한순간 한순간이 모두 추억이 되어 내 가슴속에 남아 있기 때문이다. 또한 오래 입어도 질리지 않는 옷은 대부분 내공이 강한 디자인의 것들이다. 특히 빅토리언 시대나 1900년대 초반의 빈티지 제품들은 그 시대만이 가질 수 있는 강한 매력을 뿜어낸다.

그런 이유로 나는 빈티지 제품을 사랑하는데, 사실 내가 빈티지의 매력에 눈을 뜨게 된 것은 처음 뉴욕에 갔을 때부터였다. 새 것이 제일 좋고 멋지다고 생각했던 나는 뉴요커들이 입은 빈티지 스타일을 보고 완전히 매료되었다. 지구가 둥글다는 것을 알게 된 고대 그리스인처럼 나는 할머니의 옷장에서 발견한 것 같은 빈티지 옷의 매력에 빠지게 된 것이다.

우선 가격이 저렴한 것부터 시작했다. 지금은 더 이상 입지 않지만 내 옷장 속에 문화재처럼 놓여 있는 1940년대의 코트가 내가 처음 구입한 빈티지 옷이다. 벼룩시장에서 구입한 것으로 목부분에 브라운 컬러의 밍크털이 장식된 A라인의 검정색 코트였다. 이 코트는 누에고치 같은 타원형의 볼록한 형태를 지닌 커쿤 스타일로 10여년 전 25달러에 구입했다. 그때만 해도 빈티지 제품이 지금처럼 비싸지 않았다. 이후 난 1960년대풍의 주황색 더블 버튼 코트와 밍크 장식의 아이보리색 카디건, 3줄짜리 진주 목걸이 등을 10달러 내의 저렴한 가격에 구입해 아주 즐겁게 착용하고 다녔다.

개인적으로 LA의 빈티지 숍보단 뉴욕의 빈티지 숍을 좋아하는데, 그 이유는 조금 더 세련되고 클래식한 스타일이 모여 있기 때문이다. 지금은 사라졌

지만 소호에 위치한 주차장에서 열리는 벼룩시장은 가
격대가 저렴하면서도 독특한 물건이 많아 참새가 방
앗간 드나들듯 자주 들락거렸다. 나중에는 그곳 흑인
아줌마들과 친해져서, 한국에 돌아올 때는 1920~1930년대 백을
잔뜩 선물 받기도 했다.

　가격이 조금 더 비싸도 질이 좋은 모피 코트를 구입하려면
6th 애비뉴와 26가에 위치한 벼룩시장에 가는 것이 좋다. 이곳의
상인들은 대부분 폴란드나 러시아 사람들로, 매우 도도하지만
물건만큼은 정말 좋다. 그래서 많은 디자이너들과 모델
들이 이곳을 애용하는데, 수콤마 보니의 디자이너
이보현도 이곳에서 값싸고 멋진 여우털 코트를 구
입한 적이 있다. 나도 꽤 오래전 이곳에서 걸쭉한
목소리로 '알프레도'를 외치던 황홀한 몸매의 여인을 보았는데, 뒷
모습이 어찌나 아름답던지 지금도 기억이 생생할 정도다. 귀여운
요크셔테리어를 데리고 쇼핑을 했던 그녀는 후에 세계 최고의 모
델이 된 지젤 번천이었다. 그때는 그 요크셔테리어를 파리 컬렉션
의 백스테이지에서 다시 만나게 되리란 걸 꿈에도 생각지 못했다.
하얀색 모피를 입고 온 그녀는 작은 귀고리와 목걸이 등의 보석을
열심히 고르고 있었는데, 그녀가 무엇을 구입하는
지 궁금해 옆에 바싹 붙어 있었던 기억이 난다.
　사실 오래되고 낡았다 해서 가격이 저렴하
지는 않다. 특히 유명 디자이너의 작품은 그 희
귀성 때문에 해가 지날수록 미술품처럼 가격이

1926 Cape Couture
Jeanne Lanvin

오른다. 에밀리오 푸치나 쿠레주의 H라인 드레스, 이브 생 로랑이 전성기에 디자인한 망토, 발렌티노의 드레스 등은 지금 박물관에 놓여 있어도 손색이 없을 정도로 아름답기 때문이다. 줄리아 로버츠나 제니퍼 로페즈, 니콜 키드먼 같이 패션에 남다른 감각을 지닌 여배우들은 발렌티노나 이브 생 로랑, 샤넬 쿠튀르의 빈티지 드레스를 착용하여 찬사를 받기도 한다.

나는 런던의 리버티 백화점에서 판매하는 빈티지 컬렉션과 바니스 뉴욕 백화점에서 판매하는 빈티지 주얼리 라인, 그리고 파리의 팔레 로열 안쪽에 있는 빈티지 숍들을 좋아하는데, 가격이 만만치 않아 스파이더 맨처럼 유리창에 들러붙어 바라보기만 한다.

특히 유명 빈티지 컬렉터인 디디에 뤼도가 운영하는 빈티지 숍은 이브 생 로랑이나 니나 리치 같은 고가의 물건들로 가득한데, 몇 해 전 파리에 갔을 때 마침 운좋게 디디에 뤼도의 특별 기획전을 볼 수 있었다. 그는 'Didier Ludot et l'esprit Dior'이라는 테마로 오픈 30주년을 기념하며 크리스찬 디올 전시회를 열었다. 전통과 문화를 사랑하는 프랑스인답게 거대한 전시회가 아닌, 팔레 로열 안에 있는 매장 쇼윈도에 크리스찬 디올의 초기 작품들을 전시했던 모습이 매우 인상적이었다. 그런데 이 책의 마지막 교정을 앞두고 바로 얼마 전, 나는 디디에 뤼도를 만날 수 있었다. 카를라 소차니가 운영하는 멀티숍 '10 코르소 코모'가 청담동에 론칭하면서 디디에의 빈티지 컬렉션을 전시하게 되었는데, 이를 기념하기 위해 한국을 방문한 그를 인터뷰하는 행운을 얻게 된 것이다. 그가 한국에 가지고 온 것은 마담 그레의 작품들이었다. 대중들에게 널

1 2005년 10월 파리의 팔레 로열 광장에서 열렸던 크리스찬 디올 회고전 포스터 2 한국에 방문한 디
디에 뤼도와 함께(사진 김무일) 3 디디에 뤼도의 'La Petite Robe Noire' 4 디디에 뤼도의 컬렉션

리 알려져 있지는 않지만 전설적인 쿠튀리에인 마담 그레의 작품은 그녀의 신비스러운 사생활만큼이나 보기 힘든 것들이다. "마담 그레의 의상을 구하기는 매우 힘들었죠. 얼마 남아 있지 않은 그녀의 의상을 보면 그 정교함과 모던함에 깜짝 놀랄 겁니다." 크리스찬 디올이나 크리스토발 발렌시아가 같은 디자이너들의 작품에 비해 정말 보기 힘든 마담 그레의 드레스를 보며 나는 가슴 깊은 곳이 뜨거워지는 것을 느꼈다. 섬세하게 만들어진 드레이프와 주름, 극도로 세련되고 절제된 라인들을 보며 그녀가 진정한 천재였음을 알 수 있었다. 디디에 뤼도는 덧붙였다. "또한 이브 생 로랑이 발표한 몬드리안 룩이나 카푸치의 의상 또한 찾기 어렵죠. 우리는 보석을 발견하는 심정으로 빈티지 제품을 찾는답니다."

제품의 희귀성 때문이기도 하지만 최근에는 빈티지 제품의 인기가 높아지면서 가격 또한 치솟고 있다. 그 인기 덕에 런던이나 파리, 뉴욕, 도쿄에서는 좋은 가격의 빈티지 제품을 구하기 힘들어졌지만 작은 도시를 여행하다 보면 진귀하면서도 저렴한 제품을 발견하는 뜻밖의 행운을 얻기도 한다.

한참 《다빈치 코드》가 열풍을 일으켰을 때, 나 또한 그 책을 읽고 흥분에 들뜬 적이 있다. 결국 책 속에 등장하는 로잘린 성당을 찾아 스코틀랜드까지 가게 되었는데, 이곳에서 나는 뜻하지 않게 멋진 빈티지 숍을 발견하게 되었다. 나이 든 레즈비언 커플이 운영하는 운치 있는 숍으로, 밍크 재킷과 밍크 케이프 두 개를 단돈 10만원에 구입했다. 10만원이어도 그때는 왜 그렇게 비싸게 느껴졌는지, 다른 것은 구입할 엄두도 못 냈다. 너무나도 사랑스러운 진주 브로치와 시계가 있었는데 지금도 구입하지 않고 돌아온 걸 두고두고 후회한다.

도시 자체가 스타일리시한 안트베르펜에 있는 빈티지 숍에선 세련되고 멋진 아이템과 함께 스칸디나비아풍의 모던하면서도 클래식한 인테리어 소품을 좋은 가격에 발견할 수 있다. 포토그래퍼 김태은은 한국에서 구입하면 정말로 비쌀 것 같은 1960년대 주황색 스탠드를 2만원 정도의 가격에 구입했다. 심지어 나는 에피소드에서 오렌지색과 초록색 물결무늬와 다이아몬드 벌집무늬가 그려진 스칸디나비아풍의 커튼을 구입했는데, 쇼핑백이 없어 쓰레기봉투에 넣은 채 기차를 타고 파리로 와서 한국으로 돌아오는 정성을 들이기도 했다.

또한 할머니가 운영하는 이스트 햄튼의 채러티 숍에서는 진주와 금으로 만들어진 매우 아름다운 목걸이와 귀고리를 10만원도 안 되는 가격에 구입했다. 이 숍은 가격이 저렴한 대신 남들이 쓰던 물건이 많으므로 물건의 상태를 더욱 꼼꼼히 살펴야 한다. 구석구석 잘 뒤져 보면 생각지 않은 물건을 아주 저렴한 가격에 구입할 수 있는데 이렇게 상태가 좋은 물건을 발견하게 되면 양손을 번쩍 들고 "심봤다"라고 외치고 싶을 정도다.

사실 해외가 아니더라도 광장 시장이나 동대문 시장에서도 질 좋은 빈티지 제품을 자주 구입했다. 마크 제이콥스도 눈을 크게 뜨며 "Fantastic!"이라고 외칠 것 같은, 가죽과 울 소재가 매치된 하얀색 코트와 알리 맥그로가 연상되는 파란색 롱 스웨이드 코트도 이곳에서 구입했다. 이제는 내 스타일이 변하여 더 이상 빈티지

1 파리 북부의 클리냥쿠르 벼룩시장
2 파리의 포르트 드 방브 벼룩시장에서는 고가의 물건이 판매된다.
3 이트스 햄튼에 있는 빈티지 숍
4 고가의 빈티지 제품을 판매하는 뉴욕의 INA
5 이브 생 로랑의 드레스도 있는 뉴욕의 Resurrection
6 런던의 Top Shop, 지하에도 빈티지 숍이 있다.

제품을 입지 않게 되었지만, 얼마 전 런던의 '에인절'이라는 작은 마을에서 발견한 빈티지 숍은 내 정신을 다시 잃게 하고 말았다. 기네스 펠트로나 키라 나이틀리가 드레스를 빌려 입고 시상식장에 갔다는 '애니스Anni's'라는 숍에는 아름다운 드레스와 모자들이 진열되어 있었는데, 이런 숍은 디자이너에게 영감의 원천지가 되기도 한다.

런던의 킹스 로드에 있는 '스테인버그 앤 톨킨Steinberg and Tolkien' 숍은 알렉산더 맥퀸이나 존 갈리아노 같은 디자이너가 새로운 작업을 위해 꼭 들르는 곳이라고 한다. 〈바자〉의 패션 에디터 시절 크리스찬 라크르와를 인터뷰했는데, 그 역시 포르트 드 방브와 같은 벼룩시장을 돌아보며 많은 영감을 얻는다고 했다.

사실 오래된 빈티지 제품은 낡아서 냄새가 나기도 하고 가격이 턱없이 비쌀 때도 있지만, 그 시대만의 생생한 감성이 살아 있다. 그런 이유로 빈티지의 매력에 빠진 사람들은 쉽게 벗어나질 못한다. "누가 입던 옷인지 알지도 못하면서 무섭지도 않니?"라고 말하는 내 어머니 같은 사람도 있지만……

물론 내 어머니의 말처럼 빈티지 제품은 시간이 오래 지났고 누가 입었던 것인지 모르기 때문에 물건을 구입할 때 좀 더 꼼꼼하고 세심하게 살펴볼 필요는 있다. 너무 땀에 절어 있거나 곰팡이 자국이 있는 것은 되도록 구입하지 않는 게 좋다. 만약 제품에 조금이라도 결함이 있으면 주인에게 계속 들이밀며 가격을 흥정해야 한다. 세컨드 핸즈 숍이어도 잘하면 꽤 저렴한 가격까지 깎을 수 있다. 싸다고 너무 많은 것을 사버리면 집으로 가져온 뒤에 귀신이 나올 것 같은 물건으로 변해 버리기도 하니, 벼룩시장이나 세컨드 핸즈 숍에서는 충동 구매하는 일이 없도록 잘 생각하고 사야 한다. 가방이나 트렁크를 구입할 때는 지퍼의 상태나 안감 등을 확인하고, 코트 같은 경우에는 주머니 안감이 찢어져 있지 않은지, 수선이 어느 정도 가능한지 체크해야 한다. 아무리 예뻐도 수선하다 초가삼간 날릴 수 있다. 나도 사랑스러운 양털 코트를 싸다고 좋아하며 20불에 구입했는데, 수선하는 데만 20만원 넘게 들어 한동안 어머니의 잔소리를 들어야 했다.

그래도 빈티지가 주는 매력은 여전하다. 가끔씩은 할머니의 옷장 속에서 찾은 것 같은 코트를 입고 털모자를 깊게 눌러 써 보자. 디자이너의 패션 아이콘이기도 한 〈러브 스토리〉의 제니 룩을 연출하기에 빈티지보다 더 완벽한 것은 없다.

시대별 빈티지Ages of Vintage

뭘 알아야 면장도 할 것 아닌가? 수많은 제품 안에서 정말 보물로 간직해도 좋을 빈티지를 구입하기 위해서는 각 시대의 트렌드와 그 시대의 디자이너를 아는 게 도움이 된다.

라 벨르 에포크La Belle Epoque 아름다운 시절, 1800~1914년

정말로, 진심으로 예술적이면서도 낭만적인 무드로 가득했을 이 시대에 가보고 싶다. 전체적으로 길고 가는 라인의 흐르는 듯한 실루엣을 선보였다. 허리를 강조하기보다는 H라인의 실루엣이 등장했다. 메리제인 슈즈와 진주 목걸이, 코르사주, 두꺼운 헤어밴드 등이 당시 유행하던 액세서리다. 이 시대 의상을 알고 싶다면 영화 〈라 벨르 에포크〉를 참고할 것.

잔느 파퀸 Jeanne Paquin 마담 잔느 파퀸은 1891년 파리에 쿠튀르 매장을 열었는데, 그곳이 첫 번째 패션 하우스였다고 한다. 엠파이어 라인의 이브닝드레스와 아름다운 코트들, 그리고 깃털과 모피 장식의 액세서리가 있다.

크리드 CREED 제1차 세계 대전 시대의 남성적인 스타일에서 영감을 받아 트위드 소재와 영국식 테일러링, 재단이 잘된 슈트가 특징이다.

폴 푸아레 Paul Poiret 여성복에 있어서 '패션의 제왕'이라 불리는 디자이너다.

1920년대

경제 대공황과는 달리 패션에 있어서는 지극히 화려하고 혁신적인 디자인이 쏟아져 나온 시기이면서 패션 디자이너들에게 영원한 영감의 원천지가 되는 시대이기도 하다. 도덕적 정신이 결여되었다고 할 정도로 이 시대에는 여자들이 당당하게 담배를 피우고, 술을 마시게 되었다. 라 벨르 에포크 시대에서 조금 더 모던해진 스타일로 역시 H라인의 실루엣이 등장하고 있다. 치마 길이도 무릎 정도로 올라오게 되었고, 비즈나 라인스톤 장식의 시퀸 드레스같이 극도로 화려하고 멋스러운 스타일이 돋보이는 시대다. 영화 〈위대한 개츠비〉, 〈원스 어폰 어 타임 인 아메리카〉를 보면 이 시대의 의상을 알 수 있다.

코코 샤넬 Coco Chanel 패션을 통털어 가장 영향력 있는 디자이너 중의

한 명으로, 그녀가 만들어 낸 샤넬 룩은 시대를 초월하는 아이콘이 되었다. 네이비와 블랙 컬러를 기본으로 매우 심플하면서도 세련된 스타일링과 트위드 소재, 금단추, 진주 등을 사용하여 많은 여성들에게 꿈을 안겨 준 장본인이다. 〈커튼 클럽〉, 〈시카고〉, 〈나인강의 살인 사건〉, 〈고스포드 파크〉 등의 영화를 참고하면 좋다.

잔느 랑방 Jeanne Lanvin '우아하다'란 단어는 그녀를 위해 존재하고, 그녀로 인해 '우아한 실루엣'이라는 말이 나왔을 정도로 우아하고 세련된 스타일을 선보였다. 시폰이나 실크 등을 사용하여 깃털처럼 부드럽고 로맨틱한 드레스를 만들었다.

장 파투 Jean Patou 1914년에 자신의 첫 번째 컬렉션을 론칭한 장 파투는 처음으로 니트로 된 수영복과 카디건을 만든 장본인이기도 하다.

루이스 블랑제 Louise Boulanger 칼로 자매 밑에서 수련하다 자신의 컬렉션을 론칭하게 된 루이스는 실크 태피터 소재와 강렬한 컬러로 1920년대 중반을 선도했던 디자이너다.

1930년대

1920년대 말에 월스트리트가 붕괴되었다. 흔히 우리가 말하는 할리우드 스타들이 서서히 등장하기 시작한 시대로, 세련되고 스타일리시한 디자인이 쏟아져 나왔다. 무릎길이의 치마나 드레스, 조금 더 혁신적으로 변한 매니시한 재킷 슈트, 통이 넓은 팬츠 등이 등장하여 드라마틱한 연출을 보여 주기 시작했다. 영화 〈모던 보이〉를 참고하면 좋다.

마담 그레 Madame Gres 마담 그레는 프랑스 쿠튀르의 전설적이고도 천재적인 디자이너다. 정교한 드레이프로 만들어진 미니멀한 그리스 양식의 드레스는 지금도 여배우들이 가장 선호하는 스타일이다.

엘자 스키아파렐리 Elsa Schiaparelli 이름부터 드라마틱한 그녀의 옷은 그녀보다 더 드라마틱하다. 엘자 스키아파렐리는 물론 이브 생 로랑, 크리스찬 라크르와, 돌체&가바나, 발렌티노의 모든 옷에 자수를 놓은 자수의 대가 레사주 Lesage의 파리 공방에 갔을 때, 나는 오래된 상자 안에서 장 콕토가 디자인한 태양 문양을 수놓은 자수 원본을 발견했다. 엘자 스키아파렐리는 후에 이 문양으로 망토 스타일의 코트를 만들었는데, 이 코트는 쇼킹 핑크와 같은 대담한 색상에 금색 메탈 자수 같은 화려한 장식을 매치시켜 그 당시에 선풍적인 인기를 끌었다.

장 데세 Jean Desses 장 데세는 'Theatre de la Mode'라는 파리 패션 인형 전시회를 통해 세상에 알려진 디자이너로, 파리 패션 역사의 흐름을 바꾸는 데 주요한 역할을 했다. 시폰 소재가 아름답게 드레이프 된 볼 가운과 엠브로이더리가 장식된 그리스 스타일의 드레스를 타이트한 슈트와 함께 매치시킨 스타일을 선보였다.

마르셀 로샤스 Marcel Rochas 1925년에 설립된 로샤스는 여성의 곡선을 최대한 살린 도발적인 드레스를 선보였다.

니나 리치 Nina Ricci 50세라는 늦은 나이에 자신의 쿠튀르 하우스를 설립한 나나 리치는 한국에서도 익숙한 이름으로, 드레이프나 턱과 같은 조형적인 디테일을 사용하여 매우 우아한 디자인을 선보였다.

길버트 애드리언 Gilbert Adrian 할리우드의 셀레브리티들을 위해 의상을 디자인한 길버트 애드리언은 MGM 필름을 통해 명성을 얻었던 디자이너로, 바이어스 커트를 사용한 아름다운 드레스를 진 할로에게 입히기도 했다. 그는 허리를 지극히 강조하고 소매를 극단적으로 넓게 만든, 드라마틱한 의상을 선보였다.

1940년대

제2차 세계 대전으로 세계는 황폐해질 대로 황폐해졌다. 전쟁으로 인해 경제적으로 빈곤하고 제대로 된 원단 수입도 불가능했기 때문에 화려함은 사라지고 밀리터리 스타일의 실용적인 룩이 등장했다. 미국에서는 'Make do and Mend'라는 운동이 일어났을 정도로 절약과 검소한 생활이 지속되었던 어두운 시기였다. 밀리터리에서 영감을 받은 듯 각진 어깨를 한 재킷과 드레스가 등장했고, 허리가 강조된 무릎길이의 치마가 등장했다. 그러나 아이러니하게도 이렇게 어두운 시대에 크리스찬 디올의 '뉴 룩New Look'(1947)이 탄생하게 되고, 크리스토발 발렌시아가나 위베르 드 지방시 같은 위대한 디자이너가 등장하는 '황금 시대'를 맞이하게 된다.

클레어 맥카렐 Claire McCarell 아메리칸 스포츠웨어 스타일을 처음으로 만들어 낸 디자이너다. 뉴 룩이 등장하기 전 그녀는 여성들이 활동하기에 편한 디자인을 만들어 사랑을 받았다.

노먼 노렐 Norman Norell 초대 미국인 디자이너 중의 한 명으로 엠파이어 라인과 슈미즈 드레스, 모피로 된 트렌치코트 등 할리우드 스타일의 의상을 발표했다.

1950년대

경제가 회복되고 사람들은 서서히 전쟁의 상처에서 벗어나기 시작했다. 1947년에 발표된 크리스찬 디올의 '뉴 룩'은 가히 선풍적인 인기를 끌면서 패션의 흐름을 바꾸어 놓았다. 마릴린 먼로나 브리지트 바르도 같은 여배우들은 몸매가 여실히 드러나는 '아워글래스' 실루엣을 선보이며 육감적이고 클래식한 스타일을 연출했다. 장갑과 모자를 착용하고, 허리를 강조하는 극도로 세련된 스타일은 패션사에 있어 르네상스라 할 수 있는 '황금 시대'를 화려하게 장식했다.

기 라로시 Guy Laroch 쿠튀리에인 장 데세 밑에서 수습생으로 있던 기 라로시는 파격적인 컬러와 플리츠 코트, 엠파이어 드레스 등으로 모던한 스타일을 선보였다.

크리스찬 디올 Christian Dior 1950년대에 등장한 사람들 중 가장 영향력 있는 디자이너이자 패션사의 흐름을 바꾼 최고의 인물이다. 1947년에 발표한 '뉴 룩'은 경사진 어깨, 튤립처럼 아름답게 퍼지는 풀 스커트, 최상급의 소재로 여성들에게 각광받았다. 1957년 갑작스럽게 사망한 디올의 뒤를 이어 이브 생 로랑이 등장하게 된다.

폴린 트리제르 Pauline Trigere 폴린 트리제르는 할리우드 여배우들에게 있어 절대적인 존재였다. 〈티파니에서 아침을〉에서 오드리 헵번과

크리스찬 디올

New look
The FIFTIES

사랑에 빠진 조지 페퍼드의 내연녀 패트리샤 닐의 의상을 담당하기
도 했는데, 커팅이 아름다운 드레스나 코트, 보석 장식이 화려한 터
틀넥을 선보여 당시 그녀의 의상이 최고가를 기록할 정도로 유명했
다고 한다.

자크 파트 Jacques Fath 크리스찬 디올과 함께 존경받는 인물 중의 하나
인 자크 파트는 미국에 처음으로 진출한 디자이너였다. 그 역시 아워
글래스 룩을 선보였고, 주름을 극대화시켜 퍼지게 한 풀 스커트를 개
발했다.

크리스토발 발렌시아가 Christobal Balenciaga 아! 그의 이
름만으로도 가슴이 설렌다. 내가 돈이 정말로
많다면 그가 만든 옷들을 다 사들이고 싶을
정도다. 그의 옷은 단지 패션이 아닌, 수학
적 공식으로 치밀하게 짜인 설계도같이
조형적이면서도 세련되었다. 그 시대에
만들어졌으면서도 어찌나 미래적이고 모
던한지, 고개가 숙여진다. 그의 천재성은
기술적인 드레이핑과 커팅에서 나타난다.
커쿤 스타일의 커다란 코트는 7부 소매와 함께
조형적이면서도 클래식하게 돋보이고, 머리부터
발끝까지 완벽하게 연출된 스타일은 현재의 모든
디자이너들에게 영감을 주고 있다.

위베르 드 지방시 Hubert de Givenchy 국내에서는 남성복으
로 널리 알려진 브랜드이지만 지방시는 자크 파트,

엘자 스카아파렐리, 크리스토발 발렌시아가 밑에서 수련을 받은 내공 깊은 디자이너다. 그는 당대 최고의 디자이너들에게 영향을 받아 그들의 우아함과 조형적인 모던함, 세련된 실루엣을 잘 혼합하여 역사에 길이 남을 룩을 만들게 되니 바로 오드리 헵번이 입었던 주옥같은 의상들이다. 그는 농부의 옷에서 영감을 받은 '페전트 룩'을 당대 최고의 모델인 베티나에게 입혀 큰 성공을 거두게 된다.

1960년대

일부 상류층들을 위해 만들어졌던 쿠튀르는 점차 대중들에게 확산되면서 조금 더 실용적이고 편한 의상으로 바뀌게 된다. 특히 영국이 문화적인 아이콘이 되면서 패션에도 영향을 주었다. 금방이라도 스쿠터나 오토바이를 탈 수 있는 매니시한 복장과 헬멧이 트렌드로 떠오르며 비틀스의 '모즈 룩'이 전 세계를 강타한다. 1969년에는 닐 암스트롱이 달 표면에 착륙하면서 전 세계에 많은 영향을 주게 되는데, 패션도 예외는 아니어서 쿠레주, 파코 라반, 피에르 가르뎅 등의 디자이너들이 미래적인 옷을 선보이게 되었다. 또한 팝 아트가 붐을 일으키면서 이브 생 로랑이 몬드리안 작품을 자신의 의상에 접목시켜 세간의 주목을 받았다. 이런 의상의 경향은 〈벨드 주르〉, 〈그리고 신은 여자를 창조했다〉란 영화에 잘 나타나 있다.

앙드레 쿠레주 Andre Courreges 미래적이고 혁신적인 미니 드레스를 발표하여 큰 인기를 끌었다. 당시에는 생각도 할 수 없던 실버와 화이트의 조합, 기하학적인 프린트와 셰이프로 새로운 시대를 열었다.

메리 퀀트 Mary Quant 킹스 로드에 부티크를 오픈한 메리 퀀트는 당대 최고의 핫한 디자이너였다. 화이트와 블랙, 실버를 퍼즐 모양처럼 사용하거나 화려한 색상의 스타킹을 매치하여 가장 영국적인 스타일을 선보였던 아이코닉한 디자이너다.

이브 생 로랑 Yves Saint Laurent '스모킹 슈트'를 발표하며 이브 생 로랑은 현존하는 전설이 되었다. 크리스찬 디올이 죽은 후 그의 후계자로 지목되면서 세상에 알려진 이브 생 로랑은 몬드리안 그림을 패턴화시킨 미니 드레스, 〈닥터 지바고〉에서 영감을 받은 '러시안 페전트 룩', 카트린 드뇌브의 의상을 발표하며 최고의 디자이너가 되었다.

올렉 카시니 Oleg Cassini 파리에서 태어난 러시안 디자이너인 카시니는 나탈리 우드, 그레이스 켈리, 마릴린 먼로 등 1960년대를 대표하는 미녀 스타들의 의상을 담당했던 인물이다. 고급스러운 소재와 기하학적인 실루엣의 드레스, 박시한 재킷과 모자를 선보였다.

파코 라반 Paco Rabanne 지금 생각해도 꽤나 도전적이고 획기적인 디자인을 선보인 파코 라반은 실버 메탈, 거울 등을 사용한 의상을 선보였는데 그를 세계적인 디자이너로 만들어 준 것은 그 유명한 제인 폰다의 영화 〈바바렐라〉의 의상이다.

에밀리오 푸치 Emilio Pucci 프린트의 제왕이라 말할 수 있는 에밀

리오 푸치는 〈섹스 앤 더 시티〉에서 사만다가 휴가지에서 화려하게 입었던 바로 그 프린트 옷으로 유명한 디자이너다. 비비드한 컬러와 기하학적인 프린트를 과감하게 매치시킨 미니멀한 드레스로 럭셔리한 스타일을 연출했다.

1970년대

널따란 라펠, 나팔바지와 맥시 미니스커트 등 패셔너블한 아이템이 등장하는 시대다. 이 시대에는 다양한 스타일이 공존하는데, 히피 문화에서 온 패치워크의 롱스커트와 플레어 드레스, 글램 록 스타일에서 영감을 받은 플랫폼 슈즈와 벨벳 재킷, 디스코 열풍에서 영향받은 피트되는 섹시 룩 등을 선보이며 화려한 패션 문화를 형성했다. 또한 나일론과 폴리에스테르의 등장으로 보다 폭넓은 연출이 가능해졌다. 참고할 만한 영화는 〈벨벳 언더그라운드〉, 〈대부〉, 〈스팅〉, 〈토요일 밤의 열기〉, 〈올모스트 페이머스〉 등이다.

미소니 Missoni 오타비오와 로지타 미소니 부부에 의해 만들어진 브랜드로 그 유명한 지그재그 패턴이 이들의 트레이드마크다. 어울릴 것 같지 않은 패턴과 색상에 실크 저지와 니트를 매치시켜 고급스러운 히피 룩을 선보였다.

장 뮈어 Jean Muir 스코틀랜드 출신의 장 뮈어는 우아하면서도 세련된 디자인을 매트한 저지 소재로 연출한 디자이너다.

끌로에 CHLOE 자크 르누아르와 가비 아기옹에 의해 시작된 끌로에는 1966년에 칼 라거펠트가 헤드 디자이너로 취임하면서 1970년대의 아이코닉한 브랜드로 떠올랐다. 파리지앵 스타일의 젊고 세련된 감

성으로 브리지트 바르도, 마리아 칼라스, 그레이스
켈리와 같은 셀레브리티들의 사랑을 받으며 유명해졌다.

보니 캐신 Bonnie Cashin 지금은 낯선 이름이 되었어도 스타
일과 패션을 공부하는 사람이라면 꼭 알아야 할 인물이
다. 클레어 맥카렐과 함께 아메리칸 스포츠웨어의 시초
라고 할 수 있다. 그녀는 편안하고 루스한 스타일의
레이어드 룩을 선보여, 지금까지도 많은 디자이너
들에게 영감을 주고 있다.

핼스턴 Halston 로열 핼스턴 프로윅은 〈섹스 앤 더
시티〉 주인공들의 수다 속에서도 등장할 정도로
1970년대를 주름잡았던 전설적인 클럽 '스튜디오
54'를 상징하는 의상을 발표하면서, 그리고 재클린 케
네디가 그의 옷을 입으면서 유명해졌다. 미니멀한 저지
드레스를 지극히 세련된 컬러와 프린트를 사용하여 글
래머러스한 룩으로 선보였다.

다이앤 본 퍼스텐버그 Diane Von Furstenberg 보기에
도 강렬한 인상을 주는 그녀는 미국 상
류층을 대변하는 존재로, 코코 샤넬
이후 가장 상업적인 여성 디자이너
라는 평을 받았다. 다양한 색상과
프린트의 저지 랩 원피스는 그녀를
대표하는 트레이드마크가 되었다.

비비안 웨스트우드 Vivienne Westwood 빅토

리언 시대에서 영감을 받은 클래식한 재킷이나 버슬 스커트, 타탄 체크와 자카르 소재를 전형적인 영국 펑키 룩에 과감하게 접목시켜 새로운 룩을 만들어 냈다.

1980년대

탐욕과 욕망 그리고 섹스가 뒤얽혀 있는, 가장 글래머러스한 시대다. 물질만능주의에 빠진 이 시대는 독하다 할 만큼 색상과 골드가 강렬한 룩이 등장하게 된다. 지금도 많은 디자이너들이 가장 싫어하는 이 시대의 룩은 넓고 각진 어깨, 유치할 정도로 화려한 프릴과 같은 디테일, 보석과 두꺼운 화장이 대표적 특징이다. 영화 〈스카페이스〉, 〈카지노〉, 미국 드라마 〈다이너스티〉에서 이 시대의 스타일을 찾아볼 수 있다.

크리스찬 라크르와 Christian Lacroix 컬러의 마술사라 불릴 만큼 화려한 쿠튀르적 감성을 지닌 디자이너다. 핑크와 오렌지 색상 같은 이국적이면서도 화려한 색감, 몸에 타이트하게 붙는 실루엣, 블랙 저지 드레스 등으로 화려한 감성을 선보였다.

아제딘 알라이아 Azzedine Alaia 밴드처럼 몸에 착 달라붙는, 극도로 섹시하면서도 모던한 검정 저지 드레스와 스커트로 지금까지도 많은 디자이너에게 영향을 주는 디자이너다. 가죽이나 지퍼 같은 소재를 사용하여 굉장히 타이트한 새로운 룩을 선보였다.

지아니 베르사체 Gianni Versace 제니퍼 로페즈, 마돈나 등 육감적이고 섹시한 슈퍼스타들에게 어울리는, 극도로 섹시하고 럭셔리한 브랜드를 만들어 낸 지아니 베르사체. 골드와 블랙, 메두사 문장과 양식, 실크 블라우스와 화려한 컬러의 슈트, 금장식 등 로마 제국을 부활시킨 것 같은 화려함으로 사랑을 받았다.

티에리 무글레 Thierry Mugler 지금은 조용히 뒤로 물러나 있지만 1980~1990년대의 티에리 무글레는 톰 포드만큼 카리스마 넘치는 디자이너였다. 미래적이면서도 조형적인 실루엣과 소재를 선보였는데, 어깨가 넓고 허리가 잘록한 재킷으로 유명하다.

장 폴 고티에 Jean Paul Gaultier 피에르 가르뎅, 장 파투 밑에서 일을 한 장 폴 고티에는 입체적인 실루엣과 란제리 룩으로 각광을 받으며 패션계에 혜성처럼 등장했다. 이후 그는 1990년대 마돈나의 ‘Blond Ambition’ 월드 투어에서 코르셋 슈트를 선보이며 세계적인 디자이너로 떠오른다.

칼 라거펠트 Karl Lagerfeld 1983년 끌로에 하우스에서 샤넬로 옮겨 간 칼 라거펠트는 코코 샤넬이 남겨 놓은 아름다운 룩을 현대적으로 진화시켜 세계적인 디자이너가 되었다. 흰 머리와 선글라스가 트레이드마크인 그는 상류 사회의 취향을 최대한 살린 럭셔리 룩을 선보이고 있다.

존 갈리아노 John Galliano 영국의 아방가르드한 스타일을 선보이던 존 갈리아노는 프랑스 혁명에서 영감을 받은 룩을 발표하며 유명해졌다. 화려하면서도 드라마틱한 실루엣과 프릴, 자수와 같은 디테일로 스타 디자이너가 되었다.

내가 추천하는 빈티지 숍

개인적으로 내가 좋아하는 곳들이고, 여행을 가는 주변 사람들에게도 꼭 추천하는 곳으로, 이곳들 외에도 세상에는 아름답고 사랑스러운 빈티지 숍이 많이 있다.

영국

Frock Me!

에드워디언 스타일부터 1970년대 의상과 디자이너의 빈티지 룩들을 발견할 수 있다.

Ad. Chelsea Town Hall, Kings Road, Chelsea, London SW3 5EZ Tel. 44 (0)20 7254 4054
www.frockmevintagefashion.com

Top Shop Vintage

하루 종일 봐도 질리지 않을 정도로 커다란 옥스퍼드 스트리트의 톱숍 지하에 있는 빈티지 스토어. 금방이라도 케이트 모스가 쓰고 나올 것 같은 커다란 선글라스와 레오퍼드 프린트의 드레스, 기모노 등 영국스러운 빈티지 제품들을 판매한다.

Ad. 214 Oxford Street, London W1B 5PW Tel. 44 (0)20 7287 8474
www.topshop.co.uk

Rokit

1970년대 스타일의 카우보이 부츠와 벨트, 원피스, 선글라스, 액세서리, 1980년대 구두 등 전형적인 영국 스타일로 가득하지만 제품에 비해 가격이 너무 비싸다. 물건을 구입하려는 내게 스타일리스트 박형준은 "예전에 비해 너무 비싸졌으니까 사지 마"라고 말했을 정도다. 브릭 레인에서 파는 햄버거를 먹으며 구경만 하면 좋을 듯.

Ad. 101 Brick Lane, London E1 6SE Tel. 44 (0)20 7375 3864
Ad. 225 Camden High Street, Camden, London NW1 7BU Tel. 44 (0)20 7267 3046
Ad. 42 Shelton Street, Covent Garden, London WC2 9HZ Tel. 44 (0)20 7836 6547
www.rokit.co.uk

Pop Boutique

빈티지 리바이스 데님, 코듀로이 팬츠, 사이키델릭 프린트의 셔츠와 1980년대풍의 베스트와 벨트 등을 발견할 수 있다.

Ad. 6 Monmouth Street, Covent Garden, London WC2H 9HB Tel. 44 (0)20 7497 5262
www.pop-boutique.com

Annie's Vintage Costumes and Textile

너무나 사랑스러운 동네 분위기에 일단 정신이 혼미해지기 시작한 상태로 이 숍에 들어가면 매우 위험하다. 섬세한 레이스, 독특한 모자와 장갑, 화려한 스팽글 드레스에 정신을 잃을 수도 있기 때문이다. 이곳에서 나와 건너편에 있는 펍에 가서 햄버거를 먹으면 다시 정신을 차릴 수 있다.

Ad. 12 Camden Passage, Islington, London, N1 8ED Tel. 44 (0)20 7359 0796

Steinberg and Tolkien

알렉산더 맥퀸부터 존 갈리아노에 이르기까지 모든 디자이너들이 컬렉션을 위해 꼭 들른다는 이곳은 사실 가격이 좀 비싼 편이다. 1930~1980년대의 푸치, 클래식한 웨스트우드 등 정말 보는 것만으로도 영감을 얻을 수 있는 것들이 가득하다. 나는 이곳에서 골드 구슬 장식의 밤색 스웨이드 백을 발견할 수 있었다.

Ad. 193 King's Road, Chelsea, London SW3 5ED Tel. 44 (0)20 7376 3660

Butler & Wilson

아르데코와 에드워디언 감성의 빅토리언 주얼리와 핸드백 등을 발견하고 싶다면 이곳에 가 보자.

Ad. 20 South Molton Street, London W1K 5QY Tel. 44 (0)20 7409 2955

www.butler&wlison.co.uk

Portobello Road Market

1900~1980년대의 각종 의상과 레이스, 원단, 액세서리를 구하고 싶다면 이곳을 샅샅이 뒤져야 할 것이다. 이 방대한 곳은 알라딘의 요술 램프도 찾을 수 있을 정도다.

Ad. Portobello Road, Golborne Road, London W10

www.portobelloroad.co.uk

Thea

사실 캠든 로드에는 다양한 종류의 빈티지 숍이 있다. 그중에서도 트렌디하기로 소문난 초크팜 로드에 위치한 시아에서는 1980년대의 제품도 발견할 수 있다.

Ad. The Stables Market, Chalk Farm Road, Camden, London NW1 8AG

Tel. 44 (0)20 7482 5002

Bang Bang

스타일리스트들이 선호하는 곳으로 유명한, 런던 스타일의 빈티지 숍.

Ad. 21 Goodge Street, Fitzrovia, London WIT 2PJ Tel. 44 (0)20 7631 4191

프랑스

Didier Ludot Vintage Haute Couture

프랑스의 유명한 빈티지 컬렉터로, 그가 운영하는 빈티지 숍에는 니나 리치, 크리스찬 디올, 이브 생 로랑 등의 초기 쿠튀르 작품들이 있다. 하지만 모두 고가여서 쉽게 구입할 순 없고, 많은 영감은 얻을 수 있다.

Ad. 20-24 Galerie Montpensier, Jardin du Palais Royal Paris Tel. 01 42 96 06 56
www.didierludot.com

La Petite Robe Noire Vintage & Boutique

샤넬 블랙 드레스를 입은 카트린 드뇌브(첫 번째 《스타일 북》에 일러스트로 넣기도 했다)가 표지에 실린 책도 출간한 디디에 뤼도의 다른 빈티지 부티크. 정말 아름답고 클래식한 빈티지 블랙 원피스를 구하고 싶다면 이곳으로 가라.

Ad. 125, Galerie de Valois Tel. 01 40 15 01 04

WOCHDOM Design Vintage

독특한 디자인의 구두와 액세서리부터 의상까지 너무나도 스타일리시한 이곳은 알려진 지 그리 오래되지 않아 더욱 신선하다. 이곳에서 구입한 잔잔한 꽃무늬의 집시치마를 입으면 남자들이 유난히 따라온다.

Ad. 72, Rue Condorcet 75009 Paris Tel. 33 01 53 21 09 72

Espace Kiliwatch

양털 코트, 밀리터리 코트부터 1960년대풍의 꽃무늬 원피스, 각종 트렌치코트, 잡지 등 다양한 빈티지 제품들로 가득하다. 처음에는 신선해서 패션 에디터 시절 인터뷰도 했지만, 최근에는 잘 가지 않는다. 그래도 가 보면 재미있는 곳.

Ad. 64, Rue Tiquetonne 75002 Paris Tel. 33 (0)1 42 21 17 37
www.kiliwatch.net

미국

The Way We Wore

이름부터 사랑스러운 이곳은 자크 포센이 가장 사랑하는 빈티지 숍으로, 위노나 라이더와 레니 크라비츠 등이 애용하고 존 갈리아노가 영감을 받기 위해 가는 곳이다.

Ad. 334 South La brea Avenue, L.A. Ca 90036 Tel. 1 323 937 0878

Lily et Cie

이곳은 물건을 구입하지 않더라도 방문하길 바란다. 특히 패션을 공부하는 학생이라면 마치 복식

박물관 같은 이곳의 고급스러운 빈티지 패션을 눈여겨봐야 할 것이다.

Star Shoes

이름부터 기운이 팍팍 느껴진다. 구두를 사랑하는 사람이라면 이 숍에 꼭 가야 한다.

Resurrection

뉴욕의 스프링 스트리트 부근에도 있는 레저렉션은 피에르 가르뎅, 샤넬, 구찌같이 세련되고 극도로 스타일리시한 제품을 고가에 판매하고 있다. 이곳에 가면 마치 오래된 〈보그〉 잡지를 보는 것처럼 화보에 나올 것 같은 빈티지 제품들이 있는데, 너무 비싸면 빈티지 잡지 하나 정도만 구입해도 좋다.

Hooti Couture

칼 라거펠트와 요지 야마모토, 아제딘 알라이아의 모델이었던 알리슨 후티의 후티 쿠튀르는 알리 맥그로 스타일을 지향하는 콘셉트의 의상과 1950년대 칵테일 드레스, 백 등을 구비하고 있다.

Atomic Passion

디올의 악어가죽 구두부터 1920년대 핑크 가운, 1950년대의 네이비 블루 드레스 등 정신을 잃어버릴 아이템들로 가득하다.

Reminiscence

브랜드는 없지만 중저가의 빈티지 제품이 있는 곳으로, 제대로 구입하면 한 시즌 즐겁게 입을 수 있다.

Cherry Resource Center

1970년대 스타일이 가득한 곳으로 날씨 좋은 날 드라이브 삼아 가면 너무나도 재미있는 곳이다.

Screaming Mimi's

키치하면서 쿠튀르적인 의상이 가득한 곳으로 푸치, 이브 생 로랑, 발렌시아가의 의상들을 만날 수 있다. 구입하지 않더라도 많은 영감을 받을 수 있는 곳이다.

Ad. 382 Lafayette Street, Manhatta, New York NY Tel. 1 212 677 6464

일본
Screaming Mimi's

뉴욕의 스크리밍 미미의 도쿄점.

Ad. 18-4 Daikanyama-cho Shibuya-ku, Tokyo Tel. 03 780 4415

Wochdom

Wochdom 도쿄점. Ad. 1-6-1 Jinnam Shibuya-ku, Tokyo Tel. 81 3 3462 2081

Reminiscence

레미니상스 도쿄점. Ad. Kono Building 1F, 14-14 Udagawa-cho Shibuya-ku,Tokyo

Chicago

1960년대 의상부터 푸치 드레스, 기모노까지 다양한 옷들이 가득한 곳.

Omotesando Brach Ad. 6-31-21 Jingumae Shibuya-ku, Tokyo

Takeshita Branch Ad. 1-6-7 Jingumae Shibuya-ku, Tokyo

네덜란드
Ree-member

1970년대 빈티지 의상과 구두를 좋은 가격에 구입할 수 있다.

Ad. Reestraat 26, 1016 DN, Amsterdam Tel. 31 (0)20 62 13 29

Lady Day

비비람만 불지 않는다면 너무나도 아름다운 암스테르담은 묘한 매력이 있는 곳으로 감성도 뛰어나다. 1950년대부터 1970년대 빈티지 제품들을 만날 수 있다.

Ad. Hartenstraat 9, 1016 BZ, Amsterdam Tel. 31 (0)20 623 58 20

호주
The Diva's Closet

니나 리치, 크리스찬 디올, 노만 노렐 등 1950~1960년대 디자이너 쿠튀르 의상이 가득하다.

Ad. 10/11 Young Street, Paddington, Sydney, NSW 2021 Tel. 61 (0)2 9361 6659

The Vintage Clothing Shop

햇살 좋은 날 시드니를 돌아다니다 우연히 발견한 곳이었는데 알고 보니 굉장히 유명한 빈티지 숍이었다. 앤티크 레이스, 1960년대풍 비즈 장식의 카디건 등 아름답고 꽤 유용한 제품들이 좋은 가격에 판매되고 있다.

Ad. Shop 7, St. James Arcade, 80 Casterea Street, Sydney NSW 2000 Tel. 61 (0)2 9238 0090

독일
Garage

베를린에서 규모가 큰 빈티지 숍 중 하나로 빈티지 데님, 1950년대 프록 코트, 1960년대 블라우스를 구입할 수 있다.

Ad. Ahornstraye 2, 10787 Berlin Tel. 49 (0)30 211 27 60

Sterling Gold

빈티지 컬렉터였던 오너가 아예 빈티지 숍을 차린 곳으로 1940년대부터 1980년대까지의 의상을 구할 수 있다.

Ad. Oranienburger StraBe 32, Berlin Tel. 49 (0)30 28 09 65 00/12

벨기에
Episode

안트베르펜에 간다는 것은 스타일을 보고 느끼고 배우러 가는 것이라 생각한다. 파리나 런던과는 다른 북유럽의 감성이 느껴지는 빈티지 제품들이 가득하다.

Ad. Steenhouwersvest 34a, 2000 Antwerpen Tel. 32 (0)3 234 34 14

이탈리아
A.N.G.E.L.O

이탈리아에서 유명한 빈티지 숍으로, 고급스러운 오트 쿠튀르 의상이 가득하다.

Ad. Galleria Passerella 2, 2012 Milan Tel. 39 (0)2 760 6051
www.angelo.it

감 각 의   도 시

뉴스에서 재미있는 기사 두 가지를
보게 되었다. 하나는 서울이 '쇼핑하기에 가장 좋은 도시'로 선정되
었다는 것과 또 하나는 '다른 도시에 비해 볼거리가 없는 도시'로
선정되었다는 것이다. 예전에는 쇼핑 하면 일본이나 홍콩이었는데
이제는 외국인들이 쇼핑을 하기 위해 서울로 온다니 뿌듯한 마음
이 들었다. 하지만 그런 마음도 잠시뿐. 쇼핑이라는 게 동대문이나
남대문 시장에서 저렴한 물건을 사는 정도이고, 그 외에는 사우나
나 음식점 정도밖에 찾지 않는다고 하니 가슴이 갑갑해져 왔다. 사
실 그랬다. 예전에는 직업상 해외 출장이나 여행이 잦았는데, 해외
에 나가서 멋진 도시를 볼 때마다 그저 즐거운 것만이 아닌, 가난
한 집 아이가 부잣집에 갔을 때처럼 부러움과 서러움이 섞인 감정
이 들었다. 그래서 서울에 돌아오면 김포공항의 낮은 천장부터 음
울한 회색 건물과 다닥다닥 붙은 간판까지 모든 게 짜증스러워 가

숨이 답답해지며 울렁증까지 생겼던 적도 있다.

이제는 멋진 인천공항 덕에 서울에 돌아와도 울렁증이 생기진 않지만 길거리에 들어서면 안타깝기는 마찬가지다. 더군다나 날로 바뀌어 가는 상하이나 베이징을 보면 더욱 그러한데, 일본이나 중국처럼 역사적 명소가 많지 않다고 해도 도시를 아름답게 만들 수 있는 방법은 분명 있을 것이다. 십여 년 전 상하이나 베이징에 갔을 때는 자금성의 화려함과 만리장성의 웅장함, 이국적인 정서 외에는 느낄 것이 없었다. 그러나 '무궁화 꽃이 피었습니다' 놀이처럼 도시는 잠깐 돌아서는 사이에 변하고 또 변하여 새로운 모습을 갖추기 시작했다.

그러나 분명 알아야 할 것은 그들이 단지 도시를 발전시키기만 한 게 아니란 사실이다. 그들은 조화로움을 잊지 않고 도시에 미적 감각을 불어넣어 예술과 패션을 느끼게 했다. 도시 곳곳에 사각형의 건물이 아닌 예술적인 건축물을 지어서 세계적인 예술가와 건축가들, 심지어는 클럽 디제이들까지 가장 가고 싶어 하는 도시로 만들었다. 마오쩌둥이 지어 놓았던 정부 요원들의 별장은 이제 파티와 이벤트 장소로 바뀌었는데, 2007년 전 세계 패션 에디터와 바이어를 초대한 스와로브스키의 행사 중 하나도 이곳에서 열려 호평을 받았다. 또한 상하이에는 옛 영사관을 개조하여 만든 '용푸엘리트'라는 최고급 레스토랑이 있는데, 그 안에 들어서는 순간 〈색, 계〉의 여주인공 탕웨이가 된 것 같은 착각에 빠질 만큼 과거와 현대를 아름답게 매치시켜 놓았다. 또한 까르띠에의 파티가 자금성에서 열리고, 펜디의 패션쇼는 만리장성에서 열리는 등 세계의 패션 시장을 중국으로 모으는 데 아름다운 도시들이 밑거름 역할을 했다.

패션 산업은 때로 부드러운 외교 역할을 하기도 하고, 젊은이들을 모으는 힘을 발휘하여 관광 산업에까지 영향을 미치기도 한다. 벨기에의 작은 도시 안트베르펜은 마르탱 마르지엘라, 앤 뒤밀미스터, 드리스 반 노튼과 같은 디자이너들에 의해 패션에 절대적인 도시가 되어 많은 이들의 사랑을 받고 있다.

스타일은 사치가 아닌 취향과 성격, 배경 등 모든 것을 포함한 것으로 무한한 힘을 발휘하기도 한다. 미국의 뉴멕시코에 위치한 산타페는 햇볕이 강한 작은 도시이지만, 크고 작은 갤러리를 만들고 예술제를 열어 아티스트들이 모여드는 도시로 만들었다. 100년이 넘은 건축물이나 이국적인 풍경 때문에도 그러하겠지만, 유명한 아티스트들과 신인 아티스트들이 함께 이루어 놓은 정서는 도시를 지탱하는 힘이 되어 산타페를 예술적이면서도 이국적인 도시로 만들어 놓았다.

2007년 마지막 날, 어머니와 난 일본으로 여행을 떠났다. 영화 〈닥터 지바고〉에서처럼 유후인湯布院을 향해 달려가는 기차 창밖으로 눈송이가 휘날리고 있었다. 전나무 숲도, 지붕도, 호수도 모두 하얗게 변해 버린 풍경을 바라보는 사이 유후인에 도착했다. 후쿠오카에 위치한 유후인은 매우 작지만 아름답고 낭만적인 온천 도시로 유명하다. 유후인의 유명세는 최다 온천 분출량에서 비롯되긴 했지만, 그곳의 가장 큰 매력은 마을 주민들이 만들어 낸 그들만의 '스타일'이라고 나는 말하고 싶다. 유후인에 가기 위해 하

카다 역에서 기차를 타는 순간부터 해리 포터의 마법 세계로 가는 것 같은 설렘을 느끼게 된다. 일본인들이 가장 타 보고 싶어 한다는 기차 '유후인 노 모리由布院の森'는 유후인의 숲이라는 뜻에 어울리게 초록색으로 칠하고, 내부를 원목으로 개조하여 더없이 낭만적이다.

유후인의 건축가가 지었다는, 작지만 세련된 역에 도착하면 메르헨이 시작된다. 전통과 서양식 문물을 세련되게 융합한 여관에 짐을 풀고 마을을 나섰다. 한없이 내리는 눈 때문이었을까? 작은 갤러리와 상점이 이어진 거리는 너무나도 사랑스러웠다. 세련되거나 아기자기한 건물들이 오래된 가옥 사이사이에 들어서 있었는데 그게 묘하게 어울렸다. 7월에는 클래식 음악제가 열리고, 8월에는 영화제가 열리는 도시답게 작은 갤러리들도 많았는데, 그 갤러리들은 단무지를 파는 전통 가옥들 사이에 조화롭게 배치되어 있었다.

특히 인상적이었던 것은 단무지와 반찬을 파는 상점이나 후쿠오카 명물 우동 집에 들어갔을 때였다. 백년은 넘었을 것 같은 오래된 나무 가옥에는 기모노를 입은 점원이 조용히 움직이고 있었는데, 그곳에서 흘러나오는 음악은 재즈였다. 뉴욕의 재즈 바에서 흘러나오는 것이 아닌, 간장 냄새가 폴폴 나는 반찬 가게나 우동 집에서 재즈가 흘러나오니 눈 내리는 창밖의 풍경이 더욱 낭만적으로 보였다. 기모노를 입은 점원이 두부로 만든 아이스크림을 파는 작은 가게에선 바흐의 골드베르그 변주곡까지 흘러나왔다. 어느 집을 가도 마찬가지였다. 아마도 이 마을의 아기자기한 카페

1 런던의 화력발전소를 그대로 갤러리로 만든 테이트 모던 미술관 2 바르셀로나의 해변가에 커다랗게 서 있는 프랭크 게리의 구리 물고기 3 수력발전소를 레스토랑과 갤러리로 만든 런던의 와핑 프로젝트 4 수력발전소 내부 구조를 그대로 사용한 와핑 프로젝트 안의 레스토랑 5 눈이 내려 더욱 운치 있는 유후인의 거리 6 향수에 젖게 하는 삼청동

와 갤러리, 재즈와 바흐는 작은 마을에서 태어난 아저씨, 아줌마들이 마을을 색다르고 아름답게 만들기 위해 선택한 것들일 것이다. 바흐의 클래식을 재즈로 연주하는 자크 루시에처럼, 마을 사람들은 안개가 덮여 있는 산봉우리 밑에 옹기종기 모여 있는 이 작은 마을을 전통과 예술로 오물조물 뒤섞어 낭만적이고 운치 있는 최고의 관광지로 만든 것이다.

일시적인 매출 효과나 상업적인 욕심으로 만들어 낸 장치는 장기적으로 볼 때 절대적으로 불리하다는 것을 알아야 한다. 긴 안목으로 계획하고 설계하고 그림을 그리는 것만이 도시를 풍요롭게 만들고, 나아가 우리 후손들에게 큰 유산을 물려줄 수 있다는 사실을 깨달아야 한다. 아무것도 없던 도시 빌바오에 프랭크 게리가 지은 구겐하임 미술관이 들어서자 그곳은 곧 감각적이고 예술적인 도시로 유명해졌다. 베를린은 오래된 건물을 부수지 않고 건축가들의 기발한 아이디어로 재건축했는데, 이제는 건축가들과 예술가, 심지어 패션 종사자들까지도 사랑하는 도시가 되었다. 위스콘신에 위치한 근사한 커피숍은 여행 중 며칠 동안 머무르며 글을 쓰고 싶게 만들 정도로 운치 있는 곳이었다. 이곳은 오래된 커피 공장으로 안에 있는 기계 사이사이에 테이블을 설치했는데, 그윽한 커피 향과 이색적인 분위기, 그리고 창밖으로 보이는 미시건 호수의 광경이 어우러져 사람들을 위한 멋진 휴식 공간으로 탈바꿈됐다.

요즘 우리나라 도시도 달라지고 있다. 정동과 삼청동은 '내 마음의 보물 1호와 2호'다. 은행잎이 떨어지고 하얀 눈이 쌓이는, 정동 교회와 작은 찻집이 있는 정동길을 걸어갈 때면 연인을 만나

는 것처럼 가슴이 설렌다. 맞은편에서 걸어오는 뚱뚱한 아저씨도 푸근한 인상의 낭만적인 아저씨로 보이는 착시 현상까지 일으키니, 때로는 위험하기까지 하다. 세련되게 변한 남산에서는 제비 모양의 배지도 구입하고, 남산이 그려진 수첩도 샀다. 맨해튼의 엠파이어스테이트 빌딩의 꼭대기도 아니고 파리의 센강도 아닌, 서울

의 아름다운 한강이나 남산타워에서 사랑하는 이에게 청혼받는 것
도 상상해 본다.

　도시가 변해야 한다. 도시를 디자인해야 한다. 도시에 스타일
을 입혀 주어야 한다. 결국 스타일이 도시를 변화시킬 수 있고, 이
렇게 변화된 도시에 세계인이 몰려든다는 사실을 잊지 말아야 할
것이다.

옷 장 속 미 술 관

스타일리스트 서정은의 신혼집에 초대되어 갔을 때 일이다. 이것저것 정성 들여 만든 음식과 예쁜 접시들로 가득 찬 식탁에는 모네의 수련이 프린트된 냅킨이 놓여 있어, 식탁이 한결 아름답고 분위기 있게 느껴졌다. 모네가 본다면 기함할 일이겠지만 청초한 수련이 프린트된 냅킨을 보면서 나의 눈은 즐겁기만 했다. 사실 이제는 생활 속에서 예술 작품을 접할 기회가 많아졌다. 르네 마그리트의 그림 속에서 볼 수 있는 하늘이 우산 속에 들어앉아 있고, 르네상스 시대의 그림이 냅킨이나 식기 세트에 박혀 있으니 말이다. 게다가 요즘은 에어컨 같은 가전 제품 조차도 몬드리안의 '콤포지션 2'에서 영감을 받아 만든 듯 매우 모던하면서도 세련된 감각을 선보이고 있다. 우리는 이렇듯 일상의 많은 것들을 통해 예술 작품의 멋과 아름다움을 생활 속에서 즐길 수 있게 됐다.

패션과 예술은 떼려야 뗄 수 없는 관계로, 패션 디자이너나 스타일리스트는 영화나 음악, 미술에서 많은 영감을 받는다. 특히 미술 작품에서 볼 수 있는 선과 색채, 구도는 패션 디자인을 통해 새롭게 재창조되기도 한다. 이미 1960년대에 이브 생 로랑은 몬드리안 작품을 그의 미니 드레스에 그대로 사용하면서 이름도 아예 '몬드리안 룩'이라고 명명했다. 이후 디자이너들은 르네상스 같은 고전부터 현대 미술과 사진에 이르기까지 다양한 예술 작품을 자신의 옷에 표현하게 되었다.

이브 생 로랑을 유명하게 만들어 준 것은 '몬드리안 룩'만이 아니다. 앤디 워홀에게 영감을 받아 만든 모던한 미니 원피스들도 있지만, 피카소의 오마주를 주제로 해 1979년 가을/겨울 컬렉션에서 선보인 의상은 예술 세계에 대한 이브 생 로랑의 지대한 동경심을 가장 잘 보여 주고 있다. 그것은 피카소에 대한 존경심과 사랑이 듬뿍 담겨 있는 정열적인 레드 컬러의 7부 소매 미니 드레스로, 주름이 잡힌 종 모양의 스커트와 붉은 바탕의 컬러풀한 아플리케 장식은 피카소의 그림을 연상시키기에 충분하다. 또한 피카소의 큐비즘에서 영감을 받은 듯 콜라주 기법을 아플리케로 장식하여 추상적인 분위기를 연출하거나, 그림 속에 자주 등장하는 스페인 의상처럼 레이스 소재로 된 블랙 컬러 의상을 발표하기도 했다. 이후에도 그는 장 콕토(장 콕토는 이브 생 로랑뿐 아니라, 까르띠에, 샤넬에도 많은 영감을 주었다), 마티스, 고갱과 고흐에 이르기까지 많은 예술가들을 끝없이 동경하고 존경하며 그들의 작품을 그의 드레스에 아름답게 그려 넣었다.

Yves Saint Laurent
'Mondrian look'

디자이너들은 그림 속에 등장하는 인물을 그대로 실크 스크린하거나 패턴으로 만들기를 좋아한다. 로이 리히텐슈타인의 만화적인 요소는 팝아트적인 분위기를 연출하기에 그만이다. 특히 '크라잉 걸' 같은 리히텐슈타인의 여자들은 많은 디자이너들에 의해 티셔츠나 데님 소재에 실크 스크린되어 사용되었다. 비비안 웨스트우드는 보티첼리의 그림 같은 아름다운 여인의 얼굴을 자신의 저지 티셔츠에 그려 넣어 선풍적인 인기를 모았다. 사실 이렇게 르네상스 시대의 그림을 넣는 것은 비비안 웨스트우드뿐만 아니라 장 폴 고티에도 마찬가지였다. 독창적인 디자인에 르네상스풍의 그림이 들어가니 묘하게 우아해 보이는 것이, 마치 탐미적인 마리 앙투아네트를 보는 것처럼 신선하기 그지없었다. 그러나 대체적으로 고전 미술보다는 현대 미술 쪽이 디자이너들에게 더 많은 영감을 주는 것 같다.

달리의 초현실적인 그림에 나오는, 녹아내리는 듯한 시계는 까르띠에의 디자이너에 의해 보석 시계로 만들어지기도 했다. 달리의 그림처럼 가운데가 움푹 들어간, 조형적이면서도 독창적인 '크러시' 시계가 나왔을 때 사람들은 놀라움을 금치 못했다. 더군다나 이 시계는 다이아몬드로 장식되어 있어 극도로 럭셔리하면서도 예술성이 돋보이는 디자인으로 거듭나게 되었다.

잭슨 폴락이 그렸던, 물감이 흩뿌려진 듯한 기법의 그림은 많은 디자이너들이 선호하는 작품으로, 도나 카란을 비롯해 셰어 스피릿에 이르기까지 그들의 실크 시폰 위에서 멋지게 연출되어 드레스나 랩 원피스로 만들어지기도 했다. 이처럼 여러 예술 작품이 다양한 소재 위에 등장했는데, 지암바티스타 발리는 알렉산더 콜터의 모빌 모양을 드레스에 그려 넣어 매우 모던한 분위기를 연출하기도 했다. 더군다나 그는 페기 구겐하임이 애용하던 기하학적 모양의 선글라스까지 그대로 재현해 아티스틱한 분위기를 만들어냈다. 그리고 장 미셸 바스키아의 낙서 같은 그림은 런웨이부터 캐주얼한 티셔츠에 이르기까지 그 사용 범위가 매우 넓은데, 특히 그의 기발하면서도 유니크한 낙서 기법은 젊은 층이나 래퍼 같은 가수들에게 더욱 인기가 많았다. "마크 로스코 작품의 색채와 시원스러운 면의 구성은 언제 봐도 멋있어요"라며 수줍게 말하던 디자이너 윤원정 또한 2003년 앤디&뎁의 가을/겨울 컬렉션에서 마크 로스코의 그림으로부터 영감을 받은 듯한 멋진 쇼를 보여 주기도 했다.

또한 1960년대 미니멀 아트의 대표적 예술가인 프랭크 스텔라나 엘스워스 켈리의 작품에서 영감을 받아 디자인된 가방이나 드레스가 런웨이를 장식하기도 했다. 컬러 칩과 같은 원색을 단순화시킨 엘스워스 켈리의 작품은 미우미우의 백과 프로엔자 슐러의 미니 드레스 등에 사용되었다. 미우미우는 단순한 형태와 강한 컬러를 반복해 팝아트적이면서도 귀여운 감각의 백을 선보였고, 프로엔자 슐러는 그들의 미니멀한 드레스에 컬러 칩 같은 형태를 메탈릭한 소재로 붙이거나 여성스러운 톱과 스커트 등에 사용하여 귀여운 느낌을 연출했다. 1967년 자크 타티 감독이 연출한 〈플래이타임〉을 연상시키는 2006/2007년 가을/겨울 컬렉션을 선보인 구호의 디자이너 정구호 역시 2007년 봄/여름 컬렉션을 엘스워스 켈리의 미니멀리즘과 강한 색상에서 영감을 받아 만들었다고 한다.

　이렇듯이 많은 예술 작품들은 디자이너에 의해 패셔너블한 분위기로 재현되기도 하지만, 지루해진 브랜드 이미지를 새롭게 만들어 주는 촉진제 역할을 하기도 한다. 한동안 침체되어 있던 카샤렐은 데이비드 호크니의 '클라크 부부와 고양이 퍼시'에서 영감을 받아 하이웨이스트의 70년대풍 원피스를 선보이며 재기에 성공했다. 특히 줄리 버호벤의 잔잔한 일러스트와 함께 매치되어 그 시즌의 아이코닉한 브랜드로 등극하기까지 했는데 그녀의 동화 같은 일러스트는 마크 제이콥스의 눈 또한 피해갈 수 없었다. 다양한 동물이나 식물을 가죽으로 만든 루이비통의 핀은 그 해 모든 여자들의 머리를 장식했다.

　이 외에도 마크 제이콥스는 루이비통의 스피디 백에 '그라피티(낙서) 아트'를 과감하게 접목시켰다. 절친한 친구이자 뮤즈이기도 한 소피아 코폴라 가방에 그려진 낙서를 보고, 그는 바로 스티븐 스프라우스의 그림을 응용한 스피디 백을 내놓았는데 말 그대로 대박을 터트렸다. 페인트로 낙서를 한 것처럼 루이비통이란 단어를 그려 넣은 스피디 백은 마돈나부터 사라 제시카 파커에 이르기까지 모든 셀레브리티가 웨이팅 리스트에 이름을 올리며 기다려야 할 정도로 선풍적인 인기를 끌었다. 이후 마크 제이콥스는 일본의 팝

2007 봄/여름 Lanvin 컬렉션

아티스트인 무라카미 다카시를 영입하여 더욱 알록달록하고 다양한 그림을 백에 그려 넣었는데, 이는 공전의 히트를 치며 명품과 아트의 새로운 접근법을 제시해 주었다. 자신의 작업보다 더 강렬한 외모로 유명한 구사마 야요이의 작업 또한 마크 제이콥스의 감성을 건드리기에 충분했다.

특히 2007년 봄/여름 컬렉션에선 전 세계의 많은 디자이너들이 예술 작품에 심취해 있는 듯 보였다. 미니멀리즘과 퓨처리즘이 등장하면서 디자이너들은 '미니멀리즘'의 진수를 보여 주었던 현대 미술에 눈을 돌렸다. 프랭크 스텔라나 엘스워스 켈리는 물론, 데미언 허스트의 회화는 리버틴의 코트 등판에 그대로 프린트되었다. 데미언 허스트의 유니크한 조형물인 캡슐에서 영감을 받은 듯 샤넬의 드레스와 참 팔찌에는 캡슐이 사랑스럽게 장식되었다. 랑방은 만 레이의 유명한 사진 'Glass Tears'에서 영감을 받아 커다란 여자들의 얼굴이 실크 스크린된, 미니멀하면서도 우아한 드레스를 선보였다.

사실 현대 미술을 들여다보면 작품 안에서 굉장한 패션 감각을 느낄 수 있다. 물론 르네상스와 같은 옛 그림 속에서도 그 시대의 의상이나 감성, 색감에 대한 공부를 할 수 있다. 그러나 르네 마그리트, 마크 샤갈, 달리부터 라팔 올빈스키, 매기 테일러 같은 초현실주의 작가들의 그림에선 마르탱 마르지엘라나 앤 뒤밀미스터, 요지 야마모토 같은 해체주의 디자이너들의 감성이 느껴진다. 또프리다 칼로의 자화상에는 극도의 고통과 함께 더없이 아름다운 의상들이 등장하는데, 헤어스타일부터 짙은 보라색과 초록색의 보색 대비 등에서 풍부한 패션 감각을 느낄 수 있다.

마크 샤갈의 작품 속에 등장하는 여인들은 또 어떤가? 마치 팀 버튼의 영화를 보는 것같이 몽환적인 느낌으로 그려진 그의 그림 속 여자들은 프랑스적 의상 감각을 선보이는데, 하얀색 레이스가 장식된 검정 원피스와 붉은색 드레스에 앞가르마가 인상적인 긴 생머리를 하고 있어 굉장히 섬세하고 아름답다.

그리고 아메데오 모딜리아니의 그림 속 여자들은 프라다와 미우미우의 옷을 입은 것처럼 매우 심플하면서도 세련된 룩을 보여 주고 있다. 사실 그 그림 속 여자들이 하고 있는 스타일링을 나도 따라 한 적이 있을 정도로 모딜리아니의 패션 감각은 뛰어나다. 파란 니트 풀오버를 입거나 화이트 셔츠에 초록색 보타이를 하고 있는 남자부터 화이트 셔츠에 핑크 스커트를 입고 있는 여인, 겨자색 니트 풀오버를 입고 있는 붉은 머리 여인들은 모두 내게 영감을 주는 패션 아이콘들이다. 그리고 르네 마그리트의 그림 속에 등장하는 모자 쓴 남자는 지극히 모던하면서도 너무 세련되어 보여서 그 스타일링을 한번 따라 해 보고 싶을 정도다.

결국 아름다움을 창조하는 열정은 예술가와 디자이너에게 있어 일맥상통하는 본능이라 하겠다. 그리고 그들이 만들어 낸 아름다움을 생활 속에서 언제나 만날 수 있다는 사실은 더없이 기쁜 일이다.

한순간이었다. 이른 아침에 일어나 라디오에서 흘러나오는 라벨의 〈어미 거위〉 모음곡을 듣다 보니 재미있는 생각이 떠올랐다. 고전적인 형식이면서도 새로운 피아니즘을 선보였던 라벨의 음악은 단순하면서도 세련되고 서정적이다. 페로의 동화인 《난쟁이 톰의 모험》, 《잠자는 숲 속의 미녀》, 《파고다의 여왕》, 《미녀와 야수》 그리고 《요정의 정원》, 이 5가지 이야기를 어린 딸들을 위해 연탄곡으로 만든 라벨의 〈어미 거위〉 모음곡을 듣고 있자니 요지 야마모토의 옷들이 내 머릿속에 떠오르기 시작했다. 라벨의 음악이 귓가에서 조용히 맴돌 때마다, 커다란 모자를 쓰고 지극히 모던하면서도 우아한 블랙 울 드레스를 입은 모델들이 사각사각 소리를 내며 무대 위를 조용히 걷는 모습이 떠올랐다. 그리고 라벨과 요지 야마모토에게서 고요하면서도 아름답고, 서정적이면서도 단순한 우아함이 깃든 세련된 감성이 공통적으로 느껴졌다.

　사실 라흐마니노프의 피아노 협주곡, 특히 2번 1악장과 3번을 들으면서 발렌시아가의 의상들이 몇 번 떠오른 적이 있었다. 그의 정교하면서도 섬세하고, 세련되면서도 강렬한 음색은 마치 크리스토발 발렌시아가의 조형적이면서도 우아한 코트나 현재 발렌시아가의 크리에이티브 디렉터인 니콜라스 게스키에르에 의해 부활한 아름다운 재킷을 보는 것 같았기 때문이다.

　이들 외에도 비슷한 감성을 지닌 음악가와 디자이너가 내 머릿속에서 꼬리에 꼬리를 물고 떠오른 적이 많다. 음색과 의상이 비슷한 음악가와 디자이너를 연결하다 보면 나는 어느새 멋진 커플을 성사시키기 위해 동분서주하는 중매쟁이 아줌마처럼 흥분해 있곤 했다.

　아, 아름다운 나의 랑방 드레스여! 잔느 랑방 여사가 만들어 낸 랑방은 그 이름만으로도 흑백 무성영화 속 여주인공처럼 신비스럽고 우아하다. 그리고 현재 랑방의 크리에이티브 디렉터인 앨버 엘바즈는 거기에 모던함과 세련미를 곁들여 달빛처럼 차가운 모습의 우아함으로 많은 이들의 사랑을 받게 되었다. 앨버 엘바즈의 랑방은 오펜바흐의 〈호프만의 이야기〉 중 줄리에타가 부르는 '뱃노래'처럼 매끄럽고 신비스럽다. 영화 〈인생은 아름다워〉에서 사랑하는 아내를 위해 위험을 감수하며 여자 수용소에까지 이 음악이 들릴 수 있게 틀어 주었던 장면이 기억난다. 오펜바흐의 음악은 그렇게 환상적이면서도 신비스러워 달빛처럼 차가운 실크 새틴이나 별빛처럼 아름다운 크리스털과 레이스 장식의 랑방 드레스와

Jeanne
Lanvin

겹쳐진다. 랑방의 이런 아름다움과 그대로 일치하는 또 한 사람의 음악가가 있으니 바로 쇼팽이다. 앨버 엘바즈는 다른 디자이너와는 달리 언제나 수줍은 미소로 피날레에 등장하는데, 그것 때문에 한때 톰 포드나 칼 라거펠트 같은 스타급 디자이너와 비교되어 기자들에게 인기 없는 디자이너로 선정되는 어이없는 일도 있었다. 그의 이런 성격은 섬세하고 내성적인 쇼팽과 비슷한 면이 많다. 그래서인지 그가 만든 랑방 드레스들은 쇼팽의 '야상곡'처럼 시적이고 청초하다.

서커스단의 여자들, 혹은 라파엘로의 그림에 나올 것 같은 성녀 등 독창적이면서도 드라마틱하고 강렬한 감성을 에펠탑처럼 확실하게 표현하는 장 폴 고티에의 의상은 마치 스트라빈스키의 '불새'같이 정열적이다. 그래서 가끔은 이런 상상도 한다. 장 폴 고티에가 디자인한 의상을 입고 니진스키(20세기 초에 활동한 비운의 천재 무용가)가 '목신의 오후'를 추었다면 어땠을까? 정말 상상만으로도 전율이 온몸을 감싸고 돈다. 그의 옷은 《천일야화》나 《허풍선이 남작의 모험》처럼 환상적이지만, 림스키코르사코프의 '왕벌의 비행'처럼 때로는 사랑스럽고 유머러스하다. 사실 림스키코르사코프의 음악은 이국적이고 아름답기도 한데 그런 점에서 우아한 드리스 반 노튼의 옷과 비슷하다. 오페라 〈사드코〉 중의 '인도의 노래'나 《천일야화》의 수많은 이야기 중 4가지를 골라 4악장 교향곡으로 만든 〈세헤라자데〉는 아름다운 전설을 듣는 것같이 우아하면서도 몽환적인 음악으로, 마치 드리스 반 노튼의 황금빛 실크 드레스나 퍼플 컬러의 튜닉 블라우스를 보는 것 같다.

매우 폐쇄적이고 은둔자 같은 마르탱 마르지엘라의 고집스럽고 편집증적인 성향을 보고 있노라면 나는 언제나 패트릭 쥐스킨트(《향수》,《깊이에의 강요》의 작가로 인터뷰도 하지 않고 은둔 생활을 한다)가 생각난다. 런웨이에도 모습을 보이지 않는 마르지엘라나 인터뷰 한 번 한 적 없이 고집스럽게 자신의 작품에만 몰두하는 쥐스킨트의 기이함 때문인지 이들을 보고 있노라면 떠오르는 음악가가 하나 있다. 바로 독일의 천재 피아니스트 발터 기제킹이다. 악보를 한 번 보고 외워 버린 후 연습도 하지 않고 무대에 올랐다는 발터 기제킹은 단아하면서도 군더더기 없는 정확한 기교로 아름다운 피아니즘을 선보인, 20세기를 대표하는 피아니스트다. 특히 드뷔시의 '베르가마스크 조곡'을 듣고 있노라면 더욱 그러하다. 또한 '월광'의 정확하면서도 세련된 감성은 마르탱 마르지엘라의 정연한 블랙 재킷과 흡사하게 느껴진다.

쇼스타코비치의 '재즈 왈츠 2번'은 드라마틱하면서도 현대적인 감성이 느껴지는 음악으로, 〈아이즈 와이드 샷〉이나 〈번지 점프를 하다〉 등의 영화에 많이 사용되었다. 이 음악을 듣고 있으면 알렉산더 맥퀸의 조형적이면서도 카리스마 넘치는 아름다운 드레스가 떠오른다. 알렉산더 맥퀸의 의상은 아방가르드하면서도 우아하다. 또한 여자의 몸을 아름답게 드러내면서도 그 섹시함이 절대 외설스럽거나 일반적이지 않다. 패셔너블하면서도 우아한 모습이 마치 쇼스타코비치의 '재즈 왈츠 2번'처럼 모던하면서도 웅장하고, 세련되면서도 우수에 차 있다.

생상의 〈동물 사육제〉는 귀엽고 유쾌하며 정감이 가는 것이

모스키노 컬렉션 같다. 그런 면에서 볼 때 클래식하면서도 웨어러블한 프라다는 푸치니의 아리아처럼 아름답고 편하다. 〈투란도트〉에서 칼라프의 '공주는 잠 못 이루고'나 〈잔니 스키키〉의 '오 나의 아버지'도 그러하다. 특히 영화 〈전망 좋은 방〉에서 피렌체의 아름다운 도시를 배경으로 흐르던 키리 테 카나와의 아리아 '오 나의 아버지'는 지극히 아름다우면서도 대중적인 것이 마치 프라다의 여성스러우면서도 클래식한 원피스를 떠오르게 한다.

어렸을 적 음악 시간에 배운 "음악의 아버지는 바흐요, 어머니는 헨델이다"라는 말을 생각해 본다면 바흐는 크리스찬 디올이고 헨델은 샤넬이겠지만, 나의 음악적 감성으로는 오히려 에르메스가 떠오른다. 바흐의 곡들은 매우 심오하면서도 듣는 이를 편안하게 만들어 주기 때문이다. 장식적이지 않고 선과 실루엣, 소재의 견고함으로 아름다움을 그려 내는 에르메스는 그야말로 바흐의 무반주 첼로곡이나 골드 베르그의 변주곡과 흡사하다. 특히 자크 루시에 트리오에 의해 재해석된 바흐의 재즈는 우아하면서도 모던하여, 마치 마르탱 마르지엘라나 장 폴 고티에가 재해석한 에르메스 같다.

물론 모든 의상에 클래식 음악이 떠오르는 것은 아니다. '니트의 여왕'이기도 한 소니아 리키엘을 보면 무조건 에디트 피아프가 생각난다. 피날레가 끝나고 붉은 머리를 휘날리며 여배우보다 더 드라마틱하게 걸어 나오는 그녀의 모습 때문이기도 하겠지만, 그녀가 만든 아름다운 니트 원피스나 코트가 너무나도 프랑스적이기 때문이다. 베레모를 쓰고 소니아 리키엘의 의상을 입는 그 순간부터 에디트 피아프가 구슬이 굴러가는 듯한 특유의 목소리로 부르는 'Non! Je ne Regrette Rien'이 들려오기 시작한다.

이렇게 프랑스적인 음악과 의상이 있다면 아주 뉴욕적인 음악과 의상도 있다. 맨해튼의 야경이 눈에 어른거리는 재즈는 모던하면서도 에지 있는 캘빈 클라인의 슈트와도 같다. 지극히 뉴요커스럽고 직선적이면서도 도시적인 캘빈 클라인의 셔츠와 슈트는 왠지 사람의 목소리보다는 제리 멀리건의 연주곡처럼 악기 연주가 더 잘 어울린다.

이렇게 따진다면 해체주의적이면서도 독특하고 기발한 준야 와타나베의 의상은 마치 사카모토 류이치의 뉴 웨이브 음악을 듣는 것 같다. 물방울이 흘러 내려갈 것 같은 아름답고 독특한 연주나 굵으면서도 매력적인 사카모토 류이치의 목소리는 준야 와타나베의 독창적인 런웨이를 보는 것 같다.

음악에 대한 나의 지식은 전문적이지 않다. 더군다나 지극히 주관적이고 개인적인 취향이지만 이렇게 감성이 비슷한 음악과 디자인을 생각하는 것은 내게 있어 매우 재미있는 놀이다. 윌리엄 워즈워스도 '닮지 않은 것에서 닮은 것을 찾아내는 기쁨'에 대해 말했는데 주변의 사물과 소리, 인물 등에서 비슷한 감정을 유추해 내는 일은 매우 재미있고, 또한 상상력과 집중력을 훈련시킬 수 있는 좋은 방법이다.

아티스트의 취향은 작품에까지 영향을 미친다. 그것은 포토그래퍼도 마찬가지다. 매우 감성적이면서도 클래식한 사진을 찍는 김용호는 개화기 시대의 '돈 많은 유지' 같은 스타일의 클래식하면

서도 세련된 룩을 즐겨 입는다. 모던하면서
도 매우 건조한 감성을 지닌 김현성은 마르
탱 마르지엘라나 헬무트 랭을 그들보다 더
멋지게 연출해서 입는다. 김중만은 어떠한
가? 어디에도 얽매이지 않을 것 같은 자연
인의 모습을 하고 있는 그는 레게 머리에
토속품 반지나 액세서리를 즐겨 하고 아
프리카의 초원에 핀 꽃보다 더 아름다운 꽃
사진을 찍는다.

그렇다면 바흐나 라흐마니노프, 쇼팽 등이 살아 돌아온다면
과연 어떠한 옷을 입었을까? 모르긴 몰라도 천재적이면서도 돌발
적인 모차르트와 칼 라거펠트는 요란스럽게 우정을 과시하며 서로
의 옷과 음악에 대해 칭찬을 아끼지 않거나, 정반대
로 지독하게 서로를 질투하며 비아냥거리는 견원
지간이 되지 않았을까? 믿거나 말거나 말이다.

프 라 다 와   발 렌 시 아 가   사 이 에 서
사 랑 을   시 작 하 다

여성이 섹시해 보이는 것은 무얼 신었는가에 달린 것이 아니라
어떤 자세를 보이는가에 달렸다.
─마크 제이콥스

난 도저히 이해할 수 없었다. 주위에서 내게 왜 그런 말들을 하는지.

　"은영아, 뭘 그렇게 아끼니? 가슴이 확 드러나게 깊게 파인 옷 좀 입고 다녀. 실수로 가슴이 드러나도 좋으니까 제발." 그녀들의 이런 말에 난 언제나 "옷 입는 게 무슨 상관이야? 나를 알아주고 이해해 주는 남자면 되는 거 아냐? 아님 말고"라며 판사가 최종 판결을 내리듯 딱 잘라 말했다. 진심으로 그렇게 생각했다. 결국 내면이 중요한 거지 옷을 어떻게 입었느냐에 따라 행동이 달라지는 남자와는 만나고 싶은 생각이 절대 없었다. "무슨 뜻인지 알겠는데, 남자들이 단순해서 그걸 잘 몰라"라는 그녀들의 말을 귓등으로도 듣지 않았고, 생각 또한 바꾸려 하지 않았다. 그렇게 나는 꽃같이 예쁘다는 20대를 연애 한 번 제대로 하지 않고, 고집스럽게 일만 하며 무소의 뿔처럼 혼자서 살았다. 한마디로 난 배가 덜 고팠

던 것이다.

　그러던 내가 30대 중반을 눈앞에 두면서부터 조금씩 심경의 변화가 일기 시작했다. 더 정확하게 말하자면 산도르 마라이의 《유언》이라는 책에서 본 여주인공 에스더의 말이 나를 움직였던 것 같다. '감정에 인색하게 굴다 결국 개나 고양이에 의지하는 노처녀처럼 이렇게 혼자 늙어 가는 것'이라는 그녀의 말이 돋보기로 확대한 것처럼 커다랗게 나의 머릿속에 각인되었다. 사실 에스더는 인정 많고 사려 깊은, 현명한 여인이다. 그러나 그녀는 눈물을 흘리며 젊은 날 열심히 사랑하지 않은 것에 대해 후회하고, 조용히 여생을 보낼 수밖에 없는 자신의 운명을 가슴 아파하며 이런 말을 남긴 것이다.

　이전까지 나는 열심히 일만 했다. 물론 여행도 다니면서 나름대로 즐기며 살았지만 내게는 보다 많은 감정이 뒤섞인 경험이 필요했다. 그리고 인생이 바뀔 만한 몇 가지 일들을 겪게 되면서 나는 사랑이라는 것에 대해, 그리고 누군가를 사랑하고 사랑받는 것의 중요성에 대해 생각하기 시작했다. 그러면서 천천히 마음의 문을 열어 나갔다. 그러나 '성품이 확고한 사감 선생님' 같은 나의 스타일은 개성은 있지만, '새로운 만남'에 있어서는 여전히 걸림돌이 되었다. 무엇이든 간에 어떤 조치가 필요했다.

　"알고 보면 나도 꽤 재미있는데 남자들은 왜 나를 어려워할까?"라는 한숨 섞인 내 질문에 수콤마 보니의 디자이너 이보현이 타이르듯 말했다. "옷 입는 스타일을 좀 바꿔 보는 게 어때? 네 옷 입는 스타일은 멋있긴 하지만 다가가기엔 힘들어 보여. 쉽게 다가 갈 수 있게 만드는 것도 중요해. 편안한 옷차림이 다 천박해 보이는 것은 아니니까. 네 인상은 티셔츠에 'I'm Easy!'라는 문장을 다이아몬드로 장식하고 다녀도 모자랄 정도거든." 그녀의 말이 피부로 느껴졌다.

나의 20대를 생각해 봐도 납득이 간다. 친구들은 모두 몸에 타이트하게 피트되는 데님 팬츠나 미니스커트에 하이힐을 신고 다녔는데, 나는 요지 야마모토의 렉탱글 실루엣의 울 드레스나 20cm 폭 정도의 와이드 팬츠에 양말을 신고 그것도 모자라 무서운(?) 높이의 플랫폼 샌들까지 신었다. 그런 나의 모습에 어떤 남자들은 "어머니, 안녕하셨어요"라며 놀리기도 했다. 그 놀림에 애써 태연한 척하며 웃음을 지었지만, '요지 야마모토도 모르는 무식한 놈들'이라며 내심 그들을 얼마나 무시했던지. 지금이야 디자이너들 이름을 줄줄이 꿰는 남자들도 많아졌지만, 그 당시엔 요지라고 하면 이를 쑤시는 도구에 불과했다. 어쨌거나 나는 내 멋에 도취되어 옷을 입을 뿐 주위를 보려고 하지 않았다.

그래도 너무나 이해할 수 없어 결혼을 한 후배인 스타일리스트 서정은에게 물었다. "혹시 남자 만날 때 입는 옷 스타일이 따로 있니?"라는 나의 질문에 그녀는 오히려 나를 이해할 수 없다는 듯이 쳐다보며 말했다. "언니, 당연하죠. 재키 스타일이 최고예요. 남자들은 스커트에 하이힐을 신으면 제일 좋아하거든요." 언제나 루스한 스타일의 옷을 입거나 심지어 군용 점퍼에 스니커즈를 즐겨 신는 그녀가 소리 높여 말했다. 결국 남자들은 스타일리시하게 입은 여자보다는 예쁘게 입은 여자를 더 좋아한다는 결론이다.

일만 했던 나는 조금씩 생활 패턴을 바꾸기 시작했다. 이때 내가 가장 먼저 한 일은 머리를 내려뜨리고, 옷 입는 스타일에 변화를 준 것이다. 내게 있어 일을 할 때 풀어헤친 머리는 반칙이고 위반이었다. 머리카락 한 올이라도 흘러내리면 일에 방해가 될까 봐 조선시대 여인처럼 머리를 꼼꼼히 묶고 다녔다. 그러던 내가 머리를 풀고 나타나니 빈틈없어 보이던 인상이 매우 부드러워졌다며 주위 사람들의 반응도 좋았다. 옷도 프릴 장식이 있거나 레이스 소재로 된 질 스튜어트의 원피스 혹은 하늘거리는 실크 스커트에 샤넬의 5cm 굽으로 된 힐을 신었다. 피곤하면 건너뛰던 메이크업도 열심히 했다. 아이라인은 전혀 하지 않고 마스카라만으로 눈을 강조하고, 베네피트의 볼 터치로 하이디처럼 수줍은 뺨을 만들었다. 나의 모습은 완전히 마사 스튜어트를 동경하며 윌리엄 소노마의 요리책을 섭렵하는 양가 규수 같은 모습으로 변했다. 물론 '청담동 핀족'만큼은 아니었지만.

그런데 참 신기하게도 남자들이 반응을 보이기 시작했다. 귀에 안테나를 꽂은 것처럼 눈을 반짝이며 다가오는 남자들을 조금씩 느낄 수 있었다. 그것도 연상, 연하 관계없이. 특히 실크 시폰이나 새틴 소재로 된 블라우스와 스커트 혹은 원피스를 입은 날이면 더했다. 베로니크 브란퀸호의 베이지 실크 블라우스를 입고 가슴까지 단추를 풀어헤친 나를 보고 평소 알고 지내던 매니저가 말했다. "오, 오, 오! 아니 호주의 벌꿀을 통째로 마신 것 같은 이 끈적끈적함은 무엇이지? 요즘 남자가 생겼나? 아님 무슨 시술이라도?" 사실 나는 아무것도 바뀐 게 없었다. 단지 하늘거리는 실크 블라우스의 단추를 가슴까지 풀어헤친 것 외에는. 난 조금씩 재미를 붙이기 시작했다.

그러나 문제는 나의 최고의 패션 아이콘이 오드리 헵번이 아니라 안나 무글라리스란 것이다. 아직도 나는 카리스마 있는 여자가 되는 꿈을 버리지 못한 것이다.

런던에서 만난 스타일리스트 박형준과 함께 쇼핑했을 때의 일이다. 소뿔이나 원석을 그대로 사용하여 볼륨감 있고 카리스마 넘치는 스타일이 가득한 리버티 백화점의 보석 코너에 갔다. 나는 손가락의 절반이 가려지는 상아로 조각된 커다란 반지를 끼어 보이며 "이거 어때? 예쁘지"라고 그에게 물었다. 그러자 그는 예의 시니컬한 말투로 나를 한심하다는 듯 내려다보며 이렇게 대답했다. "얘야, 너무 어울려서 마치 연극인 박정자 선생 같다. 그 반지 끼고 헬레나 루빈스타인이라고 한 번 외쳐 보시지." 나는 그의 비꼬는 듯한 말에 볼멘 목소리로 내게 어울리지 않느냐고 다시 물었다. 그러자 그는 어린애를 타이르듯 말했다. "너 연애하고 싶다면서. 그러면 작고 예쁜 꽃반지나 귀고리를 고르렴. 중만이 형의 스튜디오(사진작가 김중만의 방에는 아프리카 토산품이 즐비하다)에서 볼 것 같은 커다란 소뿔이나 원석의 목걸이는 '나 너무 센 여자니까 아무도 접근하지 마세요'라고 말하는 것 같아. 그렇지 않아도 인상도 강하면서." 난 할 말을 잃었다. 그것이 트렌드라면 아마존 강에 서식하는 아나콘다라도 잡아 구두를 만들어 신을 것 같은 박형준에게 그런 말을 들으리라고는 상상도 못했기 때문이다.

밀리터리 팬츠에 재미있는 프린트 패턴의 티셔츠를 즐겨 입는 백종렬 감독의 감각이라면 꼼데 가르송의 티셔츠와 헬무트 랭의 밀리터리 팬츠에 스니커즈를 신은 여자를 좋아할 거라 생각했다. 그러나 나의 생각과는 정반대였다. "아니, 자기들이 무슨 군인이에요? 여자라면 당연히 하늘거리는 치마에 구두를 신어야죠." 대체적으로 많은 남자들이 여성스럽고 예쁘게 차려 입은 여자를 좋아한다는 사실을 확실히 알게 되었다.

꾸준한 운동으로 체중 감량에 성공하게 되면서 나는 여태 입지 않았던 미니스커트를 시도하게 되었고, 다이앤 본 퍼스텐버그의 랩 원피스를 즐겨 입게 되었다(다이앤 본 퍼스텐버그의 랩 원피스는 동서양을 막론하고 모든 남자들이 좋아하는 디자인이니 기억해 두면 유용하게 써먹을 수 있다). 그리고 이런 준비 끝에 드디어 나는 뒤늦게 어설픈 연애를 시작하게 되었다.

그에 대한 마음은 진심이었지만 뒤늦게 시작한 사랑은 한없이 힘들고 어설펐다. 나는 블러디 메리와 같은 내 모습을 벗어 버리고 싶었다. 연하의 남자를 만난다는 이유로 좀 더 어리게 보이고 싶은 마음도 있었지만, 무엇보다도 그에게 나의 자연스러운 모습을 보여 주고 싶었다. 화려하고 커리어적 자신감이 넘치는 모습이 아닌, 내 본연 그대로의 모습. 그런 이유로 변신을 잠시 멈추고, 그와 만날 때는 청바지에 스니커즈를 신고 메이크업도 기본만 했다. 처음에는 어떠한 모습에도 사랑스럽다고 말해 주던 그가 어느 날부터인가 내게 진한 메이크업과 섹시한 룩을 원했다. 처음엔 대수롭지 않게 여겼지만, 어느 날 그가 던진 말은 대침이 되어 나의 심장을 깊숙이, 그리고 날카롭게 후벼 팠다.

"너에게 다시 처음처럼 키스하고 싶게끔 옷 좀 입어 봐. 다른 사람들 앞에서는 예쁘게 잘 입으면서 내 앞에서는 왜 이렇게 입어? 그리고 그 섹시한 구두들은 모두 어디에 두고 스니커즈만 신는 거지? 도대체 전에 봤던 그 여자의 모습은 어디로 사라진 거야?" 그 얘기를 듣는 순간 내 모습은 뭉크의 '절규' 같은 형상이 되어 버렸다. 한마디도 대꾸할 수 없었다. 그에게 순수하고 편안한 내 본연의 모습을 보여 주는 것이 곧 그에 대한 내 진심을 보여 주는 것이라 착각한 내 유치한 생각을 들키고 싶지 않았기 때문이다. 그리고 가슴속으로는 이과수 폭포 같은 눈물을 흘리면서도 그에겐 태연한 척 이렇게 말했다. "그냥, 이게 편해서."

눈물과 콧물이 범벅이 되어 우는 내게 후배는 이렇게 말했다. "언니, 미쳤구나. 그건 만난 지 6개월, 아니 1년이 넘은 뒤 서로를 많이 알게 돼서 편해질 때 '아! 이런 자연스러운 모습도 있구나'라고 생각하게 만들면서 보여 줘야지, 만난 지 얼마 안 됐는데 벌써 그런 모습을 보여 줬단 말이야? Oh, My God!" 난 단지 내 모든 것을 보여 주는 것으로 진심을 전하고 싶었던 것뿐이었다. 그러나 진심을 보여 주기 이전에 세뇌를 먼저 시켜야 한다는 사실을 전혀 몰랐다.

남자들의 말을 모두 믿으면 안 된다. 얼마 전 친구가 데이트를 나가기 전에 내게 "스니커즈에 캐주얼한 차림으로 나가면 어떨까?"라고 물어 왔다. 스모키 아이에 항상 섹시하고 세련된 스타일을 즐기는 그녀에게 데이트 상대자가 "청바지에 스니커즈를 신은 여자가 쿨해 보인다"라는 말을 했던 모양이다. 이미 아픔이 있는 나는 그녀에게 평소의 모습 그대로, 아니 더욱 아름답고 화사하게 입고 나갈 것을 강력히 권했다. 그 다음 날 그녀는 데이트 중에 그에게서 "Gorgeous!"라는 단어를 수도 없이 들었다며 들뜬 목소리로 얘기했다. 결국 남자들은 '다른 여자들이 입는 옷'과 '내 여자가 입는 옷'을 다르게 생각하고 있는 것이다.

"절대로 해서는 안 될 행동을 하셨네요. 결혼 전까지 저는 항상 변신했어요. 우리 신랑은 저한테 속았다는 말을 지금도 종종 하는걸요. 하하." 언제나 딱 부러지는 모습에 모든 자신감을 한 몸에 안고 있는 것같이 당당해 보였던 스타일리스트 이선희에게서까지 듣게 된 말이다. "저 같은 경우는 너무 인상이 강해서 질 샌더나 프라다같이 얌전하고 부드러운 스타일을 입었어요. 물론 스커트는 절대적이고요. 변신? 당연히 중요하지요. 특히 우리처럼 일만 할 것 같아 보이는 여자들은 더욱 변해야죠."

내가 아는 여자 중에 참으로 옷을 못 입는 여자가 있다. 옷을 못 입는 것이 아니라 촌스럽게 입는다는 표현이 정확하다. 그녀는 항상 미니스커트를 입고 가끔은 이상한 컬러의 망사 스타킹까지 신는다. 머리는 역시 길게 풀어헤치고. 그러나 그녀는 언제나 자신만만하다. 그리고 남자들에게 자신과 만나는 것을 영광스럽게 생각하라고 얘기하는데 신기하게도 남자들은 그녀의 이런 말을 따른다. 그런 그녀가 내가 아끼는 후배에게 이런 충고를 했다. "엉덩이를 다 가리는 이런 헐렁한 옷을 입으면, 남자 못 만나지. 옷 입는 스타일 좀 바꿔 보면 어때?"라고. 내가 아끼는 후배는 발렌시아가나 끌로에를 즐겨 입는 굉장한 멋쟁이다. 우리는 그녀의 촌스러움에 분통을 터뜨리며 화를 냈지만, 결국 할 말이 없었다.

사람들에게 여러 얘기를 들을 때마다 나는 힘든 관문들을 통과하며 20여 년을 헤매고 돌아다닌 율리시스와 같은 심정이 되었다. "차라리 낙타 열 마리를 실은 달구지를 입으로 끌고 산을 오르는 게 더 쉽겠어"라고 내가 푸념을 할 때마다 독수리 오형제 같은 친구들은 이렇게 얘기했다. "네 치아만 상한다. 조금만 더 노력하면 돼. 많이 발전했어."

섹시한 모습을 요구하던 그 남자를 뒤로 하고 다시 싱글이 된 나는 더욱 열심히 운동을 해서 만족스러운 몸매를 얻게 되었다. 그리고 얌전한 스타일에서 보다 섹시한 스타일로 방향을 바꾸어 보았다. 베어백 드레스에 스키니 팬츠, 그리고 메이크업도 스모키 아이로 진하게 바꾸었다. 물론 너무 과하지 않은 여성스러움이 가미되도록……. 파티와 클럽에도 열심히 다녔다. 실크 소재는 여전히 인기가 많았다. 가슴이 브이넥으로 적당히 파인 롤랜드 무레의 저지 톱이나 호피 프린트의 실크 원피스는 모르는 남자에게까지 키스 세례를 받게 했고, 게이 친구들도 '아름답다'는 찬사를 보내 주었다. 일명 나의 '홀러덩 벌러덩 룩'은 그렇게 시작됐다.

나 자신을 통한 임상실험 결과를 몇몇 사람들에게 얘기해 주었다. 내 주위에는 정말 자신을 잊은 채 너무나도 열심히 일하며 살아가는 친구들이 여럿 있기 때문이다. 누구보다 똑똑하고 성실하며 착하기까지 한데 언제나 연애에 있어서는 젬병인 그녀들. 연애하는 사람들을 부러워하면서도 자신과는 너무나 동떨어진 세계라고 생각하는 그녀들에게 내 변화에 대해 얘기해 주었던 것이다. "꼭 그래야만 하나요?" 그녀들의 반응은 내가 몇 년 전에 보인 것과 똑같다. 그리고 그녀들은 어김없이 발렌시아가의 루스하고 조형적인 그레이톤 저지 톱이나 꼼데 가르송의 옷을 멋지게 입고, 노메이크업에 머리는 묶어 올리거나 버섯 스타일의 커트 머리를 하고 있다. "치마요? 저도 치마는 입어요." 울 소재로 되어 허리에 고무 밴드가 들어간 긴치마에 스니커즈를 신은 그녀에게 다시 강조해서 말했다. "이제 그 고무줄 치마는 버리세요."

물론 모든 남자들이 하늘거리는 스커트에 하이힐 신은 여자를 좋아한다고 단정 지을 수는 없다. 또한 모든 사랑이 단지 외모에서 시작되지 않는다는 것도 알고 있다. 한때 나는 여우 같은 여자들을 질투하면서도 그녀들을 동경한 적이 있다. 그러나 더 이상 그녀들을 부러워하기에는 나 자신이 너무나도 아깝다는 생각이 들었다. 그리고 꼭 남자를 만나기 위해서만이 아닌, 나 자신을 위해서라도 변하고 싶었다. 너무 열심히 살다 보면 나 자신이 아름답다는 생각도, 여자라는 생각도 잊은 채 살게 된다. 멋있기만 하면 된다는 이상한 고정관념을 위안으로 삼으면서……. 그러나 여성스러운 스타일의 옷을 입게 되면서부터 확실히 태도부터 눈매, 말투까지 점차적으로 달라지는 것을 느낄 수 있었다.

사람들은 내게 어떻게 하면 옷을 잘 입을 수 있느냐고 많이 물어 본다. 이때 내 대답은 언제나 "옷 입기 연습을 많이 하세요"이다. 고등학교를 졸업하면서부터 나는 무수히 많은 스타일에 도전했고, 이제는 어떠한 상황이 닥쳐도 자신에게 가장 잘 어울리는 모습을 연출할 수 있게 되었다.

문득 사랑도 마찬가지라는 생각이 들었다. 사랑도 많은 연습과 경험을 통해서 자신의 진짜 인연을 만나게 되는 것 같다. 나는 아직도 사랑을 찾기 위해 노력하고 있다. 스타일이 바뀌면서 전에 비해 많은 만남이 생겼지만, 만남 이후의 진행에 대해서는 여전히 어설프기 때문이다. 그것은 하늘거리는 스커트로도 어쩔 수 없다. 아무리 아름다운 옷을 입어도 자신이 없으면 아름다움은 드러나지 않는다. 아무리 섹시한 옷을 입어도 자신을 보이지 않으면 상대방은 나를 알 수 없다.

사람들은 한순간에 내가 변했다고 생각하지만 나의 변신은 오랜 시간 동안 노력한 결과다. 내 스타일이 바뀌면서 변한 것은 남자들의 시선만이 아니다. 언제나 사랑은 머나먼 나라의 얘기라고 생각했던 나 자신이 제일 많이 변했다. 나는 예전에 비해 적극적인 성향이 되었다. 아직도 사랑하는 사람이 생기면 바보가 되고, 그 바보 같은 행동 때문에 엎어지고 깨지고 상처투성이가 되지만, 나 자신을 변화시키고 가꾸는 과정에서 진심으로 나 자신을 사랑하게 되었다. 그리고 누군가를 사랑하기 위해서는 나 자신부터 사랑해야 한다는 것을 깨닫게 되었고, 앞으로도 그렇게 노력하며 살아갈 것이다. 살며 사랑하며…….

절대로 믿어서는 안 될 주변 여자 친구들의 조언

당신이 연애를 하고 싶다면 여자 친구들에게서 듣는 이 말들을 조심해야 할
것이다. 귀여워! 멋있어! 세련된 것이 좋아!

"숏커트 한번 해봐. 귀엽겠다!"
대체적으로 남자들은 긴 머리, 그것도 생머리의 여성을 좋아한다. 머리를
자르라고 하는 여자들은 대체적으로 머리가 길다. 자신이 못 자르는 것을
대리 만족하고 싶어 한다.

"좀 색다르게 입어봐!"
섹시하고 사랑스럽게 입는 것이 범죄인 것처럼, 여자 친구들이 좋아하는 룩
을 즐겨 입었던 때가 있었다. 그러나 내게 꼼데 가르송이나 발렌시아가의
아방가르드한 셔츠와 긴 스커트 혹은 조형적인 바지를 입을 것을 권했던 여
자들은 가슴골이 보일 정도로 깊게 파인 구찌 원피스를 입고 있었다.

"약간 통통하게 살이 찐 것이 더 보기 좋으니까 살 빼지 마!"

"언니! 그 말 절대로 믿지 마. 살 빼. 너무 삐쩍 마른 것은 문제 있지만, 어쨌거나 날씬한 것이 더 예쁘고, 남자들의 눈길을 끌려면 그렇게 해야 해!" 이혜영은 내게 항상 말한다. 통통한 것이 예쁘다는 주변 여자들의 말은 절대로 믿지 말라고. 그렇게 말하는 여자들은 남자 친구를 위해서 새 모이만큼의 밥을 먹는다고.

"역시 멋있다!"

패티김이나 윤복희가 떠오르는 화려하고 강렬한 옷을 입고 커다란 액세서리를 착용하면 주변 여자 친구들은 멋있다고 난리 치는데, 이것은 남자들에게 '뮤지컬 배우세요?'라는 생각밖에 심어주지 않는다.

나의 아름다운 세탁소

내게 있어 어머니와 이모의 존재는 패리스 힐튼과 브리트니 스피어스보다 더 흥미롭다. 언제나 다른 주제로 각자 하고 싶은 이야기만 하면서도 내용이 계속해서 이어지는 기이한 능력을 지닌 이들 자매의 대화는 웬만한 시트콤보다도 재미있기 때문이다. 대화의 내용은 대부분 패션과 뷰티에 관한 것으로, 이들의 의견이 마침내 일치하는 순간에는 CF를 보는 것처럼 강력하고 때로는 설득력까지 있어 가족들은 이 광경을 넋 놓고 구경할 때가 많다.

꽤 소녀 같은 성향의 분위기를 지닌 이 자매는 매우 상반된 스타일을 가지고 있는데, 그 또한 흥미롭다. 어머니는 자타가 공인하는 진주와 블랙 컬러 마니아다. "이제부터는 밝은 색을 입어야겠어. 그래야 자식이 잘된대." 뒤늦게 자식의 성공과 건강을 위해 빨강이나 분홍 같은 색상을 입게 되었지만, 그녀는 평생을 블랙 컬러만 고집했다. 또한 한겨울에는 반팔, 한여름에는 모피가 매치된 니트를 입는 패션 감각을 지녔다. 이 외에도 어머니는 도트와 스트라이프, 레오퍼드 프린트, 코르사주, 프릴이나 리본 장식, 페이턴트 가죽 등을 좋아하고, 니트 소재의 플리츠스커트나 1920년대풍의 로 웨이스트 원피스에 메리제인 슈즈를 즐겨 신는다.

이런 어머니와는 반대로 이모는 전형적인 보헤미안 스타일을 좋아한다. 얼핏 보면 그녀는 동숭동에서 마주칠 것 같은 연극인이 연상될 정도다. 주얼리도 비취나 산호, 혹은 작가들이 공방에서 제작한 주얼리를 즐겨 하고, 색상도 언제나 베이지와 카키 컬러를 고집한다. 특히 아이보리부터 베이지, 카키 컬러에 이르는 그녀의 컬렉션은 가히 랄프 로렌을 능가할 정도의 수준이다. 얼핏 보면 다 똑같아 보이는 10가지의 아이보리 컬러를 절묘하게 연출하는 랄프 로렌만큼이나 이모도 미묘한 차이의 베이지 컬러가 스타일까지 다르게 만들 수 있다고 확신하는 사람이다. 그런 이모가 좋아하는 브랜드 역시 다양한 아이보리와 베이지 컬러가 있는 막스 마라와 랄프 로렌이다.

이 자매의 판이하게 다른 취향은 여기서 끝나는 게 아니다. 어머니가 도트나 하운드 투스(일명 별무늬 체크라고 하는데, 트위드 소재에 많이 사용되는 체크 패턴) 패턴을 좋아한다면, 이모는 깅엄이나 타탄과 같은 영국식 체크를 즐겨 입는다. 또한 어머니가 니트나 레이스, 실크 소재의 원피스를 입고 페이턴트 소재의 백을 즐겨 든다면, 이모는 울 개버딘으로 만든 실루엣이 고급스러운 슈트를 입고 레이스로 짠 대나무 백이나 악어가죽 백을 즐겨 든다. 물론 돋보기도 어머니 것이 보석이나 꽃 모양이 장식된 검정이나 분홍색 프레임이라면 이모 것은 소뿔로 만들어진 내추럴한 감성의 프레임을 사용했다.

이 자매는 명품 같은 고가의 의상을 걸칠 때보다 자기만의 스타일을 연출하는 것에 커다란 즐거움을 느끼고, 또 그것에 대해 칭찬받으면 함박웃음을 지을 만큼 좋아한다. 자신의 스타일이 더 멋지다고 주장하면서도 때로는 "그건 좀 예쁘다"라는 말로 상대방의 스타일을 인정하는 모습도 보여 준다. 어쨌거나 이 자매 앞에서는 스타일리스트라는 내 명함도 무색해질 지경이다.

어머니는 옷을 구입해서 입기보다는 제작해서 입는 것을 좋아한다. 여기저기서 본 스타일에 자신이 원하는 스타일을 첨가하고 변형시켜 만들어 입는다. 한번은 화이트와 네이비 배색의 세일러풍 니트 원피스를 입고 루비 반지와 안경, 구두에 레드 컬러로 악센트를 주고 나타났는데 어찌나 스타일을 완벽하게 맞추었는지 웃음이 나올 지경이었다.

반면 이모는 끊임없이 스타일을 생각하고 연구하는 편으로, 대덕연구소에 자리를 하나 마련해 주고 싶을 정도다. 미묘한 베이지 컬러가 어떻게 하면 색다르게 보일지, 여기에 어울리는 악센트 컬러는 무엇인지, 그리고 위아래를 어떻게 매치해야 새로운 스타일을 만들어 낼 수 있는지 등 스타일에 대해 언제나 진지하게 연구한다. 그런 이모에게 나는 〈무엇이든 물어 보세요〉 같은 존재이다. 패션 스타일리스트라는 직업을 가진 내가 오랜만에 이모를 만나러 가면 그녀는 그동안 궁금했던 점들을 쏟아 낸다.

"은영아. 이 베이지 컬러 재킷에 와인, 카키, 브라운 컬러 스커트 중 어느 것이 좋을까?", "이 블라우스에 재킷을 입고 실크 스카프를 매는 것이 좋을까, 아니면 비취 브로치를 하는 것이 좋을까?", "구두의 색상을 상의와 하의 중 어느 쪽에 맞출까?" 등의 질문을 쏟아 내는 그녀의 양손에는 항상 몇 가지의 옷들이 들려 있다. 때로는 양쪽에 다른 구두까지 신은 채.

그런데 이모의 패션에 대한 열정이 더욱 빛을 발할 때는 바로 '수선'이라는 주제를 다루게 될 때다. 최근에 와서야 리폼이라는 단어가 하나의 유행이 되었지만, 이모는 아주 오래전부터 열정적으로 리폼 작업을 해 왔다. "은영아. 이 막스 마라 재킷이 너무 옛날에 구입한 거라 어깨 패드가 심하게 들어갔는데, 이것 좀 빼면 괜찮아질까?", "이 하이넥 블라우스가 지루한데 라운드로 목을 잘라 버릴까?" 등의 질문을 할 때마다 나는 감탄사를 연발하게 된다.

특히, 그녀의 골프 룩은 〈논노〉에 모델이 입고 등장해도 괜찮다고 말할 수 있을 정도로 기발하고 독창적이다. 십여 년 전에 구입했다는, 통이 넓은 깅엄 체크 바지를 무릎 밑 길이로 자르고 남은 자투리 원단을 덧대고 단추 장식을 해 크롭트 팬츠로 만든 것이다. "이거 입고 골프 치러 가면 사람들이 어디서 구입했냐고 물어본다"라고 말하는 그녀의 얼굴은 컬렉션 피날레에 등장하는 디자이너 같다. 이렇듯 이모는 오래된 옷을 해체해서 새롭게 개조하는 것에 탁월한 재능을 발휘하는데, 그녀의 이런 '헤쳐 모여 작업'은 벨기에의 디자이너들 사이에 넣고 싶을 정도로 뛰어나다.

지난해 1960년대 클래식 무드가 유행하자 이모는 오래된 캐시미어 롱 코트의 소매를 7부 소매로 만들고, 길이는 아예 엉덩이 위로 잘라 완전히 지방시 스타일로 만들어 버렸다. "요즘 이런 짧은 코트가 유행이지? 그렇지?" 내게 트렌드를 확인하며 자신의 성공을 확신하는 이모는 매우 뿌듯해 보였다.

사실 이모에게 있어 길이를 수선하는 것은 너무나도 일차원적인 일이다. 이모는 조금 더 고난도의 기술을 발휘하는데, 테일러드 재킷의 라펠을 없애서 라운드 네크라인의 모던한 재킷으로 만들거나 재킷의 소매를 떼어 내어 지적인 베스트로 만들기도 한다. 또한 원피스를 상하로 분리해서 라운드 네크라인의 블라우스와 플리츠스커트로 만들기도 하고, 재킷의 딱딱한 실루엣이 너무 촌스럽다며 안에 붙은 심지를 모두 떼어 내어 후들거리는 재킷으로 만들어 버린 적도 있다.

지난겨울을 맞이하기 전에 이모는 또 하나의 작품을 만들어 냈다. 그것은 바로 입지 않는 모피 코트를 과감하게 재활용한 것이었다. 우선 마호가니 밍크로 된 코트의 소매를 자르고 길이를 허리까지 줄여서 베스트로 만들어 버렸다. 셀린느나 펜디에서도 소매가 없는 짧은 베스트형의 모피가 등장했는데, 이모의 것과 별반 다를 것이 없었다. 더군다나 베스트로 만들면서 남은 소매나 밑단 자투리로 그녀는 밍크 모자와 목도리, 브로치 같은 소품을 만드는 센스까지 보여 주었다.

물론 구두나 가방도 그녀의 레이더망에서 벗어날 순 없다. 오래된 샤넬의 슬링 백 힐(뒷부분이 끈으로 되어 있는 힐)의 끈을 잘라 내고 뮬(슬리퍼 스타일의 힐)로 만들어 편하게 신기도 하고, 싫증난

백에 덧칠을 하거나 끈을 잘라 내어 클러치 백으로 만들기도 했다. 이렇게 옷을 좋아하고 스타일을 즐기는 이모와 어머니는 내게 지대한 영향을 주었고, 나는 그녀들의 스타일 연출법을 보면서 많은 것을 배우게 됐다.

그런데 이모의 이러한 욕구를 충실하게 해결해 주는 이가 있는데 바로 세탁소 주인이다. 얼핏 보기에도 '플랜더스의 개'에 등장하는 네로의 할아버지만큼 성실해 보이는 그는 30여 년 넘게 이모의 섬세하고도 열성적인 교육(?)을 받아 왔다. "호호호. 저 세탁소는 네 이모 때문에 브랜드에 들어가도 될걸"이라는 어머니 말대로 그의 수선 솜씨는 이제 칼 라거펠트의 쿠튀르 작업실에서 일하는 할머니들만큼 섬세하고 정교한 수준에 이르렀다. "그러니까 허리에 있는 주름을 펴서 다트로 만들어 버리고, 이 주름은 없애 주세요. 이해하셨죠? 그리고 여기에 구멍을 내서 소매통을 만들어 주세요. 그럼 베스트로 입을 수 있을 거예요." 주문을 묵묵히 듣고 있는 세탁소 주인과 스타일을 열심히 설명하는 이모가 마치 쿠튀르 작업실에서 일하고 있는 재단사와 디자이너처럼 느껴졌다.

이모의 수선 노하우

오래 된 모피의 경우 소매를 7부로 자르거나 길이를 줄이면 클래식한 분위
기의 옷으로 바뀐다. 이모의 경우 소매를 없애고 길이를 완전히 잘라서 요
즘 유행인 캐주얼한 스타일로 바꾸었다. 게다가 남은 자투리 모피로 모자와
코사지를 만드는 센스까지 보여주었다.

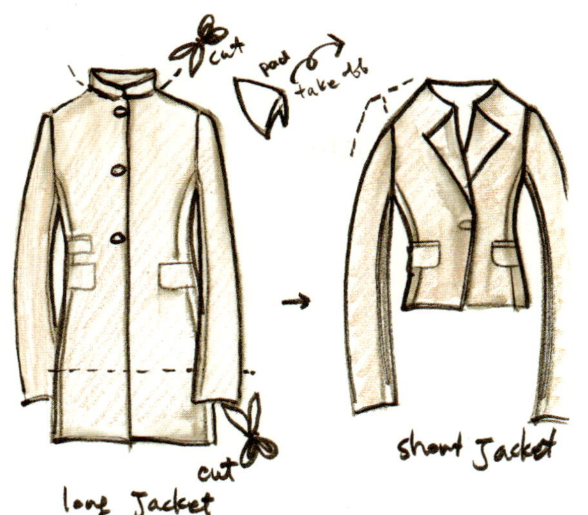

이모의 재킷 수선은 정말 과학적이고 학구적이다. 테일러드 칼라의 라펠 부분을 떼어내 모던하게 만들거나, 밴드 칼라의 부분을 떼어내 라운드 칼라로 만든다. 어깨가 너무 들어간 옛날 재킷의 경우 패드를 떼어내 자연스럽게 만들거나, 안쪽 심지를 떼어내기도 하고, 각패드 대신 라운드패드를 넣어 아르마니 재킷 스타일로 만들어 버린다.

내가 기립 박수 치면서 칭찬해드렸던 문제의 바지. 20여년 된 체크 바지의 길이를 자르고, 자투리 원단으로 밑단을 만들어 마치 1920년대 골프 팬츠처럼 만들었다.

아 름 다 운   장 례 식

이 글을 써야 할지 한참 망설였다. 자칫 가족에 대한 사랑보다는 가볍고 속물적인 모습으로 비춰질 오해의 소지가 다분히 있기 때문이다. 하지만 스타일이라는 것은 화려한 패션 세계의 먼 이야기가 아니라 우리 생활 속에서 얻을 수 있는 것이라는 걸 말하고 싶었다. 그리고 이 글을 쓰기 전에 먼저 나와 내 가족이 얼마나 할머니를 마음속 깊이 그리워하고 사랑하고 있는지를 분명히 밝히고 싶다.

몇 해 전, 그 일은 정말로 갑작스럽게 벌어졌다. 전지현과 함께 호주로 광고 촬영을 떠나기로 한 날 아침, 나는 날벼락 같은 한 통의 전화를 받았다. "할머니가 식사하시다가 갑자기 돌아가셨어. 엉엉." 수화기 너머에서 어머니가 아이처럼 울고 있었다. 96세라는 고령의 나이에도 큰 병치레가 없었던 할머니는 우리 집안의 진정한 뿌리였다. 출장을 취소하고 할머니가 계셨던 이모 댁으로 황급히 달려갔다. 할머니 옆을 언제나 굳건히 지키던 이모는 마침 부재중이었고, 할머니의 시신을 모셔 가기 위해 도착한 응급차 앞에서 어머니는 하염없이 울고 있었다. 나는 택시에서 내리자마자 어머니를 진정시키고 할머니 시신을 모신 응급차에 보호자로 탔다. 그런데 병원에 도착하여 이모부, 막내 삼촌과 함께 장례식을 준비하는 동안 어머니의 모습이 보이지 않았다. 이상하게 생각되면서도 문상하러 온 손님들을 접대하느라 정신없을 때 어머니가 큰 소리로 울며 나타났다. “엄마, 나 두고 가지 마! 엄마.” 커다랗게 울부짖으며 나타난 어머니를 보고 나는 너무 놀라 입을 다물 수 없었다. 왜냐하면 그녀의 머리는 굵게 세팅되어 있었고, 얼굴은 메이크업까지 적당히 하고 있었기 때문이다.

“엄마, 설마 치장하느라 늦은 건 아니겠지?”라는 내 질문에 그녀는 울면서 대답했다. “은영아, 손님들이 곧 들이닥칠 테니 너도 머리 만지고 화장도 조금 하고 오렴. 예쁘게 하고 있어야 해.” 이 말을 들은 난 기가 찼고, 어머니의 세속적인 모습에 화가 치밀어 오르기까지 했다. 몇 시간 후, 지방에서 소식을 듣고 황급히 돌아온 이모가 실신하듯 쓰러지며 “엄마, 엄마. 우리 엄마”라고 통곡했다. 이모가 한참을 울고 나서 진정하자 나는 어머니의 행동을 신데렐라 언니들처럼 고자질했다. “이모, 세상에 우리 엄마가 미용실에 가서 머리를 만지고 왔어. 그러고는 나한테도 미용실에 가라는 거 있지?” 내 말을 들은 이모가 울음을 바로 멈추고 말했다. “어머! 나도 가서 해야겠다.” 언제나 현명한 판단으로 대소사를 결정하던 집안의 기둥 같은 이모마저 그런 말을 하리라곤 상상도 못했다. 어이없어 쳐다보는 내게 그녀는 한마디를 덧붙였다. "은영아, 난 절대 하얀 상복은 안 입는다. 우리 집 여자들 상복은 모두 검정색으로 맞출 테니, 그리 알고 있어." 나는 할 말을 잃었다. 어쨌거나 우린 모두 검정색 상복으로 맞춰 입고 할머니의 빈소를 지켰다.

때로는 할머니를 잃은 슬픔에 울기도 하고, 때로는 할머니에 대한 추억을 이야기하며 우리 가족은 그렇게 슬픔을 나누었다. 12월의 매서운 바람이 부는 날, 우리는 장례식을 치르기 위해 성당에 모였다. 이모는 슬픔에 잠겨 있으면서도 우리에게 지시 내리는 것 또한 잊지 않았다. 각자의 미사보가 있음에도, 어느새 이모는 검정색 미사보를 구해 왔다. "이 검정색 미사보로 모두 통일하고, 춥더라도 외투는 잠시 입지 말 것! 그리고 하얀색 장갑을 모두 착용하길 바란다. 참! 관 덮을 꽃 장식은 왔니? 은영아. 예쁘지, 이거? 벨벳 천 위에 장미를 넣어 달라고 특별히 주문한 거야."

여기서 잠깐 우리 집 여자들의 이야기를 해야겠다. 그러니까 나의 외증조 할머니는 돌아가시기 전날 자신의 사진과 옷가지를 모두 태워 버렸을 정도로 깔끔하고 대쪽 같은 성격을 지닌 분이었다. 그리고 외할머니는 군수의 딸이라는 자부심 하나로 자식들을 평생 홀로 키우면서도 소녀 같은 성품을 잃지 않은 귀여운 여인이었다. 어렸을 적 옆집에 살던 미치코 상과의 추억, 궁중 음식 만드는 법, 그리고 여러 가지 예절 얘기를 재미있게 들려주시던 할머니가 좋았다. 그녀는 언제나 옷을 곱게 차려입었는데, 돌아가시기 며칠 전에도 거동이 불편한 몸으로 손수 얼굴을 닦고, 사위 앞에서 초라한 모습을 보이기 싫다며 옷가지를 챙겨 입던 곱디고운 여인이었다. 그런 할머니의 자식인 나의 어머니와 이모는 옷에 대해서라면 천일야화를 쓸 수 있을 정도로 열정을 가지고 있고, 적극적인 삶을 사는 여인들이다.

다시 이야기를 돌려, 할머니의 장례식은 이모의 정확하고 섬세한 지시로 조용하고 매끄럽게 진행되었다. 우리는 이모가 나누어 준 초를 들고서 할머니 주위에 모여 기도했다. "누이, 좀 추운데 코트 입어도 돼?"라는 삼촌의 질문에도 이모는 "참아"라는 한마디로 모든 것을 통제하며, 엄숙하고 갖추어진 분위기로 장례식을 치렀다.

그리고 장례식 이후 우리는 할머니의 묘비를 두고 장지에서 또 한 번의 해프닝을 벌여야 했다. "이건 어머니가 좋아하는 스타일이 아니잖아", "너무 경박하게 화려하다", "멋대가리 없이 크기만 한 건 싫어", "자식들 이름을 세로로 새기는 게 좋지 않을까?" 등등 모두 한마디씩 거드니 그 소란스러움이 시장 바닥을 방불케 했다. 그때 묘비를 새기는 아저씨가 한마디 했다. "그래도 할머니는 행복한 분이네요. 이렇게 자손들이 모두 모여 묘비까지 정성스럽게 정하는 것을 보면 말이에요." 결국 우리는 할머니를 닮은 작고 사랑스러운 사각형의 대리석 묘비에 손녀들 이름(손녀 이름은 넣을 수 없다는 말에 또 한참 시끄러웠다)까지 모두 넣기로 결정했다. 모든 절차가 끝난 뒤 우리는 가지고 간 이젤에 꽃으로 만든 영정을 올려 두었고 비디오 아티스트인 사촌 언니는 장례식의 이 모든 장면을 비디오로 찍어 할머니에 대한 추억을 영상으로 남겼다. 우리는 그렇게 사랑하는 할머니를 떠나 보냈다.

할머니가 돌아가신 후 서너 달이 지난 어느 날, 오랜만에 가족들이 모두 모였다. 그때 나는 이모로부터 놀라운 이야기를 듣게 되었다. 성당에서 우리의 장례식을 먼발치로 보던 할아버지와 할머니부터 아주머니들까지 너무나 부러워했다는 이야기가 끊이지 않는다는 것이다. 거창하고 화려하진 않았지만, 곱게 차려입은 자식들이 아름답게 꾸민 꽃 관에 모여 기도하고 서로를 위로해 주는 모습이 너무나 보기 좋았다며 칭찬이 자자했단다. 아주머니들은 자신의 부모를 위한 장례식을 생각하게 되었고, 할아버지와 할머니는 자신이 죽은 후 그렇게 '아름다운 장례식'을 치러 달라고 자식에게 부탁했다는 이야기를 들으니 놀라울 뿐이었다.

그런 이야기를 들은 후, 나는 '스타일'에 대해 다시 한 번 생각하게 되었다. '아름다움'은 트렌드가 아니다. 패션에 대해 제대로 알지 못하는 사람이라도 아름다움이 무엇인지는 마음으로 느낄 수 있다. 아름다움을 소망하고, 꿈을 꾸며, 행복해질 수 있는 것! '스타일'이란 바로 그런 것이다. 목표를 위해 뭔가 가꾸고 만들어 가는 과정에서 에너지가 생기고, 꿈이 생기고, 즐거움이 생겨나게 된다. 할머니가 원했던 자신의 장례식은 어떤 모습이었을까? 평생 흐트러진 모습 보이는 걸 싫어했던, 자존심이 강했던 우리 할머니는 가족과의 마지막 인사를 위해 '아름다운 장례식'을 원하지 않았을까.

머 피 가   샐 리 를   만 났 을   때

머피의 법칙 Murphy's law   일이 좀처럼 풀리지 않고 오히려 갈수록 꼬이기만 하면서 되는
일이 없을 때를 가리키는 말로, 1949년 머피 대위에 의해 처음 사용되었다.
샐리의 법칙 Sally's Law   머피의 법칙에 반대되는 개념. 1989년에 제작된 영화 〈해리가 샐리
를 만났을 때〉에서 계속 좋지 않은 일만 일어나다 결국 해피 엔딩으로 이끌어 가는 여주인
공 샐리의 모습에서 따온 말이다. 우연히 원하는 대로 일이 진행되는 경우를 의미한다.

정말 아무 생각 없이 아이스크림을 먹고 있었다. 백화점에 장을 보기 위해 들렀던 나는 하루 종일 회의를 한 후 지쳐서 그랬는지 달짝지근한 아이스크림이 먹고 싶어졌다. 가장 추웠던 겨울 어느 날, 나는 비니를 깊게 눌러 쓰고, 너무나 즐겨 입어 이제는 여기저기가 터져 버린 마이클 코어스의 무스탕 코트를 아무렇게나 걸쳐 입은 채, 아이스크림을 먹으며 멍하니 복도 한가운데에 그렇게 서 있었다. 아이스크림을 우걱우걱 씹어 먹으면서도 누군가에게 이런 모습을 들키면 참 가관이겠다고 생각하는 순간, 저음의 목소리가 조용히 들렸다. "아이고, 아이고!"라는 소리에 놀라 고개를 돌려 보니 변정수가 서 있었다. 오랜만에 만난 그녀는 나를 한심하다는 듯이 쳐다보고 있었는데, 마치 문제아를 혼내는 선생님의 표정 같았다. 비가 오나 눈이 오나 항상 쓰던 선글라스라도 끼고 있었다면 덜 창피했을 것이다. 나는 '야

동'을 보다 들킨 남학생처럼 놀라며 소리쳤다. "왜 하필 이런 순간에 변정수가 내 앞에 있는 거야? 예쁘게 하고 다닐 때도 있는데"라며 울상 짓는 내게 그녀는 예의 호탕한 웃음을 터뜨리며 한마디 했다. "내 말이 그 말이야, 언니! 마저 먹어." 그러고는 엘리베이터를 타고 올라가는 그녀의 뒷모습에 대고 나는 울부짖었다. "정수야, 나도 예쁘게 하고 다닐 때가 있단 말이야. 흑!"

머피 대위의 혼령이 내 주위를 맴도는 것 같았다. 이 모든 것이 우연이라고 하기엔 너무 억지스러워 무슨 저주라도 내린 듯했으니 말이다. 그나마 변정수에게 이런 모습을 보인 것은 창피하지만 슬프진 않다. 지긋지긋한 머피의 법칙으로부터 해방되고 싶은 마음이 간절한 내게는 정말 눈물 없이 들을 수 없는 슬픈 기억이 아주 많다.

프랑스의 보석 브랜드인 쇼메 인터뷰를 위해 파리에 갔을 때 생긴 일이다. 1박 2일의 짧은 일정을 끝내고 화보 촬영을 위해 런던행 유로스타를 타기까지 약간의 여유가 생겼다. 파리의 청명한 가을 하늘과 부드러운 햇빛이 기분 좋아 잠시 파리의 가을을 만끽하고 싶었다. 사실 이것도 알고 보면 머피 대위의 소행이다. 일정이 길면 눈보라가 치든가 장대비가 쏟아지는데, 일정이 짧으면 날씨까지 좋으니 말이다. 어쨌든 세 시간 정도의 여유가 있어 호텔 주변에 있는 캉봉 거리와 명품 숍이 즐비한 생토노레 거리를 걷기로 했다. 엘라 피츠제럴드의 'I love Paris!'가 귓가에 들릴 정도로 아름다운 날씨여서 멋을 내고 파리를 즐기고 싶었다. 칼라에 블랙 스팽글이 장식된 드리스 반 노튼의 A라인 카키 트렌치코트를 입

고, 블랙 터틀넥과 미우미우의 7부 팬츠, 그리고 크
리스털과 리본 장식이 있는 벨벳 소재의 플랫 슈즈
를 신었다. 눈부신 해를 가려줄 셀린느의 클래식
한 버그 아이 선글라스까지 낀 나는 기분 좋게 거
리로 나섰다. 우연한 만남이라도 생기면 좋겠다는 기대로 만면에
미소까지 띠고 길을 걸었지만, 영화 같은 일은 일어나지 않았다.
'그럼 그렇지!'라며 약간의 실망을 했지만 파리의 가을 하늘이 있
었기에 그리 외롭지는 않았다. 우선 셀레브리티들과 패션 피플들
로 붐비는, 루브르 박물관 앞에 있는 카페 뤽으로 발길을 돌렸다.
멋지게 차려입고 카페 뤽에서 에스프레소를 마시면 좋을 것 같다
고 생각했기 때문이다. 하지만 나는 일본 라면집 앞에서 그만 발을
멈추고 말았다. 뜨끈뜨끈한 국물이 그리웠는지 된장 라면을, 그것
도 파까지 추가해서 얼큰하게 먹고 말았다. 파리에서의 일정은 끝
났겠다, 기차를 타면 더 이상 무슨 일이 생기겠냐는 생각에서였다.
비행기를 탈 때마다 옆자리를 기대하지만 내게 당첨되는 파트너는
언제나 이를 쑤시는 아저씨들밖에 없었기에, 아무리 비즈니스 클
래스를 탄다 해도 더 이상의 기대는 하지 않기로 했다.

그러나 유로스타를 타고 자리를 찾아간 순간, 나는 그만 후회
와 안타까움으로 절규하고 싶었다. 내 옆자리에 앉은 남자는 영국
인으로 보이는 키가 큰 남성으로, 버버리 프로섬의 셔츠와 데님에
스니커즈를 신고 노트북을 쳐다보고 있었다. 머리는 약간 부스스
했지만 지적인 모습에 나이도 나와 비슷해 보였고, 무엇보다도 그
가 이성을 좋아하는 남자란 확신이 들었다. 그도 나를 의식하는 듯

자세를 고쳐 앉았지만 나는 그의 옆에 앉을 수 없었다. 제아무리 드리스 반 노튼을 입었다 해도 내게서 풍기는 파 냄새가 부에노스아이레스까지 퍼질 것 같았기 때문이다. 곁눈질로 나를 쳐다보는 그 남자에게 행여나 들킬까 봐 손가락을 최대한 오므려 입을 닫았다. 그리고 승무원을 찾았다. 다행인지 불행인지 빈 좌석이 있어 그 자리로 옮기면서 마음속으로 눈물을 흘리며 그에게 말했다. '미안해요. 정말 미안해요. 당신에게는 아무런 잘못이 없어요. 단지 문제는 나의 입 냄새뿐. 우리 다음에 다시 만날 수 있었으면 좋겠네요. 꼬~옥!' 그렇게 옮긴 좌석의 옆자리에는 배가 불룩한 아저씨들 일행이 맥주를 마시고 있었다. 자리에 앉으면서 좌절감에 크게 한숨을 내쉬었다. 그 아저씨들에겐 파 냄새를 들켜도 더 이상 상관이 없었다.

런던으로 돌아와 영국에서 활발히 활동하고 있는 헤어 스타일리스트 주형선에게 땅을 치며 나의 비극적인 이야기를 들려주었다. "유로스타는 괜찮은 남자들이 꽤 있는데……. 그러니까 내가 항상 공주처럼 예쁘게 꾸미고 다니라고 말했지. 어이구." 물론 나도 크리스티나 아길레라처럼 머리부터 발끝까지 차려입고 싶고, 직업상으로도 그렇게 하려고 노력한다. 그러나 삶에 지쳐, 혹은 본능에 의해 잠시 방관하게 되면 어김없이 머피 대위가 내 주위에 나타난다.

어쩌다 머리를 감지 않고 외출할 때도 마찬가지다. 어느 나른한 일요일에 있었던 일이다. 하루 종일 고양이처럼 게으름을 피우다가 오후에 있는 전시회 기념 파티 시간에 늦게 되었다. 머리를 틀어 올려 지저분함을 감추고 프라다의 원피스를 입은 뒤 얼굴 도 장이라도 찍을 요량으로 행사장에 참석했다. 사람들과 이야기를 나누는 중간에도 머리에 신경이 쓰여 좌불안석이었다. 머피 대위 는 나의 이런 불안한 순간을 역시 놓치지 않는 듯하다. 파티에 참 석한 배우 이정재와 정우성에게 인사를 하던 중 사진기자가 촬영 을 요구했다. "그럼 우리 함께 찍을까요?"라고 멋진 두 배우가 말 한다. 좌청룡, 우백호를 거느린 태왕도 부럽지 않을 만큼, 왼쪽에 는 정우성, 오른쪽에는 이정재를 두고 서 있는 나는 눈물을 흘리며 행복감에 젖어야 했지만 도저히 그럴 수 없었다. 내 뒤에 서 있는 그들의 시선이 내 안 감은 머리 위에 머무는 것 같아 불안하기 그지 없었기 때문이다. 나는 결국 불안함을 견디지 못하고 12시를 넘기 지 않으려는 신데렐라처럼 허둥지둥 집으로 돌아오고 말았다.

　　머피 대위의 출현은 언제나 정확하고, 빈틈없고, 매정하다. 열심히 차려입고 기대를 한 채 파티에 가면 계획했다는 듯이 여자 들이나 동성을 좋아하는 남자들만 가득하다. 또 더 이상의 부푼 기 대를 갖지 말자며 대충 옷을 입고 가면 땅을 치고 후회할 상황이 발 생하게 된다.

　　얼마 전에 일어난 사건은 지금 생각해도 웃음이 난다. 저녁 약 속을 위해 집을 나서면서도 약간은 불안했다. 편안한 지인들을 만 나는 자리라지만 내 모습이 저녁 모임에 가기에는 너무 편했기 때 문이다. 세련된 인테리어로 유명한 레스토랑에서 저녁 식사를 한 다는데 스타일리스트로서 너무 편안한 복장(티셔츠에 데님 팬츠, 그 리고 슬리퍼)과 맨얼굴이 마음에 걸렸다. '이러면 안 되는데'라는 불안한 마음이 살얼음처럼 얇게 들었지만 곧 '별일 있겠어?'라고 생각한 게 화근이었다. 생얼도 마냥 예쁜 송혜교나 전지현도 아니면서 왜 그랬는지, 화장도 전혀 하지 않은 데다 일할 때 착용하는 빅터 앤 롤프의 두꺼운 뿔테 안경까지 썼다. 저녁 식사 중 오랜만에 만난 디자이너 박지원이 갑작스럽게 미팅을 주선하고 나섰다. 여러 가지 면에서 내가 좋아할 만한 남자라고 하자 옆에 있던 친구들까지 덩달아 흥분하기 시작했다. 그러나 설렘보다는 당혹스러운 마음이 물밀듯이 밀려오기 시작했다. "다른 때는 잘 입다가 꼭 이럴 때……"라는 주위 사람들의 말을 들으며 얼마나 후회가 됐는지. 그러나 독수리 오형제 같은 친구들은 나의 '멋진 만남'을 위해 재빨리 움직이기 시작했다. "포기하지 말자. 일단 메이크업이라도 바꾸면 좋아질 거야"라며 메이크업 아티스트 이경민이 가방을 열어 본다. 몇 가지 안 되는 제품으로 금세 스모키 아이와 촉촉한 피부톤, 발그레한 뺨을 가진 얼굴로 만들어 놓았다. 옆에서 지켜보던 멀티숍 빌렛의 바이어 김현경이 자신이 구입한 자뎅 드 슈에트의 블랙 원피스를 내게 입혀 준다. "섹시한 스타일은 아니지만 데님 팬츠보다는 여성스러운 것이 낫잖아." 묶었던 머리까지 풀어헤치고 나니 완전한 변신을 했다. 〈트랜스포머〉의 오토봇 군단만큼 빠르게 변한 내 모습에 자신감마저 생겼다. 고백하건대, 그때 나타난 남자가 그렇게 마음에 들진 않았지만 변한 내 모습에 만족해서인지 그날 저녁만큼은 꽤 즐거운 시간을 보냈다.

　머피 대위의 심술로 내가 쓰러져 있을 때 샐리의 부드러운 미소가 나를 감싸 주기도 한다. 예쁘게 차려입고 갔다가 생각지도 않은 만남이 이루어질 때가 있기 때문이다. 나는 실연의 아픔을 안고 한 파티에 갔었다. 너무나도 울적한 마음을 떨치려는 듯 미우미우의 보라색 양털 코트와 마크 제이콥스의 리본 장식 블라우스에, 스키니 팬츠를 입고 파티에 참석했다. 여러 겹의 크리스털 팔찌와 적당히 그린 스모키 아이가 울적한 나의 표정을 매우 분위기 있게 만들어 주었는지, 그날 나를 눈여겨본 사람이 있었던 것이다. 수개월이 지난 어느 날, 같이 파티에 갔던 지인에게서 연락이 왔다. 그날 파티에서 내게 반한 남자가 있는데 만나 볼 생각이 없냐는 것이었다. 그 상대가 어떤 사람인지 그리 궁금하지 않았다. 누군가가 나를 좋아한다는 사실만으로도 설렘과 흥분의 도가니에서 즐겁게 보낼 수 있었기 때문이다.

인연이라는 것이 마크 제이콥스의 블라우스나 크리스찬 루부탱의 구두로 이어질 수 없다는 것을 누구보다 잘 알고 있다. 그 사람의 됨됨이가 버버리 프로섬의 셔츠로 평가될 수 없다는 것 또한 알고 있다. 그러나 사랑이 시작될 때부터 그 관계를 지속시키는 동안 노력해야 할 부분도 있을 것이다. 결혼한 후 지친 모습으로 변해 가는 친구들을 볼 때, 바쁜 생활 속에서 여유를 잃어 가는 나 자신의 모습을 볼 때 안타까운 마음이 생기기도 한다. 자신의 모습을 가꾸고 아끼는 과정에서 얻는 사소한 즐거움으로 인해 일상 속에서 잠시라도 웃을 수 있다면, 이 또한 더없이 행복한 일이 아닐까.

스 타 일 은   친 구 다

첫 번째 《스타일 북》에 장윤주의 '스타일은 친구다'라는 제목의 글이 있다. 나는 그녀의 생각에 깊이 공감한다. 누군가 나에게 스타일을 '가르쳐달라'고 한다면, 나는 스타일을 '느끼라'고 말하고 싶다. 모든 것은 '배우는 과정'이 아닌 '느끼는 과정'에서 발전할 수 있기 때문이다. 그래서 장윤주의 글에서 영감을 받아 이 글을 쓰게 되었다(윤주야, 고맙다!).

장윤주의 말대로 음악이나 미술, 문화, 모든 것에 흥미와 관심을 가지고 있으면, 그 속에 숨어 있는 스타일을 발견할 수 있게 된다. 쇼스타코비치의 연주를 들으며 빅터 앤 롤프같이 드라마틱하면서도 모던한 감성을 느낄 수도 있고, 노라 존스의 노래를 들으며 짙은 초록색 니트 터틀넥을 입은 긴 머리 여인을 떠올릴 수도 있다. 미국 화가인 조지아 오키프의 꽃 그림을 보고 강렬한 컬러에 심플하면서도 세련된 미니 드레스를 떠올리고, 부드럽지만 어른의

맛이 나는 카페라테에서는 소녀에서 여자로 넘어가는 그 무엇인가
를 느낄지도 모른다. 무엇을 느끼든 그것은 자신의 취향과 상상력
에서 나온다. 그러나 그러기까지는 '관찰'이라는 훈련이 필요하고,
관찰을 반복하는 과정에서 상상력은 더욱 풍부해진다.

　우리는 학교에서 얻을 수 없는 것들을 책과 영화, 세상 속에서
발견하고 느끼며 영감을 얻는다. 주변 사람들을 통해서도 배우고,
또 그 속에서 발견한 감성을 자신에게 적용하며 자신만의 감성으
로 만들어 간다.

제니스 조플린은 나의 친구다

　불같이 뜨거운 그녀의 인생만큼 그녀의 룩은 패션 디자이너
나 에디터들에게 끊임없는 사랑을 받고 있다. 헝클어진 머리, 동그
란 선글라스, 페전트 원피스, 블라우스와 레이어드한 와이드 팬츠,
두꺼운 팔찌, 플라워와 페이즐리 프린트……. 자유를 외치던 히피
들의 전유물인 이 모든 것을 멋지게 연출한 제니스 조플린은 히피
룩을 대표하는 아이콘이 되었다.

베티나, 트위기, 페넬로페 트리, 케이트 모스는 나의 친구다

　이들의 공통점은? 바로 각 시대를 대표하는 모델이자 패셔니
스타다. 1930~1940년대를 대표하는 모델 베티나는 크리스찬 디
올과 크리스토발 발렌시아가의 조형적이면서도 아름다운 의상을
입으며 클래식한 룩을 선보였는데, 지금은 꼼 데 가르송과 같은 아
방가르드한 옷을 입는 멋진 할머니가 되었다고 한다.

1960년대를 대표하는 두 모델이 있으니 바로 트위기와 페넬로페 트리다. 이 두 모델의 스타일은 그 시대의 룩을 대표하듯 극명하게 다르다. 트위기는 쿠레주, 지방시의 H라인 미니 스커트로 된 스페이스 룩이나 모즈 룩을 입고 패션 아이콘이 되었다. 또한 긴 머리와 묘한 눈빛의 페넬로페 트리는 이브 생 로랑의 페전트 룩이나 롱 드레스를 입고 세련된 히피 룩을 연출했다. 이들은 모두 스타일에 어울리는 헤어와 메이크업까지 완벽하게 갖춰 전설적인 패션 아이콘이 되었다.

2000년대를 대표하는 패션 아이콘이 케이트 모스라는 것은 아마 어느 누구도 부인하지 않을 것이다. 약간은 헝클어진 듯한 헤어 스타일에 스모키 아이를 하고 거미줄처럼 얇은 구찌의 미니 드레스를 입고 레드 카펫을 밟을 때 모든 여배우들과 셀레브리티들은 새로운 드레스 룩에 감탄했다. 그녀는 스키니 팬츠와 레이어드 룩, 부츠와 호보 백, 트렌치코트 등의 아이템으로 런던 시크의 정수를 보여주고 있다.

다이아나 브릴랜드는 나의 친구다

"천박한 저속함은 사실 삶에서 매우 중요한 요소다. 우리에게 때때로 저속함도 필요할 때가 있다. 그러나 어떤 스타일조차 없는 것이야말로 내가 가장 싫어하는 패션이다." 나는 스타일에 대해 이야기할 때 이 여인을 빼 놓지 않는다. 스타일리스트의 원조이기도 한 그녀는 〈하퍼스 바자〉를 만드

는 데 지대한 영향을 끼쳤다. 영원한 아름다움을 렌즈에 담았던 리
차드 아베든과 전설적인 아트디렉터인 알렉세이 브로도비치와 함
께 지금 보아도 숨이 멎을 만큼 아름다운 비주얼을 만들어 냈다.
그녀는 상류사회 출신의 여유로움과 우아함으로 스타일링에 그녀
만의 클래식함과 당당함을 불어 넣었다. 커다란 선글라스와 스카
프, 대담한 컬러 매치를 선보였으며 카우보이모자에 코사지 장식
을 하는 등 유니크한 감각을 지닌 그녀는 나의 진정한 멘토다.

캐리, 샬롯, 미란다, 사만사는 나의 친구다

여배우에게는 아름다운 미모도 필요하지만 카리스마 넘치는
스타일도 필요하다. 예쁜 옷만 입는 여배우는 아름답기는 하나 기
억 속에서 쉽게 사라진다. 지금까지 회자되고 있는 스타일은 〈티파
니에서 아침을〉 같은 영화 속 여주인공들의 것이다. 그리고 21세기
에 어울리게 트렌디하면서도 과감한 레이어링으로 새로운 스타일
을 선보인 〈섹스 앤 더 시티〉의 여자 넷은 다시금 새로운 신화를 탄
생시켰다. 캐리는 남자 화이트 셔츠에 에르메스 벨트를 매고 미니
원피스로 입거나 기모노를 드레스로 입기도 하고, 이름이 새겨진
과감한 색상의 목걸이와 마놀로 블라닉을 유행시켰다. 또한 마크
제이콥스와 버버리를 매치시키며 얌전하고 새침한 상류층 여성의
스타일로 꾸민 샬롯, 지적인 슈트나 드레스를 섹시하면서도 세련
되게 입는 미란다, 그리고 다이아몬드 칵테일 반지나 제브라 프린
트 등 강렬한 로베르토 카발리풍의 화려한 의상을 즐겨 입는 사만
사의 스타일은 전 세계의 여자들의 관심을 모으기에 충분했다.

재키는 나의 친구다

재클린 오나시스 케네디는 그녀의 이름 뒤에 붙은 성만큼 화려하고 세련되게 옷을 입었다. 사각 메탈 장식의 로저 비비에 플랫 슈즈, 크리스찬 디올의 분홍색 원피스, 블랙 터틀넥의 니트와 데님 팬츠, 구찌의 재키 백, 그리고 얼굴의 반을 가리는 버그 아이 선글라스를 생각하면 재클린 케네디 오나시스가 자연스럽게 떠오른다. 파란만장한 인생에 걸맞게 그녀는 세기의 스타일 아이콘이 되었는데, 그녀가 이렇게 사랑을 받는 이유는 아마도 세련미의 정수를 보여주었기 때문이 아닐까 싶다. 검정색 니트 풀오버에 날렵한 하얀색 팬츠를 입고 커다란 선글라스를 끼고 휴가를 가거나, 산호색 슈트에 진주 귀고리를 한 그녀의 스타일은 어디서나 눈에 띄었다. 그중에서도 가장 기억에 남는 것은 바로 그녀가 나이가 들어 길을 걷다 우연히 찍힌 사진 속의 모습이다. 몸에 자연스럽게 피트되는 주황색 니트 풀오버에 데님 팬츠를 입고, 머리는 자연스럽게 바람에 휘날리고 있었는데 그녀의 밝은 웃음은 오히려 애절하기까지 했다. 나에게 버그 아이 선글라스의 매력을 알게 해 준 재키는 나의 스타일 친구다.

소피아 코폴라는 나의 친구다

패션 에디터 시절, 뉴욕 컬렉션장에서 나는 소피아 코폴라를 몇 번 본 적이 있었다. 마크 제이콥스의 절친한 친구답게 여성스러우면서도 자연스러운 스타일을 연출하는 그녀는 언제나 온화한 미소를 띠고 있었다. 라운드 칼라의 블라우스나 H라인의 원피스 드레스에 호보 백을 자연스럽게 매치하는 그녀는 세련되면서도 유행에 얽매이지 않아 좋고, 고급스럽지만 화려하지 않아 좋다. 지적이면서도 자유로운 그녀의 정신이 스타일에도 그대로 배어나와 마크 제이콥스의 뮤즈가 된 듯하다.

영화 속 주인공들은 나의 친구다

어깨에서 찰랑거리는 머리와 육감적인 몸매, 정열적인 눈을 가진 소피아 로렌은 허리가 잘록한 셔츠와 H라인 스커트에 플랫 슈즈를 신어도 멋진 여자였다. 지중해의 햇살을 받아 검게 그을린 피부는 어떠한 옷도 육감적으로 만들었다. 지방시의 옷을 세련되게 입고 보석가게 앞에서 포즈를 취하던 오드리 햅번은 세기의 여인이 되었다. 깅엄 체크에 7부 바지를 입고 아이라인을 두껍게 그린 브리지트 바르도는 섹시함과 귀여움을 간직한 여인이었고, 짧은 머리가 어울리는 진 세버그와 뱅 스타일의 단발머리를 한 오드리 토투는 프랑스 여배우의 세련되고 깜찍한 감각으로 나를 설레게 했다. 또한 〈아웃 오브 아프리카〉의 메릴 스트립은 1930년대의 섬세한 감성을 살린 사파리 룩을 연출해 나를 감동시켰다. 영화 속 주인공들의 의상을 보며 나는 패션을 알게 되었고, 스타일에 대한 꿈을 꾸게 되었다.

프리다와 모딜리아니의 그림 속 여자들은 나의 친구다

프리다 칼로는 혹독한 삶을 살았지만 그녀가 보여 준 감성은 지극히 아름답다. 그녀가 머리에 꽂은 꽃들은 그녀의 슬픔만큼 컸는데, 그 커다란 꽃들과 이국적인 색상의 옷들은 어찌나 묘하게 어울리는지 보고 또 봐도 아름답다. 모딜리아니나 피카소, 샤갈, 마그리트 등의 그림 속에 있는 여자들 또한 나에게 영감을 주는 존재들이다. 황갈색의 니트 풀오버를 입고 초록색 눈을 가진 목이 긴 여자나, 레이스 장식의 검정색 드레스를 입고 빨간 꽃을 든 그림 속의 여자들을 보며 나는 화보의 콘셉트를 정하기도 하고, 스타일을 만들어 내기도 한다.

나 의 스 타 일 변 천 사

자정이 다 되어 전화벨이 울렸다. '올 것이 왔구나'라고 생각하며 전화를 받자 예상대로 〈엘르〉의 크리에이티브 디렉터 강주연의 또랑또랑한 목소리가 들려왔다. "언니, 15년 전 사진 빨리 찾아 주세요." 〈엘르〉의 15주년 기획 중 하나로 컨트리뷰터들의 15년 전 사진을 실을 것이라는 그녀의 이야기를 며칠 전에 들었지만, 바쁘다는 핑계로 이리저리 미루어 왔던 것이다. 책장에 있는 상자들을 모조리 꺼내어 보았다. 평소 정리 정돈이 안 되는 성격 탓에 꽤 많은 분량의 사진들이 모두 상자 속에 들어 있었기 때문이다. 서너 장 찾아서 줄 요량으로 상자 속 사진을 살펴보던 나는 생각지도 못한 시간 여행을 떠나게 되었다.

먼지가 내려앉은 옛날 사진 속에는 세월의 흐름이 느껴지는 다양한 스타일이 고스란히 남아 있었다. 참 우스웠다. 짐 캐리보다 더 웃긴 내 모습에 혼자 멋쩍어하며 그렇게 15년간의 사진을 보았다. 매년 트랜스포머처럼 어찌나 스타일을 잘도 바꾸었는지, 또 그런 룩을 하고는 어디를 그렇게 돌아다녔는지, 내가 봐도 우습기 그지없었다. 한 상자를 열고 또 다른 상자를 열면서 "어머, 어머!"를 연발할 만큼 민망해하기도 했지만, 사진 구석에 쓰여 있는 연도를 보며 "맞아! 이때 이게 유행을 했지"라고 고개를 끄덕이기도 했다. 내 과거 속 모든 스타일에는 소중한 추억들이 담겨져 있다. 그리고 이 모든 즐거운 기억, 슬픈 기억, 설레는 기억들이 따뜻한 추억으로 남을 수 있었던 것은 바로 나의 '옷 입기'로 인해서였지 않았을까 싶다.

스무 살이 되던 해 나는 어머니에게 진주 목걸이를 선물 받고 사촌 언니와 사진을 찍었다. 집안 행사가 있던 이날, 나는 '베이비돌' 스타일이 입고 싶어 어머니에게 졸라 옷을 맞춰 입었다. 내가 직접 디자인한 원피스를 입고, 이가자 미용실에서 '이라이자' 머리까지 한 나는 사랑스럽게 웃고 싶었다. 그러나 나는 이때 웃을 수가 없었다. 교통사고로 앞니 두 개가 빠져서 입만 벌리면 영락없이 "영구 없다"를 외쳐야 할 판이었기 때문이다.

고등학교를 졸업하고 내가 가장 먼저 한 일은 머리를 파마하고 앞머리를 세우는 일이었다. 1980년대를 강타했던, 닭 볏보다도 높이 세우는 헤어스타일이 왜 그렇게 해 보고 싶었는지, 조금이라도 무너지지 않도록 엄청난 양의 스프레이를 뿌려 댔다. 하희라와 김희애부터 김혜수까지 모두 올린 '닭 볏' 헤어스타일을 열심히 따라 하다가 도쿄로 유학을 가보니 앞머리를 세운 것은 나와 닭밖에 없었다. 그 당시 일본에서는 아사노 아츠코라는 인기 절정의 배우가 하고 다니는 스타일이 유행이었다. 긴 생머리에 후프 귀고리(커다란 링 귀고리)를 하고, 언제나 헐렁한 실크 톱이나 셔츠에 와이드 팬츠를 입고 플랫 슈즈를 신었는데, 그 룩이 꽤나 인상적이었나 보다. 당시의 내 사진을 보니 실크 팬츠에 실크 톱을 입고 그 여배우가 즐겨 쓰던 레이밴의 클래식한 선글라스를 끼고 있었다. 그러나 그것도 잠시, 나는 일본 소녀들 특유의 만화 주인공 캐릭터에 빠져들고 만다. 만화책 속에서 빠져나온 것처럼 페티코트로 커다랗게 부풀린 스커트와 퍼프소매, 인형 같은 헤어스타일과 기하학적인 패턴이 눈에 들어오기 시작하더니, 머리에 커다란 리본을 달고 의상에 맞춰 양산까지 들고 다니는 소녀들을 어느새 따라 하기 시작했다. 나는 패션 잡지 〈논노〉를 섭렵하면서 방울이 달린 모자를 쓰거나 코알라 모양의 배낭을 메기도 했다. 또 이상한 나라의 앨리스가 입을 것 같은, 모스키노 컬렉션의 다이아몬드 패턴 옷처럼 독특한 것에 사족을 못 쓰게 되었다. 나는 이 옷을 사기 위해 학교를 걸어 다니며 교통비까지 아껴야 했다.

그러던 어느 날 좋아하는 사람이 생겼다. 창백한 얼굴에 언제나 요지 야마모토의 블랙 컬러 의상만 입고 다녔던 과 선배였다. 무심한 듯 차가운 그가 너무나도 멋있었다. 멀리서라도 그를 발견하면 얼굴이 빨갛게 물들었던 나는 그가 좋아할 만한 여자가 되기로 작정했다. 짙은 아이새도를 지우고, 얼굴에 분을 발라 하얗게 만들었다. 요지 야마모토의 블랙 슈트나 조형적인 스커트, 매우 직선적인 화이트 셔츠에는 나의 붉은 혈색보다 창백한 얼굴이 더 잘 어울렸기 때문이다. 그렇게 울 소재로 된 렉탱글 실루엣 원피스를 입거나 아이 한 명이 들어갈 만큼 폭이 넓은 와이드 팬츠를 입으며 변신을 꾀했다. 물론 신발은 블랙 컬러의 로퍼였다. 사실 이때는 요지 야마모토와 꼼데 가르송이 파리로 진출하기 시작하면서 세계적으로 일본인 디자이너들의 인기가 높았던 때였다. 지금이야 그들 모두가 파리에 활동하는 세계적인 디자이너가 되었지만, 내가 일본에서 유학할 당시에는 모두 도쿄에서 활동하고 있었다. 머리부터 발끝까지 온통 검정색으로 몸을 휘감고 청담동처럼 고급 패션 상점이 즐비한 아오야마를 걷다가 카페 테라스에서 요지 야마모토와 꼼데 가르송의 가와쿠보 레이가 차를 마시고 있는 모습을 발견하면 가슴 설레어 하며 그 주위를 배회하곤 했다.

그런데 세계적으로 선풍적인 인기를 얻기 시작한 이 일본풍의 아방가르드한 스타일로 인해 어처구니없는 일도 겪어야 했다. 내가 방학을 맞아 서울에 돌아왔을 때의 일이다. 기다렸다는 듯이 소개팅 스케줄을 잡은 나는 친구들과의 약속 장소에 나갔는데, 거기에서 그만 '폭탄'이 되고 말았다. 이유는 내 스타일 때문이었다. 당시 한국의 여대생들 사이에선 오리털 파카와 스노 진, 하이힐이 유행하고 있었다. 그런데 한복같이 길게 뺀 요지 야마모토의 옷을 위에서 아래까지 블랙으로 입고, 거기에 머리까지 촘촘히 묶은 모습으로 나갔던 나는 유관순 누나 내지 어머니 취급을 당해야 했던 것이다. "어머니. 오늘 어쩐 일로 나오셨어요"라며 빈정거리는 남자들을 비웃었지만 내 가슴속에는 이미 커다란 구멍이 생겨 버렸다.

유학 생활을 끝내고 한국에 돌아와 패션 디자이너가 되었다.

〈논노〉에 나올 것 같은 스타일로 폭발적인 인기를 얻고 있던 '비바유Vivayou'라는 브랜드에서 나는 새로운 스타일로 전환하게 된다. 당시 최고의 인기를 누리고 있던 〈짝〉이라는 드라마에서 최진실이 즐겨 입고 나올 정도로 핫한 브랜드였는데, 그런 곳에서 일하고 있다는 것에 강한 자부심을 느꼈다. 당시에 나는 마치 브랜드의 이미지 모델이라도 된 것처럼 1970년대 스타일이나 빈티지 스타일을 얼마나 열심히 입고 다녔는지 모른다.

그렇게 나는 트랜스포머처럼 스타일을 계속해서 바꾸며 중견 디자이너가 되었다. 1990년대 중반이었던 이때, 미우치아 프라다가 '프라다 폴리', '프라다 나일론 가방'이라는 이색적인 소재를 사용한 작품으로 새로운 트렌드를 만들며 두각을 나타내기 시작했다. 또한 구찌는 배우보다 더 배우 같은 톰 포드를 크리에이티브 디렉터로 영입하며 화려하게 부활했다. 지금도 생생하게 기억난다. 엠버 발레트가 모헤어 소재의 코트와 실크 새틴의 셔츠, 짙은 네이비 컬러의 벨벳 소재로 된 벨보텀을 입고, 와인 컬러의 페이턴트 부츠와 벨트를 번쩍이며 등장한 구찌 컬렉션을 말이다. 그녀의 스모키 아이가 너무나 멋져 한동안 말없이 쳐다보기만 했던 그 룩을 마돈나와 기네스 팰트로까지 입게 되었다. 물론 나도 그 열풍에 휩쓸리고 말았는데, 경제적 능력이 없어 구찌는 구입하지 못하고 대신 비슷한 색상과 스타일의 실크 새틴 블라우스와 벨벳 팬츠, 그리고 '짝퉁'으로 나온 구찌의 부츠를 신고 참으로 즐거워했다. 메이크업은 두꺼운 아이라인으로 눈을 강조한 것도 모자라 돌체&가바나의 스카프까지 머리에 쓰고 다녔다. 그런 나를 어머니는 못마

땅해하셨다. 얌전하게 정장을 입지 않아 내가 연애를 못한다는 것이 그녀의 생각이었다.

어머니의 걱정에도 불구하고 나는 20대 중반을 넘어선 나이에 뉴욕에서 1년 정도 살 결심을 하게 된다. 처음 뉴욕에 갔을 때 나는 소호의 거리를 걷는 뉴요커들을 보며 감탄을 금할 수 없었다. 헝클어진 듯 자연스럽게 풀어헤친 머리와 메이크업 그리고 빈티지 룩이 너무나도 신선했다. 심지어 두껍게 그린 나의 아이라인이 창피해서 견딜 수 없을 정도였다. 아이라인을 지우고 가볍게 파우더를 바른 후 볼 터치만 부드럽게 하는 자연스러운 메이크업으로 바꾼 뒤, 벼룩시장에서 구입한 1960년대의 코트나 카디건을 입고 다니자 내게 길을 물어보는 사람도 생겼다. 또한 남미의 여인처럼 길게 길렀던 머리를 단발로 자르니 멋지게 생긴 남자들이 말을 걸기 시작했다. 놀라운 경험이었다.

그렇게 세월이 지나 1990년대 말이 되자 미니멀리즘이라는 트렌드가 들이닥쳤다. 내게 있어 이 시기는 암흑기와 다름없다. 지극히 여성스럽거나 장식적이고 클래식한 룩을 좋아하는 내게 미니멀리즘은 사형선고와 같았다. 갑자기 사람들은 허리가 피트되는 돌체&가바나풍도 아닌, 매우 납작하고 직선적인 스타일의 테일러드 재킷을 중성적인 감성으로 입었고, 울 소재로 된 미니멀한 팬츠에 스니커즈를 신기 시작했다. 나는 진심으로 울고 싶었다. 지극히 여성스럽거나 장식적인 것이 좋아 30대까지 데님조차 입기를 꺼려했던 내게 스니커즈가 웬 말인가 싶었다. 유행이라니 따라가기는 해야겠는데 도무지 즐겁지가 않았다. 실루엣을 납작하게 만드는 헬무트 랭이 미웠고, 자꾸 옷을 해체시키는 마르탱 마르지엘라가 원망스러웠다. 트렌드에 맞춰 빈티지 룩을 벗고 블랙으로 회귀하며 직선적인 롱 재킷을 입었지만, 여성의 곡선미가 얼마나 아름다운 것인지 크리스찬 디올과 끝없이 대화라도 나누고 싶었다. 나는 미니멀리즘을 가장 세련된 룩이라고 생각하는 직장 상사의 눈치를 살피며, 그렇게 미니멀리즘 시대를 주눅 들어 지내야 했다.

　일본 패션 잡지 〈논노〉에서 제안하는 논노 룩을 따라 하기 위해 라이딩 점퍼에 부츠를 신고 플로럴 프린트의 원피스를 입거나 페이 더너웨이에게 깊은 감명을 받아 10년 가까이 베레모를 쓰고 다니던 20대를 보내고, 30대가 되자 나의 룩은 조금씩 간결해지기 시작했다. 많은 스타일을 경험하다 보니 이제는 '절제'라는 단어를 생각하게 된 것이다. 단, '우아하고 드라마틱한 여성'이라는 키워드는 더욱 선명해진 채. 그것은 마치 많이 놀아 본 사람이 시집을 잘 간다는 말과 비슷한 의미다. 즉, 처음에는 잘생기고 잘 노는 남자가 연애하기 좋지만 결국 결혼할 때는 외모보다는 지적이고 나를 편하게 해주는, 마음씨 좋은 남자에게 마음이 가는 것과 비슷한 이치다. 이와 마찬가지로 옷도 많이 입어 보니 편안하고 고급스러워 보이는 것이 점점 좋아졌다. 언제부터인가 나는 셀린느나 랄프 로렌의 스트라이프 셔츠에 프라다의 H라인 스커트나 원피스를 입기 시작했다. 또한 갭이나 바나나 리퍼블릭의 화이트 셔츠와 면바지도 즐겨 입게 되었다. 메이크업 또한 리퀴드 파운데이션으로 가볍게 두드려 촉촉하고 건강한 피부톤을 연출했다.

　때때로 나는 영화 속의 한 장면 같은 '드라마틱한 스타일'을 즐거 하는데, 나의 드라마틱한 스타일이 의도와는 달리 코미디로 변할 때가 있다. 나는 분명 에바 가드너를 상상하며 머리에 스카프를 두르고 커다란 버그 아이 선글라스를 끼건만, 사람들은 내게 '모란봉 13호'라는 별명을 붙여 주는 것이다.

30대 중반이 지난 어느 날부터인가 '멋쟁이'보다는 '사랑을 하는 여자'에 마음이 쏠리기 시작했다. 나 혼자 만족하고 동성 친구나 패션계에서 알아주는 그런 옷차림이 아닌, 이성의 관심을 끌 수 있고 좋아하는 남자에게 칭찬을 받을 수 있는 그런 옷차림을 원하게 되었다. 인상이 강해 보이는 헤어스타일에서 자연스럽게 풀어헤친 머리로 바꾸고, 안경도 벗어 던졌다. 의상도 몸의 곡선이 드러나는, 피트되는 블라우스나 원피스를 즐겨 입게 되었다. 또한 뒤늦게 배운 클럽 문화에 빠졌을 때는 약간의 노출이 있는 톱이나 건강하고 섹시해 보이는 티셔츠를 즐겨 입기도 했다.

내가 원하는 삶, 이상, 사랑 등 여러 가지 상황에 따라 내 마음이 변했고, 그렇게 마음이 변할 때마다 스타일도 자연스럽게 변했다. 편안하고 지적인 아메리칸 캐주얼 룩부터 레오퍼드 프린트의 섹시한 원피스까지, 내가 경험하고 즐겼던 나의 스타일은 결국 레주메가 되어 내가 하는 일을 지탱해 주는 밑거름이 되었다. 또한 그렇게 매번 바뀌었던 스타일 속에는 평생 잊지 못할 여러 가지 추억도 고스란히 간직되어 있었다.

패션에 영감을 주는 책들,
그 두 번째 이야기

다시 한 번 말하지만 세포 구석구석
에 스타일이라는 감각을 쌓기 위해서는 영화나 그림 등을 보며 느
끼는 시각과 입어 보고 소재를 느끼는 촉각 같은 여러 감각이 필요
하지만, 여기에 중요한 한 가지가 또 있으니 바로 책을 통해 얻는
여러 가지 상식과 책을 읽는 과정을 통해 발달되는 상상력이라는
감각이다. 그런 이유로 나는 스타일리스트가 되고 싶은 이들에게
절대적으로 독서를 권한다.

　　패션과 스타일은 옷을 입는 것만으로 해결되
는 게 아니다. 어떠한 이유로, 누구를 위해, 혹은 어
떠한 상황을 위해 입었는지 알아야 한다. 즐기는
것도 목적을 가지고 즐겨야 한다. 그렇지 않으면
장소나 상황에 어울리지 않는 옷을 입게 되고, 자신
의 개성이 전혀 드러나지 않는 스타일이 되어 버리

기 때문이다. 더군다나 스타일리스트는 창조가 아닌 조합을 이루어 내는 사람들이다. 수없이 많은 정보와 제품들을 분석하고, 판단하고, 재조립해야 한다. 거기에는 '조화'라는 단어가 필요하다. 때문에 여러 가지 지식과 상상력이 풍부해야 하며, 이를 바탕으로 이루어 낸 스타일에 '즐거움'이 더해짐으로써 어느 누구도 가질 수 없는 자신만의 스타일이 탄생하게 되는 것이다.

책을 읽어 내려가다 보면, 어떠한 영화에서 본 것보다도 아름다운 광경이나 섬세한 드레스, 드라마틱한 표정들이 머릿속에 떠오르는 경우가 많다. 이것들은 내 가슴과 세포 깊숙이 스며들어 있다가 내가 일을 할 때면 스멀스멀 기어 나온다. 나도 모르는 사이 내 손은 《반지의 제왕》의 앨프들의 옷을 그리고 있고, 《내 이름은 빨강》의 찬란하게 빛나는 이슬람 문화를 떠올리며 화보의 콘셉트를 생각하게 된다. 책 속에 펼쳐지는 세상과 음악과 의상, 그 모든 것은 당신의 스타일을 찾는 데 큰 힘이 되어 줄 것이다.

생각의 탄생 절대적으로, 꼭 추천하고 싶은 책이다. 이 책은 일을 시작하는 20대 초반엔 의미를 모른 채 먼저 읽어 봐야 하고, 일에 가속도가 붙게 되는 30대엔 자극을 받으며 읽어야 하고, 일을 성공적으로 이루어 나가는 40대엔 머리를 정리하며 읽어야 한다. "창조성을 발휘한다는 것은 '무엇'이 아니라 '어떻게'의 문제"라는 이어령의 말처럼 이 책은 상상에서 창조에 이르는 방법에 대해 음악, 미술, 과학, 수학, 문학 등 다양한 분야에서 빛을 낸 천재적인 인물들의 발상법을 예로 들며 설명하고 있다. 다시 한 번 말하지만 당신이 창조적인 일을 하는 사람이라면, 혹은 자신의 인생을 어떤 식으로 꾸려 나가고 싶은지 알고 싶은 사람이라면, 이 책을 꼭 읽어 보라!

에로틱한 발－발과 신발의 풍속사 발 치료 전문의이며 의학박사인 윌리엄 A. 로시가 지은 책으로 발과 구두의 에로틱한 상관관계에 대한 해박한 지식이 돋보인다. "성감대의 진화와 발전에 결정적인 역할을 한 것은 발이다", "항상 이마에만 키스를 받던 소녀가 좀 더 아래쪽에 키스를 받고 싶어서 하이힐을 만들어 냈다", "점잖은 구두를 신기 시작하면서 여성은 청춘에 작별을 고한다" 등 재미있고 흥미로운, 발과 구두에 관한 이야기로 가득하다.

남자들에게 "우리 여자들은 남자들을 존경하고 싶어 근질근질하다. 남자들이여, 기대를 저버리지 마라. 그렇지 않으면 우리의 사랑을 누구에게 바친단 말인가." 《로마인 이야기》로 유명한 시오노 나나미가 쓴 이 책을 읽으면서 나는 몇 번이고 고개를 끄덕거려야 했다. 그녀는 남자의 스타일, 매력, 언어 및 여성 심리 등에 대해 그녀 특유의 문체로 맛깔스럽게 써 내려갔다. 모델 장윤주가 어느 날 흥분하며 "언니, 시오노 나나미의 《남자들에게》 좀 읽어 봐. 너무 재미있어!"라고 내게 추천해 준 책이다.

서양 패션의 역사 풍속과 패션의 역사에 관한 영국 최고의 권위자인 제임스 레버가 쓴 서양

패션에 관한 이야기다. 서체가 작아 약간은 지루하기도 하지만 패션을 공부하는 이들에게는 더없이 좋은 교과서가 될 것이다.

연애와 결혼의 원칙 마거릿 켄트의 저서로 오프라 윈프리가 추천하여 읽게 된 책이다. 솔직히 내 책장에는《그는 당신에게 반하지 않았다》,《남자들은 왜 여우 같은 여자를 좋아할까》 등의 연애를 잘할 수 있는 방법을 담은 책들이 꽂혀 있다. 그러나 이 책들에겐 별로 마음이 동요되지 않았지만《연애와 결혼의 원칙》은 적어도 해결책이나 방법이 제시되어 있고, 또 '하하하' 소리를 내며 웃을 정도로 재미나기까지 하다. 특히 '눈에 보이는 것에 약한 남자. 그 본성을 이용하라'라는 챕터에선 사랑에 성공하는 스타일 연출법이 꽤 상세하고 친절하게 요점 정리되어 있다. 물론 나는 이 책을 정보와 재미를 얻기 위해 읽었을 뿐, 연애에 꼭 목말라 있어서 읽었던 것은 아니다!

내 이름은 빨강 노벨문학상 수상자인 오르한 파묵이 지은 추리 소설로 16세기 오스만 트루크 제국의 문화와 예술이 아름답고 섬세하게 표현되어 있다. 뇌 세포와 감각 세포를 두껍게 하고 싶다면, 상상력을 최대한 발달시키고 싶다면, 무조건 이 책을 읽으라고 권한다. 너무나도 아름답고 너무나도 섬세한 이야기가 책 속에서 걸어 나와 당신에게 아름다운 세상을 만들어 줄 것이다.

달과 6펜스 나는 이 책을 정말로 빨간 펜을 여러 번 그어 가며 읽었다. 후기 인상파 화가 폴 고갱을 모델로 쓴 서머싯 몸의 고전. 감각의 제국인 패션 세계에서 일하는 사람이라면 꼭 한 번 읽어야 할 책이다.

리즈 틸버리스가 만난 패션 천재들 〈하퍼스 바자〉의 편집장이었던 리즈 틸버리스의 자서전. 〈보그〉의 인턴사원으로 시작해 안나 윈투어와 대적할 만한 최고의 위치에까지 오르게 된 그녀의 열정이 그려져 있다. 나 또한 따뜻하고 세련된 감성의 그녀가 매우 좋아 〈바자〉라는 잡지를 좋아하게 됐는데, 미국의 많은 디자이너들에게 사랑을 받았던 리즈 틸버리스가 암으로 세상을 떠났을 때 모든 디자이너들은 그녀를 애도하는 광고를 내보냈다.

코코 샤넬 철저한 조사와 연구, 증언을 통해 샤넬의 모든 것을 앙리 지델이 파헤쳤다. 샤넬의 이야기는 패션을 하는 이들이 모두 읽어야 할 필독서다.

그리고 나는 옷 벗는 여자가 좋다 니트로 유명한 디자이너 소니아 리키엘의 자서전이지만, 다른 자서전과는 달리 그녀의 감수성이 묻어나는 아름다운 에세이가 가득하다. 고집스러우면서도 세련된 그녀의 취향과 니트, 그리고 사랑하는 딸에 대한 이야기를 잔잔히 써 내려간 게 인상적이다.

에스티 로더－향기를 담은 여자 코즈메틱계의 대모인 에스티 로더 여사의 자서전이다. 그녀의 인생을 알게 되는 순간 새로운 세상이 열릴 수도 있을 것이다. 화장품 세일즈에서 출발해 세계적인 코즈메틱 브랜드를 만들어 낸 에스티 로더 여사는 "내가 흘린 눈물은 내가 먹은 밥그릇 수보다 더 많을 것이다"라고 말할 정도로 험난한 길을 걸어왔다. 그녀의 이런 삶의 여정은 여성에게, 또한 자신의 인생을 세워 나가는 모든 젊은이들에게 지혜와 용기를 줄 것이다.

The End of Fashion 테리 어긴스가 지은 패션 마케팅에 대한 이야기로 랄프 로렌, 타미 힐피거, 도나 카란, 조르지오 아르마니 등 다양한 디자이너들의 생생한 성공 사례를 통해 마케팅이 어떻게 패션 산업에 영향을 미치는가에 대해 적었다.

The Goddess Guide 작가이자 일러스트레이터인 지젤 스캔런이 그녀의 스타일리시한 감성을 최대한 살려 만들어 낸 책으로, 다양한 패션 정보와 사랑스러운 일러스트가 가득하다. 이 책은 다락방 안에 숨겨 놓은 할머니의 일기장을 몰래 보는 것같이 비밀스러운데, 내용은 어디에서 좋은 빈티지 물건을 구할 수 있는지, 크리스찬 루부탱이 만든 구두의 안창은 왜 언제나 빨간색인지, 여행을 갈 때는 어떠한 짐을 꾸려야 하는지에 대한 정보 등이 담겨 있다.

빅토리아 베컴 Victoria Beckham의 That Extra Half an Inch 빅토리아 베컴이 자신의 스타일에 대한 모든 것을 쏟아 낸 책. 읽다 보면 빅토리아가 매우 영리하다는 것을 알 수 있는데, 자신의 이미지를 만들고 자신을 브랜드화 시키는 것에 있어서 뛰어난 감각을 지닌 그녀를 만날 수 있다. 자신이 평소 좋아하는 아이템에 대한 생각과 그것들을 어디서 구입해야 하는지, 자신의 체형에 맞는 옷을 구입하는 방법 등 여러 가지 정보가 상세하게 적혀 있다.

비주얼과 레이아웃이 멋진 매거진들

W 일단 커다란 판형만으로도 모든 것을 압도한다. 강력하고 날카로운 스타일의 화보와 절제되고 세련된 기사는 패션을 하는 이들에게 영감을 불어 넣어주기에 충분하다.

Dazed & Confused, Another Magazine, Another Man 케이트 모스보다 더 강렬한 카리스마를 가지고 있고, 모델보다도 더 세련되고 지적인 제퍼슨 핵이 만들어내는 비주얼은 정말 참을 수 없게 한다.

Numero 프랑스적인 깊이와 세련됨, 창조적인 화보가 압도적이다.

10 모던하고, 기발하고, 에지 있는 패션 화보들을 보고 싶다면!

Stiletto 아기자기한 기사와 세련되고 우아한 프렌치 시크의 정수를 보고 싶다면!

ANDROGYNY 한국인 유학생이자 디자이너 우영미의 딸인 케이티 정에

의해 만들어진 매거진으로 하나의 주제를 가지고 세계의 컨트리뷰터

포토그래퍼와 스타일리스트, 헤어 & 메이크업 아티스트들이 보여주

는 독립적이고 자유로운 패션 화보와 기사로 이미 유럽

에서도 화제가 되었다.

POP 바자의 패션 에디터이기도 했던 케이티 그랜드가

만들어 내는 에지 있는 화보가 볼 만하다.

Vanity Fair 절제되고, 날카롭고, 클래식하며 드라마

틱한 기사와 비주얼을 어떻게 말로 설명하겠는가!

TIME style & design 〈하퍼스 바자〉 편집장이었던

케이트 베츠가 만드는 것으로 얇지만 세련된 비주

얼과 레이아웃, 정보가 들어 있다.

Vogue French 카린 로이펠드의 프렌치 에지가 물씬 풍겨난다. 최근

에는 에디 슬리만의 작업도 심심치 않게 볼 수 있다.

Vogue Italy 프랑카 소차니가 보여주는 이탈리안 흑백 영화와도 같은

화보들!

We're 패션지라기보다는 정보지로서 유익하다.

그밖에 참고할 만한 패션 서적

〈Berlin Hedi Slimane〉, 〈PEOPLE IN VOGUE〉, 〈Decades of FASHION〉,

〈Harpers Bazaar Great Style〉, 〈CENTURY〉, 〈Why Don't You?〉,

〈Icons of Fashion〉

1 〈바자〉의 패션 에디터들이 좋아하는 책에 대한 기사가 재미있다.
2 〈베니티 페어〉의 비주얼과 레이아웃, 배우들의 인터뷰 사진은
   패션을 공부하는 사람들에게 교과서보다도 도움이 된다.
3 코코 샤넬에 대한 책은 무수히 많다.

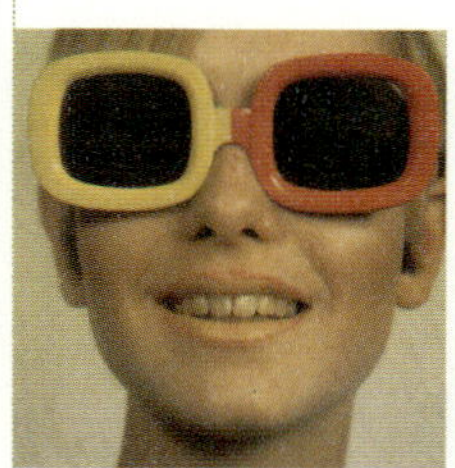

스타일리스트가 되고 싶으세요?

첫 번째 《스타일 북》에서도 '스타일리스트가 되고 싶으세요?'라는 제목으로 스타일리스트가 무엇인지, 스타일리스트가 되려면 어떻게 해야 하는지에 대해 간단하게 언급했다. 많은 것이 공존하는 현 시대에 '창조'와 함께 '조화' 역시 반드시 필요하기 때문에, 스타일의 조화를 꾀하는 스타일리스트 또한 절대적으로 필요한 존재고, 이를 위해서는 마음과 눈과 머리를 열어 두라고 말했다.

책이 출간된 이후 나는 무수히 많은 사람들에게 어떻게 하면 스타일리스트가 될 수 있는지, 어떠한 공부를 하면 좋을지에 대한 질문을 계속해서 듣고 있다. 물론 확실한 답은 패션 잡지나 스타일리스트의 어시스턴트가 되거나 유학을 가는 것이겠지만, 나는 그렇게 말하고 싶지 않다. 왜냐하면 근본적인 것이 해결되지 않은 채 스타일리스트의 어시스턴트가 되어 봤자, 2년 정도 지나면 빛도

못 보고 사라지기 때문이다. 처음에
는 무기 없이도 싸우겠다는 열정만
가지면 전쟁터에 나갈 수 있다고 생
각하겠지만, 그 결과는 맨 처음에 죽

든지, 기세에 눌려 도망치든지 둘 중의 하나가 될 게 뻔하다. 하지
만 자신이 무기를 많이 가지고 있고 또 그 무기를 어떻게 사용해야
하는지 알고 있다면, 전쟁에서 승리할 수 있을 뿐 아니라, 병사에
서 대위 그리고 장군도 될 수 있는 것과 같은 이치다.

앞서 언급했던 《생각의 탄생》이라는 책
을 읽어 보면 스타일리스트뿐만 아니라 패
션 디자이너, 화가, 음악가, 과학자 등 자신
이 원하는 것을 이루기 위해 어떠한 것이 필
요한지 정말 세세하게 나와

있다. 이 책이 나의 10대, 아니 20대
에만 나왔어도 모든 것을 좀 더 일찍 깨달을
수 있었을까? 물론 이 책에서 말하는 내용들
을 모두 이해할 수 없었을지도 모른다. 하지
만 이 책에는 창조와 그것을 형상화시키는 여
러 가지 방법에 대해 쓰여 있는데, 나는 책을 읽

는 동안 계속해서
밑줄을 그으며 감탄
을 연발할 수밖에 없었다.

"존재하지 않는 것을 상상할 수 없다면
새로운 것을 만들어 낼 수 없으며,
자신만의 세계를 창조하지 못하면
다른 사람이 묘사한 세계에 머무를 수밖에 없다."

_폴 호건(화가)

《빨강 머리 앤》이라는 책이 있다. 어린 시절, 내게 있어 바이블과도 같은 책이었다. 나는 책 속의 앤이 상상을 하고 있는 모습이 좋았다. 왜냐하면 나 또한 상상하는 것을 너무나도 좋아했기 때문이다. 동물원에서 사자를 보면 사자를 타고 날아가 사람들을 구하는 상상을 했다. 물론 이때 입을 옷은 사자와 어울리는 금색과 흰색이 매치된 것으로 하늘을 날기 위해 적당히 펄럭거리는 소재를 생각했다. 그리고 BBC에서 제작한 〈전쟁과 평화〉를 보고 나면 내 몸은 책상 앞에 있지만 마음은 이미 러시아의 궁전이나 무도회장에 가 있었다. 망상은 사람을 헛되게 만들지만 좋은 상상은 이상을 높여 주는 에너지가 된다. 주근깨 소녀 빨강 머리 앤은 마릴라 아주머니에게 혼이 나면서도 상상을 멈추지 않았고, 결국 자신의 꿈을 이루게 되었다. 《작은 아씨들》의 말괄량이 조도 마찬가지다. 사람들에게 에너지를 주는 풍부한 상상력의 소유자로 끝내 작가가 되지 않았는가. 결국 상상력은 인간의 무궁무진한 능력을 키워 주는 원동력인 셈이다. 아인슈타인 역시 "창조적인 일에는 상상력이 지식보다 중요하다"고 말했다.

그런데 여기에서 우리가 잊어서는 안 될 것이 하나 있다. 그것은 상상이 단순한 상상으로 끝나선 안 된다는 사실이다. 《생각의 탄생》에서 인용한 이고르 스트라빈스키의 《음악의 시학》에 나오는 글을 보면 이 말이 쉽게 이해될 것이다. "창작의 전제는 상상이지만 이 둘을 혼동해서는 안 된다. 창작이 이루어지려면 먼저 운 좋은 발견이 필요할지는 모르나, 이 발견을 온전히 현실화하는 것은 창작이다. (중략) 창작은 실행과 분리해서는 생각조차 할 수 없는 법. 고로 우리에게 중요한 것은 막연한 상상이 아니라 창조적인 상상이다. 그것만이 우리를 관념의 단계에서 현실의 단계로 나아가게 해 줄 것이기에."

나는 누군가가 해 놓은 일을 보며, '저거 내가 몇 년 전에 생각했던 건데'라는 생각을 자주 했었다. 처음에는 무심코 했던 생각이 반복되자 화가 나기 시작했다. 내가 혼자서 상상하는 것은 집에 금송아지 있다고 사람들에게 떠벌리는 것과 같다. 멋진 상상을 했으면 그것을 구체화시켜 내 세계로 만들어야 한다. 커다란 프로젝트가 아닌 화보나 스타일 연출법에 있어서도 마찬가지다. 꽃으로 만든 모자를 상상했다면 그것을 형상화시켜야 하고, 단추가 잔뜩 달려 있는 가방을 상상했다면 그것을 만들어야 한다. 누군가가 이루어 놓은 것을 보고 언제까지 부러워하고 있지만은 말자. 그것이 쌓이고 쌓이면 콤플렉스가 가득한 사람밖에 되지 않기 때문이다.

'수동적인 보기'가 아니라 '적극적인 관찰'이 필요하다.

《생각의 탄생》을 읽으며 여러 번 밑줄을 그은 곳이 바로 이 부분이다. '그냥 듣는 것'과 '주의 깊게 듣는 것', '주목하기'와 '그냥 보기'는 전혀 다르다는 것이다. 내 어머니는 외출하고 집에 돌아오면 이런 말들을 곧잘 하셨다. "그 집에서 먹은 음식이 너무 맛있더라. 호박과 생강이 들어간 건 알겠는데, 그 마지막 맛이 뭔지는 모르겠어. 배 즙을 넣으면 그 비슷한 맛이 날 것 같은데 한번 만들어 봐야겠다." 그러면서 음식을 직접 만들어 보거나, 혹은 "어떤 여자가 땡땡이 블라우스를 입었는데 예쁘더라. 목에서 길게 프릴 장식이 되어 있었는데 그게 조금 복잡해 보였어. 알겠다! 프릴 장식을 리본으로 만들면 예쁘겠어"라며 옷을 만들어 입었다.

다행히 어머니의 그러한 점을 많이 닮은 나는 '보는 것'을 좋아한다. 나는 혼자 놀기의 명수다. 혼자 여행을 가고, 혼자 영화를 보고 해서 그런지 나이가 든 요즘에서야 '같이 노는 즐거움'에 대해 생각하게 되었지만, 내가 혼자 노는 데 익숙했던 것은 바로 '보는 것'에 대한 즐거움을 알았기 때문이다. 지나가는 사람, 상점에 놓여 있는 물건들, 항공사 직원의 유니폼, 길가에서 담배 피우는 할아버지의 복장, 사물의 그림자 등 모든 것이 내게는 재미있는 상상력을 불러일으키는 소재가 됐다. 이런 관심이 점점 발달하게 되면 조금 더 구체적으로 보고, 조금 더 깊게 생각하게 된다. '무엇을 보느냐'가 아닌 '어떻게 보느냐'로 관점이 바뀌게 되는 것이다.

관찰은 눈으로만 하는 것이 아니라는 말에 100% 공감한다. 관찰은 입, 귀, 가슴으로도 가능하다. 물론 촉각적인 부분도 가능하다. 《생각의 탄생》에서 "물건들을 수집하는 것, 이를테면 우표, 동전, 곤충, 단추, 야구카드, 엽서, 책, 사진, 인쇄물, 그림 같은 것들을 모으는 것도 시각적 관찰력을 증대시키는 아주 좋은 방법이다"라고 했는데, 이것 또한 공감하는 부분이다. 내게는 오래된 버릇이 하나 있는데, 그것은 '수집벽'이다. 지난번 《스타일 북》에서도 놀라운 것들의 방인 '분더캄머Wunderkammer'에 대해 말한 적이 있다. 자기가 관찰하고 본 것을 모으는 작업이 계속되면 그 안에서 자신이 좋아하는 취향이나 성향이 생기게 되고, 그것이 지속되면 자신만의 '스타일'이 생기게 되는 것이다. 내 책장에는 노르망디 해변에서 주은 갈매기 깃털, 피카소의 그림 엽서, 커다란 소라 껍데기, 인도에서 구한 상아로 된 액자, 잡지에서 찢어 낸 사진들이 어지럽게 널려 있는데, 그것들은 알게 모르게 서로 조화를 이루고 있다.

내가 《생각의 탄생》을 읽으면서 가장 좋아했던 문구는 바로 '세속적인 장엄함'이다. 오랫동안 뉴욕이나 런던에 있었어도 갤러리가 어디에 있는지, 그곳의 장점과 단점이 무엇인지 제대로 알지 못한 채 한국에서 생활하던 것과 똑같은 패턴으로 살아가는 사람들을 많이 보았다. 장소가 어디든 많은 것을 보고 느낀 사람은 그것을 응용하는 방법까지 터득해 낸다. 이러한 과정을 통해 얻은 기쁨과 즐거움은 생각보다 크다. 그저 옷을 입고 치장하기 좋아하는 것과 옷을 어떻게 입어야 할지 생각하며 가꾸는 것에는 큰 차이가 있다. 배를 채우기 위해 먹는 것이 아니라, 차려진 음식의 맛과 색감에 대해 생각하며 먹는다면 감각의 세포는 날로 발전할 것이다.

"당신들은 보고 있어도 보고 있지 않다.

그저 보지만 말고 생각하라.

표면적인 것 배후에 숨어 있는 놀라운 속성을 찾아라."

_파블로 피카소(화가)

　　　책에 적혀 있는 헬렌 켈러의 이야기는 잠시 생각을 하게 만든다. 아무것도 보거나 듣지 못하는 그녀는 어떻게 세계를 이해할 수 있었을까? 본 적도 없는 물에 대한 단어를 이해하고, 바람을 느껴야 하는 것은 우리가 상상할 수도 없을 만큼 어려운 일이었을 것이다. 헬렌 켈러가 이러한 것들을 이해하는 데 가장 중요한 역할을 한 것은 바로 '유추'였다. 그런데 '유추'와 '닮음'을 혼동해선 안 된다. 유추란 둘 혹은 그 이상의 현상들 사이에서 기능적으로 유사하거나 일치하는 내적 관련성을 이르는 말이고, '닮음'이란 색이나 형태처럼 관찰에 근거한 사물들 사이의 유사점을 이르는 말이다. 즉, 유추는 낙하하는 사과를 보고 중력의 법칙을 발견하는 것과 같다. 조금 더 쉽게 말해 비둘기를 보고 비둘기 모양의 모자를 만들었다면 그것은 '닮음'이 되겠지만, 하늘을 나는 비둘기 모양에서 영감을 받아 만든 것 같은 필립 트레이시의 나선형 모자는 '유추'에서 비롯된 것이다. 내가 '진주 귀고리를 한 소녀'에서 영감을 받아 그와 비슷한 옷과 조명으로 연출한 화보를 만들었는데 그것은 '닮음'일 것이다. 반면에 건축물의 직선과 곡선의 우아함에서 감동을 받아 직선과 곡선으로 된 옷과 그것에 어울릴 것이라 생각되는 조명이나 사진 톤을 연출한 화보를 만들었다면 그것은 '유추'

에서 비롯된 것이다. 예술은 은유와 유추에 기반을 둔다고 한다. 상상하는 과정에 유추하는 과정이 추가되면 독창적인 사고가 생겨나는 것이다. 음악에서 패션을 유추하기도 하고, 꽃에서 사람을 유추하기도 한다. 유추의 과정을 통해 그들의 공통된 스타일을 찾는 작업은 생각보다 많은 도움이 된다. 윌리엄 워즈워스의 "닮지 않은 것에서 닮은 것을 찾아내는 기쁨이란 생각보다 즐겁고 흥미진진하다"란 말을 나는 여러 경험을 통해 알게 되었다.

"나의 작업은 예술이 아니라 놀이에 가깝다."
_ 모리츠 에셔(화가)

　　　쇼메 코리아 CEO인 김영미를 인터뷰하던 중 "노력하는 사람을 이길 것은 없다고 하지만, 그 노력하는 사람을 이길 수 있는 것은 바로 즐기는 사람이다"란 말을 들은 적이 있다. 나도 한 일간지와의 인터뷰에서 이런 질문을 받은 적이 있다. 전문서적이나 소품, 자신이 모으는 프라모델을 구하기 위해 비싼 경비를 들여 해외에까지 나가는 이들이 늘었는데, 그 이유가 무엇인지 내게 물었다. 물론 일시적으로는 여행에 드는 비용이 비쌀 수 있지만 그것을 투자한 후에 돌아오는 것은 열 배 이상인 경우가 많다. 내가 소품을 구하기 위해 홍콩에 가거나, 전시회를 보기 위해 암스테르담에 가는 것은 내 재산이 된다. 때로는 빈 통장을 보며 슬퍼하기도 하지만, 지금 내가 하고 있는 모든 것은 보고, 듣고, 먹고, 입어 본 것으로부터 시작된다. 구입해 온 소품은 누구도 가지고 있지 않기에 일하는 데 있어 나의 가치를 높여 주었고, 다양한 문화를 느낌으로써 감성을 풍부하게 했으며, 또 여행을 통해서 얻은 경험을 바탕으로 글까지 쓰게 됐으니 더 이상 무슨 말이 필요하겠는가. 단, 여기에는 깊이를 두어야 한다. '놀이'에도 깊이를 두고 놀아야 한다. 프라모델을 조립하든, 게임을 하든, 클럽에서 음악에 심취해 놀든, 깊이를 가지고 파고들면 그것에서 얻은 지식과 경험이 당신을 누구도 따라올 수 없는 그 분야의 전문가로 만들어 줄 것이다.

그리고 마지막으로 내 경험에서 나온 말을 들려주고 싶다. 인내를 가지고 자신이 하는 일을 지속시켜야 한다는 것이다. 세상의 모든 일은 끝이 없다. 유명세라는 것, 성공이라는 것은 지속되어야 가치가 있는 것이지, 지속되지 않고 그것이 끝이라고 생각한다면 쉽게 잊혀지고 만다. 하루아침에 모든 것이 이루어지지 않음을 명심해야 한다. 관찰이건, 상상이건, 깊이 있는 놀이이건 시간을 두고 조금씩 쌓다 보면 견고하고 높은 탑이 된다. 그러나 제대로 쌓이지 않은 채 탑이 만들어지면 그 탑은 쉽게 무너진다. 어느 것이 인생의 정답이라고 장담할 수는 없다. 하지만 인내만이 제대로 된 열정의 꽃을 피울 수 있다는 사실과 그 꽃은 항상 시들 수 있다는 것을 명심하자. 그러므로 지속적으로 매번 꽃을 피울 수 있는 튼튼한 뿌리를 만들기 위해선 끊임없이 노력하고 즐겁게 최선을 다해야 한다.

CHARLES
SHEELER:
ACROSS
MEDIA
through January 7, 2007
ART INSTITUTE
MEMBERSHIP
your KEY to a
WORLD of ART!
Join Today!
GO BEARS
Annie Downey
PALLADIUM
The SOUND of MUSIC
The SOUND of MUSIC
ENGLISH NATIONAL BALLET
Alice in Wonderland
A magical adventure where
nothing is quite as it seems
21 – 26 November 2006
Call 0870 160 2832
www.ballet.org.uk
sky artsworld
reGeneration
Invito al collezionismo
KLIMT SCHIELE
MOSER KOKOSCHKA
VIENNE 190

Part2

스타일은 친구고
연인이고 나의 즐거움이다

Den einzelnen Buchstaben sind verschiedene Farben zugeordnet. Dem Text entsprechend werden diese durch die vorgesehenen Düsen der rotierenden Scheibe getropft. Die Variablen Farbkonsistenz, Fallhöhe und Rotationsgeschwindigkeit beeinflussen das Bildresultat. Die Art, Menge und Abfolgen der Zeichen im Klartext führen zu einem charakteristischen Farbklima und Verlaufsmuster.

든 든 한 맏 형 같 은 존 재, 재 킷

처음 미니멀리즘이라는 트렌드 열
풍이 불기 시작했을 때 나는 곤혹스럽기 짝이 없었다. 미니멀리즘
이라는 유행에 맞춰 등장한 재킷은 허리가 옆선에서 잘록하게 강
조되는 셰이프가 아닌, 자연스럽게 피트되는 납작한 형태를 띠는
스타일로 굉장히 남성적이다. 대표적으로 헬무트 랭이나 질 샌더,
프라다의 재킷이 그러한데, 이러한 재킷에 어울리는 미니멀한 실
루엣은 대체적으로 어깨에 각이 있고, 가슴이 작으면서 몸통이 동
그랗지 않은, 납작하게 마른 체형이다. 아무리 말랐어도 가슴이 풍
만한 체형보다는 슬림한 김민희나 공효진 같은 체형에 어울리는
스타일이다. 그러나 나는 도라에몽처럼 앞뒤가 동그랗고, 어깨는
신정환만큼 좁은 데다 동그랗게 처져 있어 재킷보다는 몸의 형태
에 맞게 변하는 니트가 어울리는 체형이다. 만약 내가 재킷을 입더
라도 크리스찬 디올의 '뉴 룩'에서 볼 수 있는, 동그란 어깨에 가슴

이 봉긋하고 허리가 들어가는 여성스러운 스타일이 어울린다.

　미니멀리즘이 유행하던 시기에 나는 마치 남의집살이하는 어린아이처럼 그렇게 기죽어 지내야만 했다. 그런 이유로 재킷을 즐겨 입지는 않지만 이런 와중에도 입고 싶은 재킷이 있기는 하다. 정확히 슈트라고 표현하는 것이 좋을 듯한데 돌체&가바나의 슈트와 샤넬의 트위드 슈트는 내 체형과 스타일을 충족시켜 줄 것 같다. 안감이 레오퍼드로 되어 있는 돌체&가바나의 슈트는 소매를 걷으면 레오퍼드 안감이 겉으로 나오는데, 허리가 잘록하게 들어가 있어서 여성스러우면서도 섹시한 스타일이다. 이 재킷은 바닥에 내려놓아도 동그란 형태가 살아 있는데, 이는 입체적인 패턴 탓도 있겠지만 약간 도톰한 소재 때문이기도 하다. 레오퍼드가 보이도록 슈트를 멋지게 차려입고 촬영한 이자벨라 로셀리니부터 이혜영에 이르기까지 많은 이들의 지속적인 사랑을 받고 있는 아이템이다. 기본적인 검정 슈트이면서도 섹시하고 드라마틱한 스타일이 여기저기에 잘 어울릴 것 같아 나 또한 마음에 두고 있다.

　사실 20대에는 샤넬의 매력을 잘 몰랐는데, 나이가 들수록 트위드 소재, 장식 단추, 라운드 네크라인 등 샤넬의 고유한 특징이 맘에 들어 샤넬의 트위드 재킷 슈트는 꼭 장만하고 싶은 '내 마음의 리스트' 5위에 들게 되었다. 샤넬 특유의 여성스럽고 단아하면서 오랜 전통을 지닌 재킷 슈트를 입으면 웬만한 모임이나 행사는 물론, 액세서리나 메이크업에 따라 파티에도 참석할 수 있을 것 같다. 때때로 데님 팬츠와 함께 입으면 세련된 캐주얼 룩으로도 연출할 수 있다.

내게 있어 재킷은 패션 아이템 중에서 맏아들 같은 존재다. 비록 내가 즐겨 입진 않지만 재킷에서 풍겨 나오는 그 듬직함은 이루 말할 수 없다. 예쁘게 치장만 하는 블라우스 동생을 어른스럽게 안아 주고, 커다란 코트 삼촌을 든든하게 받쳐 주며, 바람난 원피스 이모를 세련되게 만들어 주는, 그런 큰오빠 같고 형 같은 존재다. 물론 여기에 착한 둘째 아들 같은 팬츠와 막내딸 같은 스커트가 재킷을 잘 도와 주면 제대로 된 '스타일' 가족이 탄생하게 되는 것이다. 그만큼 중심이 되고 뿌리가 되는 성격을 지닌 아이템이기에, 브랜드를 처음 론칭할 때도 재킷의 콘셉트를 설정하는 작업부터 시작하게 된다.

남자들의 재킷 또한 깊은 매력이 풍겨 난다. 재킷이 잘 어울리는 남자의 뒷모습을 보면 살짝 기대고 싶은 충동까지 느껴진다. 특히 견갑골 양쪽으로 팽팽하게 벌어지는 부분을 보면 우스꽝스러운 미스터 빈도 늠름해 보이는 것 같다. 춥다는 여자 친구를 위해 남자 친구가 벗어 준 재킷은 정말로 든든하다. 여자 또한 남자에게 재킷을 입혀 줄 때 사랑을 담아 입혀 주게 된다. 그런 이유로 나는 재킷을 자주 입지는 않지만 이성적인 감정으로 재킷을 흠모하고 있다.

재킷의 종류

보머 재킷　　　　　　　　　진 재킷

박시 재킷　　　　　　　　　바이커 재킷

Semi-fitted, Two Button Jacket

세미 피트드, 투 버튼 재킷

Safari Jacket

사파리 재킷

Barrel Line

배럴 라인 재킷

Princess Line

프린세스 라인 재킷

Double Button Jacket

더블 버튼 재킷

Belted Jacket

벨티드 재킷

재킷을 고를 때 확인해야 할 것들

안감 Lining 얌전한 안감도 좋지만 돌체&가바나처럼 프린트가 있거나, 보색 대비를 이루는 안감도 개성 있어 좋다. 또한 안감이 너무 많이 남지 않는지, 혹은 모자라 옷 전체가 들리지 않는지 구입 시 살펴봐야 한다.

옷깃 Collar 칼라가 좁고 가는 것은 매우 미니멀하고 모던해 보이지만 자칫 외소한 느낌을 줄 수 있고, 너무 넓은 것은 여성스럽고 개성 있어 보이지만 쉽게 질리고 유행에 뒤떨어지게 한다. 라펠 부분이나 칼라 부분의 밸런스를 자신의 얼굴에 잘 맞춰 구입하고, 칼라에 댄 심이 제대로 붙지 않아 떠 있진 않은지 살펴보자.

소매 Sleeves 소매가 너무 짧으면 남의 옷을 빌려 입은 것 같고, 길면 사람이 어수룩하게 보일 수 있다. 자신의 팔 길이에 맞는 소매를 고른다.

길이 Length 길이가 짧으면 발랄해 보이고, 길면 성숙하게 느껴진다. 대체적으로 엉덩이를 살짝 가려 주는 정도가 가장 입기 편한데, 패리스 힐튼처럼 타이트한 데님 팬츠에 짧은 길이의 재킷을 입어도 좋다.

어깨 Shoulders 재킷을 입는 데 있어 어깨는 매우 중요하다. 사실 어깨가 반듯한 사람이 재킷을 입었을 때 스타일이 좋은데, 한국 사람들의 경우 약간 크게 입는 경향이 있어 자신의 어깨보다 처지는 경우가 많다. 반대로 피트되게 입는다고 자신의 어깨보다 좁은 옷을 고르면 옷의 등판이 들릴 수 있으므로 자신에게 맞는 사이즈를 고르도록 하자. 이 외에도 어깨선 봉제 시 여분이 많이 들어가 주름이 잡혀 있지 않은지 체크해 볼 것.

소재 Fabrics 기본적으로 울 소재가 많은데, 나는 재질감이 있는 개버딘보다 매끈한 평직의 울 소재가 좋다. 그러나 너무 매끈하여 반짝거리는 것은 값싸 보일 수 있다. 몸에 피트되는 스트레치 소재나 더블 페이스같이 도톰한 소재가 형태감을 주어 세련돼 보인다.

벤트Bents 뒤판 중심에 하나만 있는 것이 기본인데 옆선 양쪽에 벤트가 있는 매니시한 스타일도 좋다. 벤트가 안감에 당겨져 들리지 않는지 체크할 것!

단추Button 나는 소뿔로 만들어진 단추가 좋다. 플라스틱 단추는 너무 가벼워 보이고, 비즈나 크리스털 단추는 너무 여성스러워 질린다. 최근에는 똑딱단추를 모던하게 달기도 하는데 살이 찌면 숨만 크게 쉬어도 툭 풀어진다. 소뿔 단추 외에는 금단추가 매우 클래식하여 좋다.

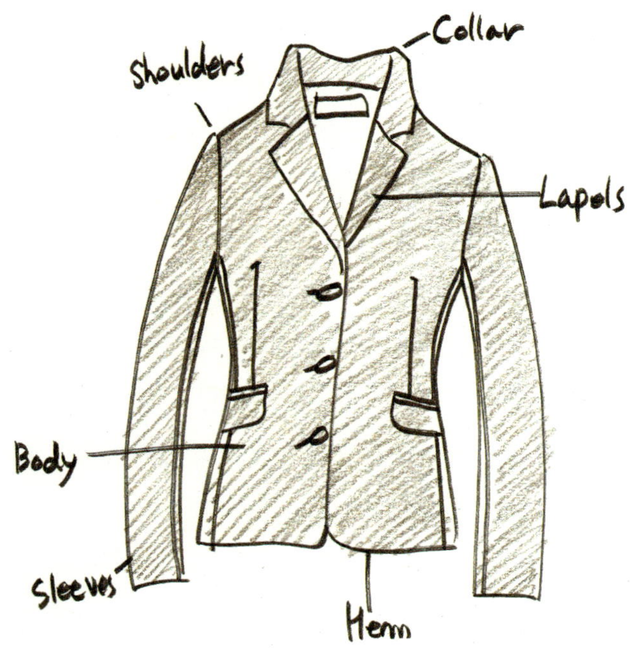

트렌치코트처럼 그 이름만으로도
성격과 분위기가 뚜렷하게 드러나는 아이템도 없을 것이다. 도발
적이고 관능적인 성향이 떠오르는 하이힐도 있지만, 치마라는 단
어를 들으면 울고 싶어지고 재킷이라는 단어를 들으면 우수에 차
고 그러지는 않는단 말이다. 트렌치코트는 그 이름만으로도 우울
하고, 어디론가 떠나고 싶고, 전봇대나 가로등이 필요할 것 같은,
굉장히 성격이 뚜렷한 아이템이다. 어떠한 아이템과도 섞일 수 없
으며 그 자체만으로 굉장한 힘을 발휘하는데, 때로는 슈퍼맨 같다.
생각해 보니 슈퍼맨도 클라크일 때는 트렌치코트를 즐겨 입었다.

트렌치코트는 우울하고 슬픈 존재다. 소설이나 영화 속에 등
장하는 트렌치코트에 붙는 수식어도 '외로운', '남루한', '쓸쓸히',
'낙엽이 휘날리는 가운데', '가로등 불빛 아래' 같은 것들이다. 그
나마 어울리는 단어 중에 제일 좋은 단어는 '낭만'일 것이다. 그래

서인지 언제나 울고 헤어지고 누군가에게 쫓기고 사연이 많은 주인공이 나오는 영화에 자주 등장한다. "트렌치코트는 왜 그렇게 슬픈 영화나 추리 영화에 많이 등장하는 걸까요?" 패션지 인터뷰 중 기자에게 질문을 받고 곰곰이 생각해 본다. 우선 비가 오면 입게 되는 아이템의 특성에서 비롯된 것 같다. 〈티파니에서 아침을〉에서 오드리 헵번과 조지 페퍼드가 택시에서 내려 이름 없는 고양이를 찾아 헤매는 마지막 장면에서도 그렇고, 〈색, 계〉에서 바람에 날아가는 우산을 잡다가 탕웨이가 살포시 양조위의 품에 안기던 장면에서도 그렇고, 모두 장대비가 하염없이 쏟아지고 있었다. 그렇다면 비가 오지 않을 때는 내용이 밝은가 하면 그것도 아니다. 언제나 헤어지고, 이별하고, 떠나간다. 트렌치코트가 유명해지기 시작한 것은 〈애수〉에서 로버트 테일러가 입고 나오면서부터였다. 그 영화에서 로버트 테일러가 불쌍한 비비안 리와 헤어질 때 입고 있던 옷이 트렌치코트였다. "당신의 눈동자에 건배를!"이라는 명대사를 남긴 험프리 보가트는 〈카사블랑카〉에서 눈물이 그렁그렁 맺힌 잉그리드 버그먼을 떠나 보낼 때 트렌치코트를 입고 있었다. 어디 그뿐인가. 가엽고 애처로운 〈쉘브루의 우산〉 속 카트린 드뇌브도 트렌치코트를 입고 사랑하는 사람을 기차역에서 떠나 보냈다.

트렌치코트는 이렇게 헤어지는 순간 외에도 쫓고 쫓기는 장면에도 단골로 등장한다. 우선 나부터도 영화 〈오로라 공주〉의 포스터 촬영 당시 복수를 위해 범인을 쫓는 엄정화에게 마틴 싯봉의 실크 태피터 소재로 된 트렌치코트를 입혔다. 〈인정사정 볼 것 없다〉에서 신출귀몰하는 범인으로 등장한 안성기도 트렌치코트 깃을 세우고 빗속을 걸어 다녔고, 〈블레이드 러너〉의 해리슨 포드도 살인 로봇들을 잡기 위해 산성비가 내리는 2019년의 우울한 LA를 낡은 트렌치코트를 입고 정말 우울한 표정으로 돌아다녔다. 심지어 〈섹스 앤 더 시티〉에서 사랑하는 남자 로버트를 미행하기 위해 사만다가 선택한 의상도 트렌치코트였다. 그리고 우리에게 너무나 유명한 인물인 콜롬보 형사 또한 트렌치코트를 입고 범인을 잡으러 다닌다. 그 인상이 너무도 강해서인지 콜롬보 형사로 나온 피터 포크는 〈베를린 천사의 시〉에서도 트렌치코트를 입고 나온다. 대체적으로 야간 근무를 많이 해야 하는 형사나 탐정들이 쌀쌀한 밤을 견디기 위해 트렌치코트를 즐겨 입어서 그런 것일까? 팔다리가 튀어나오는 가제트 형사도, 만화 〈틴틴의 모험〉의 틴틴도, 또한 강아지 형사 드루피도 트렌치코트를 멋지게 입고 나오니 말이다.

이렇게 사연이 많아 보이는 트렌치코트는 인물을 확실히 매력적으로 만드는, 유니폼과 같은 존재다. 트렌드 아이콘인 오드리 헵번이나 마돈나, 케이트 모스가 입을 때는 그 매력이 더욱 빛을 발한다. 남자도 예외는 아니다. 캐리 그랜트나 로버트 테일러, 브래드 피트 같은 남자들을 더없이 근사하게 만들어 놓기 때문이다.

그런데 재미있는 점은 대체적으로 영화 속 주인공이나 배우들, 즉 케이트 모스 같은 트렌드 아이콘은 더블 버튼의 트렌치코트를 입는다는 점이다. 오드리 헵번이나 케이트 모스는 때로 길이가 짧은 싱글 버튼의 트렌치코트를 매우 세련되게 입기도 했지만, 대부분의 셀레브리티들은 날개가 장식된 더블 버튼의 트렌치코트를 즐겨 입는다. 그러나 정치인이나 귀족 같은 경우엔 싱글 버튼의 트렌치코트를 선호하는 경우가 많다. 머리에 스카프를 쓰고 사냥을 나가는 엘리자베스 여왕도, 정상회담에 나선 트루먼 대통령도, 파이프를 물고 있는 처칠 수상도, 모두 싱글 버튼의 트렌치코트를 입고 있다. 조금 개성 있어 보이는 더블 버튼과 심플한 싱글 버튼으로 직업과 성격이 확실히 구별되는 것 또한 재미있다.

초기에는 토마스 버버리가 탄환이나 비를 피하는 병사들의 트렌치(참호)에서 영향을 받아 개발한 개버딘 소재로 만들었지만, 현재는 실크 새틴, 실크 태피터, 캐시미어 같은 고급스러운 소재로 만든 트렌치코트가 등장하고 있다. 화려한 색상이나 다양한 소재로 된 트렌치코트는 화려한 액세서리를 매치하면 특별한 장소에 가기에도 손색이 없다. 나는 칼라에 스팽글 장식이 있는 드리스 반 노튼의 트렌치코트와 약간 아방가르드하게 변형된 글렌 체크의 마르니 트렌치코트, 커다란 단추가 장식되어 있는 밴드 칼라의 셰어 스피릿 트렌치코트가 있는데, 이것들을 입고 나가는 날이면 "오늘 왜 이렇게 멋 부렸어?"라는 말을 듣게 된다. 2006년 봄/여름 컬렉션에서 버버리 프로섬은 레이스로 된 트렌치코트를 선보이며 트렌치코트의 우울하고 슬픈 이미지를 거부했다. 수애와 성유리가 입어 화제를 모았던 이 트렌치코트는 지금 나의 옷장 한쪽에 조용히 자리 잡고 있다. 이별의 슬픔을 가득 담은 트렌치코트라는 이름이 무색해질 정도로 화사한 이 레이스 트렌치코트는 왠지 내게 사랑을 가져다 줄 것 같은 예감이 들어 언제나 나를 설레게 만든다.

영화 속에 등장하는 트렌치코트

카사블랑카 Casablanca 너무나도 유명한 그 마지막 장면에서 트렌치코트는 험프리 보가트를 더욱 쓸쓸하게 만들었다.

크레이머 대 크레이머 Kramer vs. Kramer 센트럴파크에서 아들을 기다리는 메릴 스트립이 더없이 아름답고 서글프게 보였던 것은 아마도 그녀가 입고 있던 트렌치코트와 부츠 때문이었을 것이다.

샤레이드 Charade 오드리 헵번이 아이보리 스카프에, 역시 같은 색상의 장갑과 트렌치코트를 매치하고 호텔 로비에서 전화를 걸 때 유난히 검정색 수화기와 아이보리색 트렌치코트가 멋있다고 느껴졌다.

딕 트레이시 Dick Tracy 이보다 야할 순 없다. 워렌 비티가 입은 노란색 트렌치코트를 태진아는 분명 부러워했을 것이다.

매트릭스 The Matrix 공중을 날아다니며 싸우는 키아누 리브스가 트렌치코트를 입지 않았다면 너무 어설펐을 것이다.

인정사정 볼 것 없다 빗속에서도 선글라스를 끼고 걸어가는 안성기는 트렌치코트의 깃을 세우는 것 또한 잊지 않았다.

트렌치코트가 잘 어울리는 사람들

케이트 모스, 브래드 피트, 엘리자베스 여왕, 찰스 황태자, 장 폴 벨몽도,
형사 콜롬보, 최불암, 안성기, 드루피 독, 핑크 팬더

트렌치코트에 필요한 것들

두꺼운 아이라인, 플리츠스커트, 발목에 자연스럽게 주름이 잡히는 롱부
츠, 앞코가 뾰족한 플랫 슈즈, 실크 스카프, 중절모, 베레모, 장갑, 호보
백, 낙엽, 전봇대, 억수로 쏟아지는 비, 그리고 눈물.

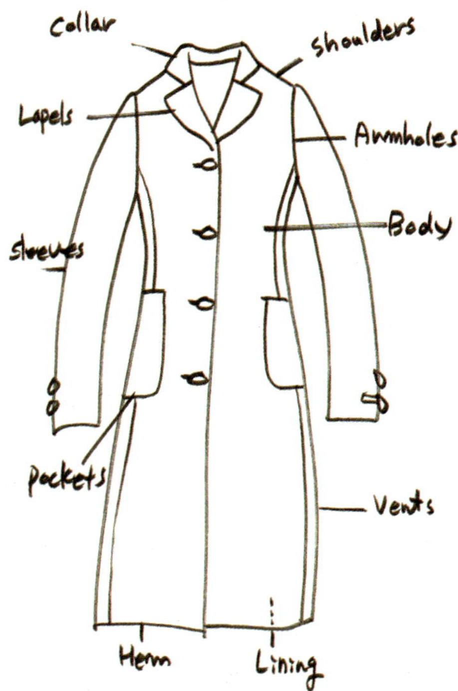

사 랑 의 묘 약, 원 피 스

난 사랑을 하고 싶을 때, 그리고 사
랑하는 사람을 발견했을 때 아름다운 원피스를 입는다. 봄바람에
머리카락이 스쳐 날아가면, 가슴은 두근두근 설레고 온몸엔 바람기
가 슬슬 넘치게 된다. 이렇게 봄바람이 불어올 때 가장 입고 싶어지
는 옷이 바로 하늘거리는 시폰 소재로 된 여성스러운 원피스다.

원피스는 여자를 더욱 여자답게 만들어 주는 아이템이다. 신
비스럽고 조화롭게, 둥글둥글한 곡선으로 이루어진 여자의 몸. 마
치 아름다운 언덕과 계곡을 연상시키는 그런 여자의 몸을 자연스
럽고 아름답게 드러내는 데도, 사랑스러운 분위기를 연출하는 데
도, 세련된 느낌을 자아내는 데도 원피스보다 더 좋은 아이템은 없
다. 영화 〈메디슨 카운티의 다리〉에서 메릴 스트립이 첫 데이트를
위해 구입한 것도 원피스였다. 지퍼를 열면 '스르르' 벗겨져 내려
오는 그 은근하고 섹시한 매력이란. 아주 오래전에 영화 〈노 웨이

아웃〉에서 남자 주인공 케빈 코스트너가 여자가 입고 있던 원피스의 지퍼를 가볍게 내리자 옷이 '스르르' 벗겨지던 장면을 보고는 두 손을 맞잡고 꼭 실현해 보리라 마음먹었던 기억이 난다.

영화 속에서 여자를 아름답게 만들어 주었던 '기막힌 원피스'들이 있다. 가장 대표적인 것이 〈티파니에서 아침을〉의 오드리 헵번이 입었던 블랙 드레스다. 전 세계 여자들을 사로잡았던 이 전설적인 룩은 얼마 전 경매에서 어마어마한 가격에 판매되었다고 한다. 그리고 〈러브 어페어〉에서 아네트 베닝이 입었던 화이트 컬러의 셔츠 드레스. 이 드레스는 내가 디자이너 시절에 여러 번 응용했고, 기자가 되어서는 이 원피스에 대한 글을 여러 번 썼으며, 스타일리스트가 되어서는 모델에게 여러 번 이 룩을 연출했다. 앞 여밈에 단추가 달린 이 화이트 원피스는 밀짚모자와 에르메스의 에스파드리유와 함께 어울려 어찌나 성숙해 보였던지.

〈화양연화〉는 또 어떤가. 왕가위 감독은 참 여우 같다. 치파오 하나로 그렇게 많은 분위기를 연출해 내고, 장만옥이라는 여자를 고전적이면서도 스타일리시한 배우로 만들어 놓다니 말이다. 영화 속에서 장만옥은 개량 치파오를 입고 귀밑에서 달랑거리는 귀고리, 그리고 가는 줄로 된 클래식한 시계를 매치한 스타일을 선보였다. 나도 이 스타일을 하고 파티나 저녁 모임에 몇 번 나간 적이 있다. 물론 그때마다 반응은 매우 좋았다. 또한 〈색, 계〉에서 탕웨이가 만약 치파오 대신 투피스를 입었다면 그런 은근한 매력과 신비스러운 관능미는 없었을 것이다.

〈진주만〉, 〈마리아스 러버〉와 같은 제2차 세계 대전을 배경으로 한 영화를 보면 허리가 살짝 들어간 시폰이나 실크 소재의 아름다운 원피스를 볼 수 있다. 벳시 존스풍의 여성스러운 원피스에는 앤티크 스타일의 가는 팔찌나 목선에 딱 달라붙는 진주 목걸이를 해야 스타일이 더 돋보인다. 그리고 붉은색이나 오렌지색 계열의 립스틱을 발라 주면 여성스러우면서도 섹시한 느낌을 연출할 수 있다.

〈북회귀선〉이나 〈라 벨르 에 포크〉, 애거서 크리스티의 〈나일 살인 사건〉과 같은 1920년대 영화를 보면 아르데코풍의 원피스를 볼 수 있다. 역시 시폰 소재로 되어 있어 하늘거리지만, 허리선이 엉덩이의 약간 위까지 내려오고 H라인으로 똑 떨어진다. 최근 빅터 앤 롤프나 레베카 테일러에서 많이 볼 수 있는데, 이러한 원피스에는 앤티크 스타일의 달랑거리는 귀고리를 하거나 코르사주를 장식해 주는 것이 좋다.

물론 시폰 외에도 리넨이나 면 소재로도 사랑스러운 분위기를 연출할 수 있다. 꽤 오래전에 본 제인 캠피언의 〈내 책상 위의 천사〉에서 여주인공이 입고 나왔던 화사한 플라워 프린트의 파란색 원피스는 시원하면서도 귀여운 느낌을 연출하기에 그만이었다. 그런 이유로 나는 〈미스터 로빈 꼬시기〉에서 엄정화가 다니엘 헤니에게 잘 보이기 위해 갑자기 오버스러운 옷을 입고, 그에게 핀잔을 들어야 하는 장면을 위해 이것과 비슷한 꽃무늬 원피스를 골라 입혔다. 이 외에도 〈벨 드 주르〉에서 보여 준 이브 생 로랑의 시크한 원피스나 재클린 케네디의 실루엣이 잘 살아나는 원피스에는 울이나 면 소재가 사용되었다.

이 외에도 위노나 라이더나 멕 라이언이 입을 것 같은 작은 플로럴 프린트나 면 소재의 원피스는 여름에 여성스러우면서도 자연스러운 분위기를 연출할 수 있어 매우 좋다. 〈유브 갓 메일〉의 마지막 장면에서도 멕 라이언이 입고 있었던 것은 자연스러운 분위기의 원피스였다. 너무나도 아름다운 공원에서 사랑을 확인하며 행복해하는 그녀는 그 원피스로 인해 더욱 사랑스럽게 보였다. 〈숍걸〉에서 클레어 데인스가 입었던 노란색의 플라워 프린트 원피스는 청순하면서도 섹시한 느낌을 주었는데, 여기에 초록색이나 파란색 같은 유색 반지를 끼면 더 분위기 있어 보인다.

나는 레이스가 핀턱 사이사이에 장식된 라운드 네크라인의 레베카 테일러풍 원피스나 도트 패턴의 리본 장식이 있는 사랑스러운 빈티지풍 원피스, A.P.C.풍의 블랙 면 소재 원피스 혹은 가슴선이 아름답게 보이는 다이앤 본 퍼스텐버그의 원피스를 즐겨 입는다. 원피스엔 하이힐을 신는 것도 좋지만, 레깅스에 반짝이는 플랫 슈즈를 신어 발레리나 같은 분위기를 연출하거나 스키니한 데님 팬츠에 스모키 아이를 해 빈티지 룩을 연출해도 좋다.

이렇듯 원피스는 여자를 사랑스러우면서도 우아하게, 세련되면서도 섹시하게 만들어 주는 요술 공주 밍키의 마술봉 같은 존재다. 원피스의 아름다움을 느끼는 것은 나만이 아닌 듯하다. 스티브 비진체이의《연상의 여인에 대한 찬양》을 읽다 보면 원피스를 매력적이고 아름답게 묘사해 놓은 곳을 군데군데에서 발견할 수 있다.

"그녀는 긴 소매에 목이 긴 드레스를 입어 호리호리하게 잘빠진 몸매를 꼭꼭 감추고 있었다. 그리고 그녀의 검은 머리는 금방 미장원에 다녀온 것처럼 늘 단정했다."

원피스에 레이밴 선글라스를 멋지게
매치시킨 모델 장윤주

지적인 아이템, 니트웨어

S〈섹스 앤 더 시티〉에서 남편을 유혹하기 위한 속옷을 사러 숍에 들른 샬롯은 거미줄처럼 가는 레이스로 된 매우 대담한 팬티를 보며 망설인다. 이때 캐리가 샬롯에게 말한다. "그 위에 카디건이라도 걸치든지!" 보기에도 민망한 속옷을 조금이라도 정숙하게 만들어 줄 장치가 바로 니트 카디건이라고 생각했기 때문이다. 각각의 패션 아이템마다 자기만의 성격과 성향이 있는데, 트렌치코트만큼 강하지는 않아도 니트웨어는 사람을 지적으로 만들어 주는 재주가 있다.

헤르베르트 폰 카라얀처럼 음악 하는 사람들은 언제나 터틀넥 니트 풀오버를 입는데, 그게 또 얼마나 멋있는지 모른다. 내가 사랑하는 지휘자 정명훈이 빳빳한 칼라의 블루 셔츠를 입는다면 왠지 세속적이어서 싫을 것 같고, 티셔츠를 입는다면 그 가벼움 때문에 울어 버리고 말 것 같다. 니트의 따뜻한 촉감 때문에 그럴까? 남자건 여자건 니트라는 것을 몸에 걸치게 되는 순간, 지적이고 따뜻하면서 어디에도 얽매이지 않는 음유시인 같은 정서가 느껴진다. 그런 이유로 나는 남자가 터틀넥 니트 풀오버 입는 것을 좋아한다. 언젠가 KBS에서 앞으로 당선될 대통령이 어떤 의상을 입었으면 좋겠냐고 질문했는데, 나는 감색 블레이저와 회색 바지 그리고 빨간색 터틀넥 니트 풀오버를 추천했다. 또한 내가 결혼하게 되어 남편과 주말에 드라이브를 나가게 되면 베이지색이 살짝 들어간 연한 하늘색 니트 풀오버에 베이지색 바지를 입힐 것이고, 겨울이 되면 회색 캐시미어 니트 풀오버에 감색 캐시미어 슈트를 입혀 주고 싶다.

그렇게도 니트를 좋아해서 한때 내 별명은 '니트 서'였다. 그렇게 불리게 된 이유는 내 모든 룩에 니트가 기본이 될 정도로 애용했기 때문이다. 좁고 처진 어깨와 동그란 몸통으로 인해 재킷이 어울리지 않는 나는 니트 카디건을 즐겨 입었다. 재킷의 경우는 체형을 옷에 맞추어야 하지만 니트는 소재의 특성상 체형에 맞게 자신이 변한다. 살이 찌면 재킷은 작아지지만 니트는 내 몸에 맞게 늘어난다. 그런 이유로 니트 카디건에 라운드나 터틀넥 풀오버를 즐겨 입는 내게 어머니는 '정장 한 벌 없는 불쌍한 것'이라며 혀를 찼다. 그러나 발

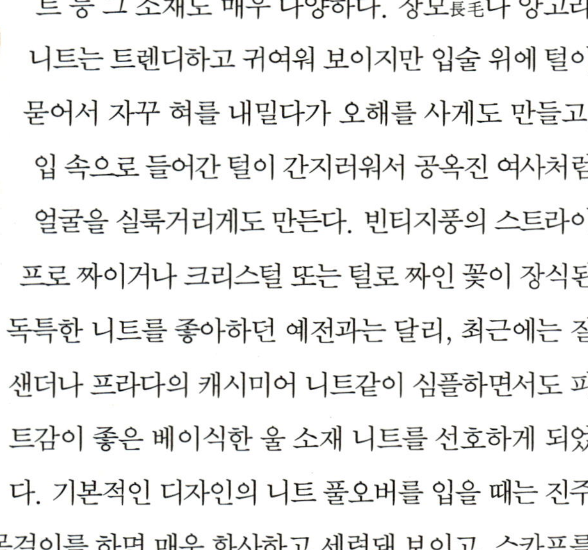

렌시아가의 재킷이 기가 막히게 어울리는 어깨와 가는 체형을 가질 수 있다 해도 나는 니트를 고집했을 것이다.

봄에는 얇게 짜인 실켓 가공된 니트, 여름에는 면 소재 니트, 가을에는 심플하게 짜인 울 소재 니트, 겨울에는 따뜻한 캐시미어나 앙고라 니트 등 그 소재도 매우 다양하다. 장모長毛나 앙고라 니트는 트렌디하고 귀여워 보이지만 입술 위에 털이 묻어서 자꾸 혀를 내밀다가 오해를 사게도 만들고, 입 속으로 들어간 털이 간지러워서 공옥진 여사처럼 얼굴을 실룩거리게도 만든다. 빈티지풍의 스트라이프로 짜이거나 크리스털 또는 털로 짜인 꽃이 장식된 독특한 니트를 좋아하던 예전과는 달리, 최근에는 질 샌더나 프라다의 캐시미어 니트같이 심플하면서도 피트감이 좋은 베이식한 울 소재 니트를 선호하게 되었다. 기본적인 디자인의 니트 풀오버를 입을 때는 진주 귀고리나 목걸이를 하면 매우 화사하고 세련돼 보이고, 스카프를 매면 여배우처럼 드라마틱해 보인다.

짧은 길이의 니트 풀오버나 카디건에 H라인 스커트를 매치하면 자칫 히스테릭한 사감 선생으로 보일 수 있기 때문에 가슴에 브

로치를 하거나 스틸레토를 신어 주는 게 좋다. 또 A라인 스커트를
입을 때는 7부 소매의 카디건을 매치하면 클래식한 분위기를 연출
할 수 있고, 굽이 두꺼운 스텍트 힐을 신어 주면 영화 〈추억〉의 바
브라 스트라이샌드처럼 멋진 프레피 룩(동부 부유층의 학생 스타일)
을 연출할 수 있다. 길이가 긴 니트 풀오버에는 퍼지는 스커트보다
H라인 스커트를 요지 야마모토풍으로 입으면 좋은데, 이때는 굽
이 거의 없는 플랫 슈즈나 매니시한 구두를 신는 게 멋지다.

　　두껍게 짜인 니트는 조금 조심해야 한다. 청담동에 있는 멀티
숍 '디테일'에서 나는 너무나도 멋진 3.1의 니트 카디건을 큰마음
먹고 구입한 적이 있다. 엉덩이까지 내려오고 두껍게 짜인 멜란지
그레이 컬러의 니트 카디건이었는데, 문제는 내가 생각했던 룩이
도대체 나오지 않는다는 것이었다. 이것을 애초에 구
입할 때의 생각은 얇은 면 소재의 박시한 셔츠나
레이스가 섬세하게 장식된 시폰 원피스를 입
고, 거기에 끌로에 부츠를 신는 것이었
다. 그런데 정작 차려 입고 외출하려고
거울 앞에 서 보니 웬 할머니가 서 있는
것이 아닌가. 하의에 문제가 있나 싶어
스키니 팬츠부터 비비안 웨스트우드의
타이트한 스커트까지 바꿔 입어 보고,
구두도 아찔한 프라다 스틸레토로 바
꿔 신어 보았지만 여전히 거울 앞에는
할머니가 서 있었다. 곰곰이 생각해

보니 구입할 당시 나는 김민희나 장윤주가 입고 있는 모습을 상상
했던 것 같다. 결국 그 니트 카디건은 비싼 가격에 구입했음에도
한번도 입고 외출해 본 적 없이, 집에서 파자마 위에 걸치는 애물
단지가 되고 말았다. 그런데 스트라이프 패턴의 캘빈 클라인풍 파
자마 위에 걸치면 멋지게 어울리면서 제법 작가 분위기도 풍겨,
2007년 겨울 내내《스타일 북, 두 번째 이야기》를 쓰는 동안 즐겨
입었다.

니트를 즐겁게 입는 법

오래된 니트가 싫증이 날 때는 리폼해 보자.

호피 프린트의 니트 검정색 레이스를 소매 끝단과 목 부분에 바느질해서 달아 주면 마치 값비싼 안나 몰리나리의 옷처럼 변한다.

아이보리색 니트 진주나 크리스털 같은 것을 목 주변과 소매 끝단, 밑단 부분에 달아주자. 니트가 무척 사랑스럽게 변할 것이다.

니트 풀오버 니트 소매 끝 부분을 잘라 재킷의 소매 끝 안쪽에 달아 준다. 준야 와타나베의 아방가르드한 재킷이 될 것이다.

니트 네크라인의 종류

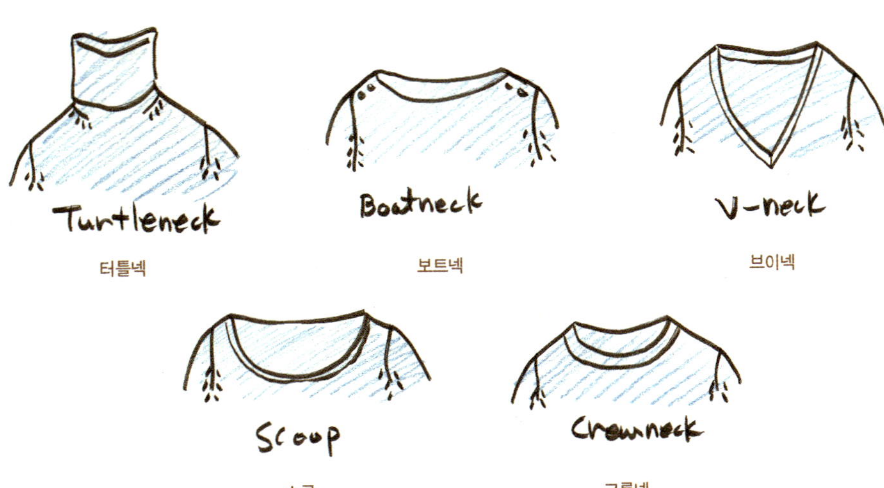

판 타 스 틱   스 트 라 이 프

"지난번에 만났을 때도 스트라이프 티셔츠를 입었는데, 오늘도 입은 걸 보니 정말로 스트라이프를 좋아하나 봐요", "우연히 길에서 스트라이프 티셔츠 입은 모습을 봤는데, 언니는 스트라이프 패턴을 즐겨 입나요?" 같은 말들을 들을 때마다 내가 스트라이프 티셔츠를 자주 입었단 사실을 새삼 깨닫게 된다. 오죽했으면 처음 모델로 등장하는 TV 광고에서도 무엇을 입어야 할지 고심하다가 스트라이프 티셔츠에 진주 목걸이를 했으며, 이 책에서도 스트라이프에 대한 이야기를 다시 써 내려가고 있겠는가.

사실 첫 번째 《스타일 북》에서는 '스트라이프'에 대한 글을 간략하게 실었다. 그런데 의외로 《스타일 북》을 출간한 후 독자들에게서 스트라이프 티셔츠에 대한 질문을 많이 받아서 무척 놀랐다. 그중 대부분이 "생 제임스를 구입하고 싶은데 어떻게 해야 되나요?"와 "프랑스의 사이즈 기준은 어떻게 되나요?"였다. 이런 이유로 나는 '스트라이프 티셔츠'에 대한 나의 사랑을 좀 더 피력하기로 했다.

스트라이프 셔츠에 와이드 팬츠를 입고, 진주 목걸이를 길게 늘어뜨린 코코 샤넬의 스타일에 일찌감치 감동받았던 나는 그 후 스트라이프와 진주를 나의 '절대적 아이템'으로 삼았다. 뜨거운 여름이나 눈 내리는 겨울에도, 요트를 타고 망망대해를 나갈 때나 뉴욕의 한 스튜디오에서 일할 때도 나는 늘 스트라이프 셔츠나 니트 풀오버를 입었다. 사실 스트라이프는 다른 패턴이나 프린트에 비해 매우 독창적이고, 상징적인 아이템이다. 감성적이면서도 편안하고, 세련되면서도 젊어 보이고, 고급스러우면서도 실용적인 면을 갖추고 있기 때문이다.

도드라지게 시각적인 이 영특한 아이템은 그런 이유에선지 피카소와 앤디 워홀 그리고 달리 같은 세기의 예술가들로부터 사랑을 받았고, 오드리 헵번이나 재클린 케네디 같은 불멸의 트렌드 아이콘들이 즐겨 입었다. 또한 블루베리 무스처럼 달콤한 눈빛을 가진 알랭 들롱이 스트라이프 티셔츠를 입고 요트 위에 서 있는 모습을 보노라면, 너무나 눈이 부셔 내 눈이 멀 것만 같았다. 어디 그뿐인가? 스트라이프 니트 풀오버를 입은 마릴린 먼로는 화이트 플리츠 원피스나 레드 홀터넥 드레스를 입었을 때와는 전혀 다른 분위기를 풍겼다. 반복되는 직선의 시각적 효과 때문인지, 스트라이프는 섹시함과 백치미로 한 시대를 풍미했던 마릴린 먼로(그녀의 지능은 매우 높았다고 하지만 그녀의 섹시함 때문인지 백치미라는 수식어가 따라

다녔다)조차도 세련되고 지적인 모습으로 변모시켰다.

　처음에는 그랬다. 내게 있어 스트라이프 티셔츠는 가끔씩 먹으면 너무나도 맛있는 크렘 블레처럼 가끔씩 입으면 신선하고 재미있는 그런 존재였다. 그러나 지금은 매끼 식사처럼 중요하면서도 너무나 일상적인 존재가 되어 버려 스트라이프 티셔츠나 니트 풀오버 없이는 내 스타일에 대해 말하고 싶지 않을 정도다. 그렇게 시작된 나의 '스트라이프 사랑'은 해가 갈수록 더욱 심해져 지금은 약 40여 벌 정도를 가지고 있다.

　맨 처음 스트라이프 티셔츠를 구입했던 것은 20여 년 전 처음으로 파리에 갔을 때다. 1889년에 오픈한 생 제임스는 원래 어부나 선원들의 옷을 판매하던 곳으로, 피코트나 스트라이프 셔츠 마니아에게는 연어를 좋아하는 낚시꾼들의 황금어장인 알래스카와 같은 곳이다. 생 제임스에서 처음 구입한 보트네크라인의 반팔 티셔츠는 지금까지도 마르고 닳도록 입고 있다. 낡았지만 세월이 느껴지는 그 티셔츠는 아직까지도 나의 총애를 받으며 옷장 안의 대모 같은 존재로 스트라이프 일가를 이끌고 있다.

　생 제임스 외에도 프티 바토라는 곳에서 가끔씩 귀여운 스트라이프 셔츠나 니트를 구할 수 있다. 프랑스의 유아와 산모, 엄마들을 위한 브랜드로 매우 프랑스적인 감성을 지닌 프티 바토에는 겨울용과 여름용 니트 소재로 된 스트라이프 풀오버, 블루와 레드 컬러가 같이 들어간 멀티 스트라이프 니트 풀오버, 그리고 스트라이프 면 저지 원피스에 이르기까지 보르도 와인만큼 다양한 종류의 스트라이프가 있다.

프랑스에서 생산되는 스트라이프 셔츠는 사이즈가 루스하고 보트네크라인이 많은 게 특징으로, 몸에 너무 피트되지 않아 세련된 리조트 룩을 연출하기에 좋다. 언제나 스트라이프 티셔츠를 즐겨 입는 장 폴 고티에는 매 시즌은 아니어도 가끔씩 스트라이프 패턴의 니트 풀오버나 티셔츠를 선보인다. 그는 프랑스적인 감성과 유니크함을 불어넣어 레이스를 매치하거나 스트라이프 색상을 변형시킨, 세련되면서도 고급스러운 풀오버를 만들어 내놓는다. 만약 장 폴 고티에가 가격 때문에 부담스럽다면 이곳을 추천하고 싶다. 프랑스에 가면 '모노프리'라는 대형 슈퍼마켓이 있는데, 이곳에선 값싸면서도 실용적인 아이템들을 구할 수 있다. '썩어도 준치'란 말처럼, 아무리 가격이 저렴한 대형 할인점이라 해도 역시 프랑스인들답게 제품의 디자인이 세련됐다. 이곳에서 프랑스인들이 선호하는 스트라이프 티셔츠를 2만원 정도에 구입해 한동안 입고 다녔는데, 보는 사람마다 어디에서 샀냐고 꼭 물어 봤을 정도다.

미국에서도 스트라이프 패턴을 구입할 수 있다. 프랑스인들처럼 전 국민이 즐겨 입는 것은 아니지만 대체적으로 프랑스의 스트라이프가 보트네크라인이나 라운드 네크라인의 기본 티셔츠이거나 니트인 것에 비해, 미국은 몸에 피트되거나 디자인이 약간 가미된 것들이 많다. 그 첫 번째 브랜드는 역시 폴로 랄프 로렌인데, 매우 미국적인 감성을 느낄 수 있다. 너무 루스하지 않아 몸에 적당히 피트되고, 목에 면 소재의 흰색 칼라가 매치되어 있어 프레피 룩을 연출하기에 좋다.

최근에 내가 가장 즐겨 입는 스트라이프 티셔츠는 갭에서 발

1 세계 곳곳에 갈 때도 스트라이프 셔츠는 빼놓지 않고 가져 간다.
2 조카한테까지 생 제임스의 스트라이프 니트를 사 주었다.
3 포토그래퍼 김태은이 촬영해 준 스트라이프 셔츠를 입은 내 모습

견한 것들이다. 갭의 면 소재는 부드러우면서도 신축성이 좋아, 너무 루스하지 않으면서도 몸에 자연스럽게 흘러내려 착용감이 좋다. 그래서 나는 매 시즌 갭의 스트라이프 티셔츠를 구입한다. 어깨와 손목에 작은 단추 장식이 있는 내복 같은 보트네크라인 티셔츠, 7부 소매의 라운드 티셔츠, 브라운 컬러가 독특한 반팔 티셔츠, 남성용 내의처럼 네크라인 앞여밈 부분에 블루 컬러가 매치된 면 티셔츠까지, 미묘한 디자인 차이도 놓치지 않고 모두 구입했다. 특히 똑같은 갭이어도 일본에서 구입한 것은 조금 더 디자인이 가미되어 있어 재미있다. 프랑스인 못지않게 스트라이프를 좋아하는 일본인들은 자신들의 취향에 맞게 디자인한 스트라이프 아이템을 내놓기도 한다. 얼마 전 도쿄 출장길에 구입한 리넨과 면이 섞인 스트라이프 셔츠는 가슴 정도까지 단추가 오는 7부 소매의 풀오버로, 밤색을 사용한 내추럴한 감성의 스트라이프 티셔츠다.

이 외에도 유니클로의 면 셔츠는 동양인에게 너무 루스하지도 않고 피트되지도 않는 적당한 사이즈로 편안하게 입을 수 있는 것이 특징이다. 또한 유니클로에선 다양한 디자인이나 아이템의 스트라이프를 선보이고 있는데, 면이나 타월 소재를 사용한 후드 점퍼와 잠옷 등을 꽤 저렴한 가격에 구입할 수 있어 좋다. 꼼데 가르송에서 지속적으로 나오는 스트라이프 셔츠는 약간 짧은 듯한 길이와 정사각형의 실루엣, 그리고 귀여운 하트 마크가 있어 매우 스타일리시하게 입을 수 있다.

대체적으로 미국 브랜드는 갭이나 바나나 리퍼블릭을 제외하고는 너무 몸에 피트되어 캐주얼한 느낌이 강하지만, 그래도 여름

피서지에서 발랄하게 입기에는 그만이다. 애버크럼비나 아메리칸 이글에서 나오는 레이스를 덧댄 스트라이프 톱이나 형광색 스트라이프 티셔츠는 해변에서 구릿빛으로 태닝하고 입으면 린제이 로한은 저리 가라 할 정도로 패셔너블해진다.

이 외에도 시드니나 바르셀로나같이 항구가 있는 곳이나 이스트 햄튼 같은 곳에서도 알맞게 숙성된 와인처럼 멋진 스트라이프 셔츠를 구할 수 있다. 그러나 전 세계에서 가장 예쁘고 값싼 스트라이프 티셔츠를 구입할 수 있는 곳은 아마도 동대문 시장이 아닐까 싶다.

스트라이프 셔츠 연출법

프렌치 스타일 French Style 〈네 멋대로 해라〉의 진 세버그가 입었던 것 같은 7부나 9부의 화이트 데님에 면 소재로 된 스트라이프 티셔츠를 입고 플랫 슈즈를 신는다. 밀짚모자를 쓰거나 가방을 들어 줘도 좋다.

클래식 스타일 Classic Style 코코 샤넬처럼 스트라이프 티셔츠에 살짝 퍼지거나 혹은 밑단이 접힌 클래식한 울 소재의 화이트 팬츠를 입고 실크 스카프를 매거나, 길게 늘어뜨린 진주 목걸이 혹은 커다란 뱅글을 한다. 이때 스트라이프는 니트 소재가 좀 더 클래식하며, 입술은 붉게 칠해야 멋있다.

아방가르드 스타일 Avant-garde Style 꼼데 가르송의 스트라이프 티셔츠처럼 몸에 피트되지 않거나 혹은 과감한 프린트가 들어간 변형된 디자인의 티셔츠를 입고, 울 소재로 된 블랙 컬러의 와이드 팬츠나 롱스커트를 입는다. 여기에 신발은 남자 구두같이 납작한 스타일을 신어 주고, 가방은 모양이 잡히지 않은 커다란 호보 백을 들어 준다.

세상의 모든 스트라이프가 모여 있는 곳

생 제임스 Saint James 스트라이프의 원조 격이다. 해군이나 어부들이 입었을 것 같은 기본 스타일을 구할 수 있다. 더불어 멋진 피코트도 함께.

프티 바토 Petit Bateau 유아들의 옷이어도 어찌나 세련되었는지 드리스 반 노튼이나 질 샌더 재킷 속에 입어도 좋다. 산모나 아이들을 위한 브랜드이기 때문에, 면 소재가 다른 곳에 비해 매우 부드럽고 신축성도 좋다. 대체적으로 디자인에 따라 사이즈를 골라 입을 수 있다. 내가 살이 빠져서 Small 사이즈를 입을 때는 14세에서 16세까지 입는 티셔츠를 입었지만, 굉장히 피트되는 소매 없는 톱을 입을 때는 12세까지도 입을 수 있다. 약간 살이 쪄서 Medium 사이즈를 입을 때는 16세에서 18세 정도의 옷을 입으면 된다.

장 폴 고티에 Jean Paul Gaultier 역시 프랑스인은 스트라이프를 사랑한다. 천재적인 쿠튀리에인 장 폴 고티에는 생 제임스에서 나올 것 같은 해군 스타일의 니트나 티셔츠를 종종 선보인다.

소니아 리키엘 Sonia Rykiel 프랑스를 대표하는 디자이너 소니아 리키엘은 그녀만의 파리지엔 감성으로 고급스럽고 멋진 스트라이프 니트 풀오버나 원피스, 드레스를 선보인다.

모노프리 Monoprix 프랑스에 있는 대형 슈퍼마켓으로 파리로 여행 간다면 이곳을 추천하고 싶다. 오페라 극장을 정면에 두고 왼쪽에 있는 숍을 가장 많이 갔는데, 이곳에 가면 값싸고 예쁜 속옷이나 티셔츠, 모자 등을 구입할 수 있다.

자라 Zara 시즌별로 캐시미어나 면 등 다양한 소재로 디자인한다.

유니클로 Uniqlo 기본적인 티셔츠 스타일.

갭 Gap 이곳에서는 계속해서 다양한 스타일의 스트라이프 티셔츠나 후드 티셔츠를 구입할 수 있다.

무인양품 無印良品 너무 피트되지 않으면서도 약간은 길이가 짧은 귀여운 스타일이 많다.

바나나 리퍼블릭 Banana Republic 부드러운 소재로 만든 여성스러운 스트라이프 티셔츠와 니트가 있다.

폴로 랄프 로렌 Polo Ralph Lauren 아메리칸 클래식에 어울릴 수 있는 멋진 스트라이프 티셔츠나 셔츠, 가방 등 정말 클래식하면서도 다양한 스타일을 발견할 수 있다.

아메리칸 이글 American Eagler 캐주얼하고 발랄한 감성의 스타일이 많다.

애버크럼비 & 피치 Abercromby & Fitch 사이즈가 다른 브랜드에 비해 유난히 작지만 아메리칸 클래식을 조금 더 섹시하고 스포티브하게 연출할 수 있는 캐주얼한 스타일이 많다.

자뎅 드 슈에트 Jardin De Chouette 프랑스에서 유학 한 디자이너 김재현은 스트라이프 티셔츠를 고급스 러우면서도 매우 트렌디하게 디자인했는데 채정안 은 물론 김민희, 장윤주에 이르는 스타일 아이콘 들이 올빼미가 들어간 스트라이프 티셔츠를 즐겨 입고 있다.

동대문 시장 혹은 보세가게 나는 두타 2층에서 생 각보다 다양한 스타일의 스트라이프 티셔츠를 많이 구입한다.

아파트먼트 압구정동에 위치한 보세가게로, 빈 티지 물건이나 〈논노〉풍의 옷들이 많다. 오랜 세월이 지났음에도 새로운 디자인과 디스플레 이, 브랜드 이미지 전략 면에서는 웬만한 브랜 드 회사보다 배울 게 훨씬 많다.

영 원 한 젊 음 , 데 님

내가 다른 사람들보다 늦게 시작한 것이 있다면 그것은 바로 커피 마시기, 연애 그리고 청바지 입기다. 이 모든 것을 나는 서른 살이 훨씬 지난 후에야 시작했는데, 모두 그 맛이 어찌나 좋은지 일찍 시작했으면 하고 후회하기도 했다. 다방 커피 정도밖에 마시지 않던 내가 지금은 달콤한 케이크와 함께 먹는 진한 에스프레소가 얼마나 맛있는지 알게 되었고, 눈물을 철철 흘리는 이별이 기다리고 있어도 연애를 시작할 때의 설렘이 얼마나 행복한 일인지 알게 되었다. 그리고 데님 팬츠가 건강하고 멋진 모습을 연출할 수 있는 최고의 아이템이라는 것도 깨달았다.

"재키가 엄청나게 사들인 옷을 전부 어떻게 했는지 모르겠다. 나는 그녀가 데님을 입은 모습밖에 볼 수 없었기 때문이다"라는 오나시스의 말처럼 재클린 케네디도 데님을 무척 즐겨 입은 듯하다. 트위드 재킷이나 실크 드레스만 입었을 것 같은 재키도 데님의 편

데님을 입은 재키

안함을 즐긴 것처럼 데님은 모든 이들을 편안하게 해 주는 착하고 귀여운 막내아들 같은 존재다. 내가 처음 데님을 접하게 된 것은 중학생 때 아버지가 해외 출장길에 사다 주신 조다쉬 팬츠였다. 지금이라면 엉덩이가 피트되는 게 섹시하다며 좋아했겠지만 그 당시엔 예민한 사춘기라 엉덩이가 드러나는 게 싫었다. 그리고 어린 나이에 왜 그렇게 클래식하고 여성스러운 옷을 좋아했는지, 그 데님 팬츠는 옷장 속 블랙홀로 빠져 버렸다. 20대가 되어 스노 진이 유행할 때도 두드러기가 난 것 같은 그 얼룩이 싫어 몸서리까지 쳤던 나는 그로부터 아주 오랜 시간이 지나서야 비로소 캐주얼한 감성을 즐길 수 있게 되었다. 물론 클래식하고 로맨틱한 스타일을 좋아하는 내 기본 성향은 크게 변하지 않았지만 직장 MT에도 구두를 신고 갔던 나의 과거를 생각하면 장족의 발전이 아닐 수 없다.

내가 처음 입게 된 데님 팬츠는 CK 진에서 선물로 받은 일자 데님 팬츠였다. 옷장 속에 묵혀 두었던 데님을 꺼내 입고 스니커즈를 신으니 기분까지 상쾌했다. 용기를 내어 멀티숍 빌렛에서 피트가 예쁜 데님 팬츠를 처음으로 내 돈 주고 구입했다. 엉덩이가 적당히 피트되고 다리가 살짝 퍼져 몸이 예쁘게 보이는 팬츠로 스트라이프 셔츠와 함께 즐겨 입었다. 데님이 좋아지니 리바이스가 갖고 싶어졌다. 피트감도 좋았지만 모든 이들이 가지고 있는 리바이스를 나도 가지고 있다는 동질감 같은, 말도 안 되는 소속감을 느끼며 행복해했다. 그다음은 다리가 길고 가늘어 보이는 세븐 진을 입어 보았다. 몸에 피트되는 티셔츠와 스틸레토를 신으면 다리가 니콜 키드먼처럼 길어 보이는 기특한 녀석이다.

　　그렇게 데님 팬츠를 입기 시작한 지 얼마 되지 않은 내게 충격적인 스타일이 출현했다. 타이츠처럼 다리에 완벽하게 피트되는 '스키니 팬츠'가 등장한 것이다. 패리스 힐튼부터 니콜 리치, 린제이 로한 등이 입고 다니니 서울에서도 여기저기 보이기 시작했다. 처음에는 겁이 나서 엄두도 못 냈지만 막상 스키니 진을 입어 보니 생각보다 재미났다. 특히 루스한 실루엣의 상의에 스키니 팬츠를 입자 아주 야무지게 어울렸다. 사라 제시카 파커가 입어 유명해진 제임스 진에서 나오는 스키니 진은 우븐 소재 느낌이 나면서 너무 캐주얼하지 않아 내가 입기에도 좋았다. 최근에는 모든 모델들이 착용하며 선풍적인 인기를 얻게 된 '칩 먼데이'를 입었는데, 장윤주는 파랗고 하얀 스키니 팬츠를 입고 나타나기도 했다.

　　그렇게 뒤늦게 알게 된 데님 팬츠를 진정으로 사랑하게 되었지만, 얼마 전 구입한 와이드 데님 팬츠는 아직 내게 무리였던 것 같다. 장진영과 함께 도쿄로 촬영을 갔을 때 잠시 톱숍에 들렀는데, 그곳에서 나는 하이디 클룸도 입었던 하이웨이스트의 통이 넓은 와이드 팬츠를 발견하고는 너무 기뻐 단숨에 구입했다. 하지만 그 기쁨은 오래가지 못했다. 그 데님 팬츠를 입고 외출하기만 하면 모든 이들이 한결같이 "너 살쪘니?"라고 질문을 했기 때문이다. 통이 넓고 하이웨이스트라 웬만한 몸매가 아니고서는 배가 나와 보이고 허벅지가 굵어 보이기 때문이다. 가만히 생각해 보니 똑같은 스타일의 데님 팬츠를 입은 하이디 클룸 사진 밑에 한 줄의 기사가 있었던 것 같다. '하이디 클룸, 살찐 것 같다!'란 코멘트가……

여 자 들 만 의   아 이 템,   스 커 트

왜 그렇게 모든 것이 거꾸로인지 내가 생각해도 나는 청개구리 같다. 어머니는 내가 20대 초반의 푸릇푸릇한 나이에 너무 '노티'나게 입는다고 불만이었다. 다른 여자애들처럼 미니스커트에 하이힐도 신고, 머리도 길게 풀어헤치고 발랄하게 연애도 하며 살아가길 원했던 것이다. 하지만 머릿속에는 온통 그레이스 켈리나 페이 더너웨이, 심지어 소피아 로렌까지 들어 있었으니, 내 모습은 20대 초반의 여자애라고 생각하기 어려울 정도로 성숙했다. 멋진 디자이너를 꿈꾸던 나는 한 올도 흐트러짐 없이 머리를 뒤로 묶고, 아이섀도를 짙게 바르고, 실크 시폰이나 터틀넥에 진주 귀고리나 굵은 진주 목걸이를 하고 무릎 밑까지 내려오는 맥시스커트를 즐겨 입었다. 어머니는 무릎 밑까지 내려오는 맥시스커트를 볼 때마다 한숨을 내쉬며 다리 좀 내놓으라고 말했지만 그때는 왜 그렇게도 롱스커트가 좋았는지……. 나중에 이런 후회의 글을 쓰기 위해서였을까? 그 나이 때에 맞는 스타일이 있건만, 나는 20대에 맥시스커트와 올린 머리, 터틀넥만 고집했다. 그 당시 내 또래의 친구들은 모두 경쟁하듯이 다리를 내놓고 다녔지만 나는 12폭 치마를 휘두른 황진이도 아니면서 때때로 발목까지 오는 길이의 폭이 넓은 스커트를 입기까지 했다.

그렇게 오랫동안 롱스커트와 맥시스커트를 고집하던 나는 20대 후반이 돼서야 매우 타이트한 무릎길이의 H라인 스커트에 눈을 돌렸다. 정확히 말하면, 그 당시는 디자인실 실장이라는 직함을 달기 시작했을 무렵이어서 조금 더 '프로페셔널한 여자'로 보이고 싶었다. '일하는 여자가 아름답다'라는 광고 문구를 가슴에 담고 다니던 나는 질 샌더의 스트레치 소재로 된 H라인 스커트나 프라다의 A라인 스커트를 입고, 역시 터틀넥 니트 풀오버에 하이힐을 신었다.

30대가 훨씬 넘은 어느 날부터 못 마시던 커피를 마시고, 데님을 입기 시작하더니, 급기야는 미니스커트를 입어 볼 마음이 생겼다. "10대와 20대에 항상 미니스커트를 입었던 나는 지금 더욱 미니스커트를 사랑하게 되어 아직까지도 입고 다닌다"라고 말한 미니스커트 마니아 빅토리아 베컴이나 황신혜처럼 매끈한 근육질의 몸매는 아니지만, 나는 '더 늦기 전에 내가 해야 할 일' 리스트에 불타는 연애와 함께 미니스커트를 추가시켰다.

처음에는 맞주름이 잡힌 미우

미우의 체크 플리츠스커트부터 시작했다. 무릎에서 살짝 올라가는 길이로 적당히 세련되면서도 귀여워, 고급스러운 프레피 룩을 연출하기에 좋았다. 클럽에 갈 때는 과감하게 미니 드레스를 입어 보았다. 자라에서 구입한, 뒤에 슬릿이 깊게 들어간 골드 메탈 미니 드레스에 아찔할 정도의 스틸레토를 신고 춤을 추며 놀았다. 꿈에도 그리던 아메리칸 캐주얼 룩을 연출하던 날은 거울 앞에서 눈물까지 훔쳤다. '더 늦기 전에 한번 해 보는 거야. 괜찮아'라며 뒤늦은 시도를 혼자서 위로하고, 혼자서 멋쩍어하며 미니스커트를 입었던 것이다. 하얀색 랄프 로렌의 폴로 셔츠에 카키색 미니스커트를 입고 분홍색 스니커즈를 신은 나는 그렇게 더 이상 돌아오지 않을 20대의 청춘을 잠시라도 만끽하고 싶었다.

스커트 연출법

미니스커트 Mini Skirt 미니스커트가 어울리는 대표
적인 인물은 트위기, 윤복희, 빅토리아 베컴, 패
리스 힐튼 등이다. 길이가 짧아 발랄하고 귀여운
느낌을 주지만 상의와 구두, 액세서리를 어떻게
매치하느냐에 따라 프레피 룩, 로맨틱 룩, 섹시 룩으로도 연출할 수
있다.

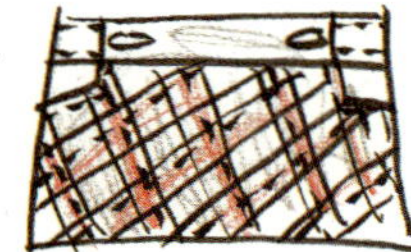

A라인 스커트 A-line Skirt 가장 기본적인 라인의 맏언니 같은 스커트. 브이
넥의 카디건과 매치할 때는 우울한 사무직 여성처럼 보이지 않게 액세서리
에 신경 써야 한다. 진주 귀고리나 작은 펜던트, 브로치를 하면 바로 그레이
스 켈리처럼 우아한 분위기를 연출할 수 있다. 그와
달리 빅토리아 베컴은 A라인의 튤 스커트를 좋아한
다. 튤이란 무용수들이 입는 망사 소재의 발레복 같
은 것으로 사랑스럽고 로맨틱한 분위기를 연출하
기에 좋다. 빅토리아는 길이가 짧은 A라인의 튤
스커트와 하얀색 셔츠, 혹은 니트 톱을 매치한다.

H라인 스커트 H-line Skirt 성격이 곧은 큰 이모 같은 스커트
로 항상 당당하다. 뉴욕에 있는 바니스 뉴욕 백화점에는 키
가 크고 옷을 기막히게 잘 입으며 전라도 사투리처럼 맛깔
스럽게 영어를 구사하는 흑인 점장이 있다. 그녀가 재미있
어 곧잘 그녀에게 옷을 사곤 했는데, 어느 날 타이트한 H
라인 스커트를 좋아하는 내게 그녀는 배우 김수미 같은 말
투로 거만하게 말했다. "H라인 스커트를 입을 때는 사이
즈에 신경 쓰도록 해요. 난 여자가 타이트한 스커트를 입
을 때 앞부분이 Y자로 볼록하게 튀어나오는 거 정말 싫더
라. 그 옷 벗고 큰 거 입지?"라고 해 나를 민망하게 만든 적이 있다.

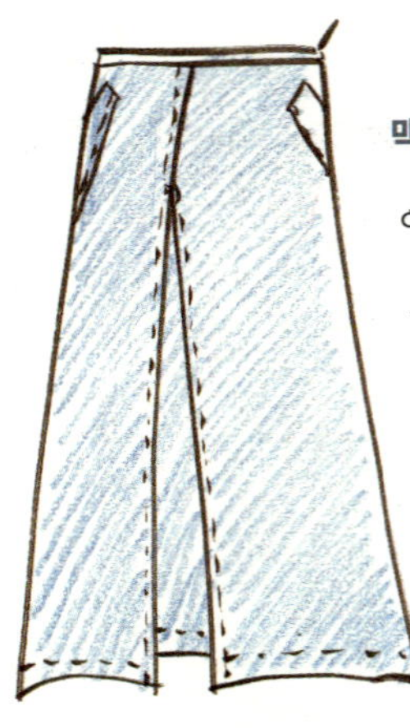

맥시스커트 Maxi Skirt 길이가 발목까지 오는 롱스커트.
이 스커트는 다리를 가리고 싶어 하는 보수적인 여성,
성격이나 취향이 강한 스타일리스트와 패션 디자이너
그리고 연극인들이 선호하는 스커트다.
A라인의 맥시스커트는 히피 스타일
로 연출하기에 좋다.

펜슬스커트 Pencil Skirt 여자라면 하나 정도 가지고 있으면
좋을 스커트로, 엉덩이부터 밑단까지 매우 타이트한 실루엣
으로 되어 있다. 폭이 좁아 걸음걸이가 부자연스러워지기 때
문에 특별히 신경 써야 한다. 돌체&가바나의 펜슬스커트가 매
우 아름다운데, 입기 전에 엉덩이 운동을 하는 것이 좋다.

플레어스커트 Flare Skirt 폭이 넓은 스커트로 매우 여성스럽지만 자칫 배가 심하게 나와 보이는 경향이 있다. 오드리 헵번처럼 납작한 발레슈즈와 함께 매치하면 사랑스러운 분위기를 연출할 수 있다.

플리츠스커트 Pleats Skirt 주름 스커트의 총칭으로 아코디언처럼 만들어진 아코디언 플리츠스커트, 주름 선이 중앙에서 마주 보도록 만들어진 인버티드 스커트 등이 있다.

랩 스커트 Wrap Skirt 한 장으로 된 천을 몸에 감아 입는 스커트로, 지적이면서도 섹시한 분위기를 연출할 수 있다. 실크나 면 소재의 랩 스커트는 휴양지에서 입기에 좋고, 울 소재 랩 스커트는 도시적이면서도 섹시한 분위기를 연출하기에 알맞다. 타이트한 터틀넥 니트 풀오버에 멋스러운 펜던트와 부츠를 코디해 1970년대 스타일로 연출해 보는 것도 좋을 것이다.

머메이드 스커트 Mermaid Skirt 엉덩이와 허벅지 부분이 타이트하게 붙다가 밑단에서 퍼지는, 말 그대로 인어 라인 스커트다. 1980년대 조용원 같은 여배우들이나 미국 영화에서 많이 볼 수 있는데 잘못 입으면 섹시하기보단 촌스러운 느낌이 나는 위험한 스커트다.

배럴스커트Barrel Skirt 배럴이란 부피를 잴 때 쓰는 단위로 가운뎃부분이 볼록하게 튀어나온 나무통에서 따온 스커트 명칭이다. 로맨틱 무드가 열풍을 일으킬 때마다 등장하는데, 2007년 루이비통 쇼에서도 선보였다.

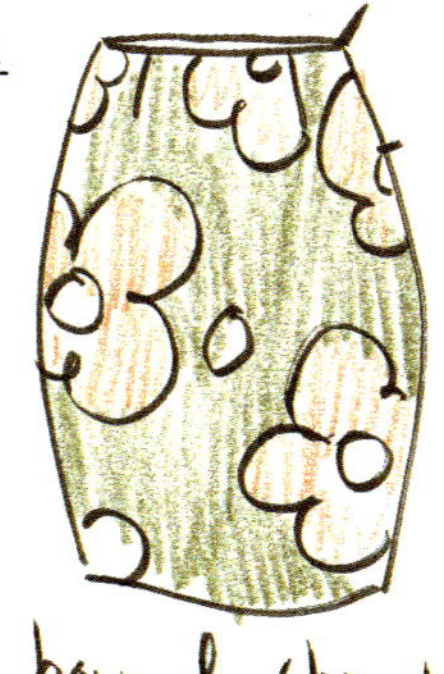

슬래시 스커트 Slash Skirt 길게 슬릿이 들어가 허벅지가 섹시하게 보이는 스커트.

티롤리언 스커트 Tyrolean Skirt 알프스 티롤 지방의 전통 의상에서 유래된 치마로 허리에 주름이 들어간 플레어스커트. 하이디가 입은 앞치마 치마를 생각하면 된다.

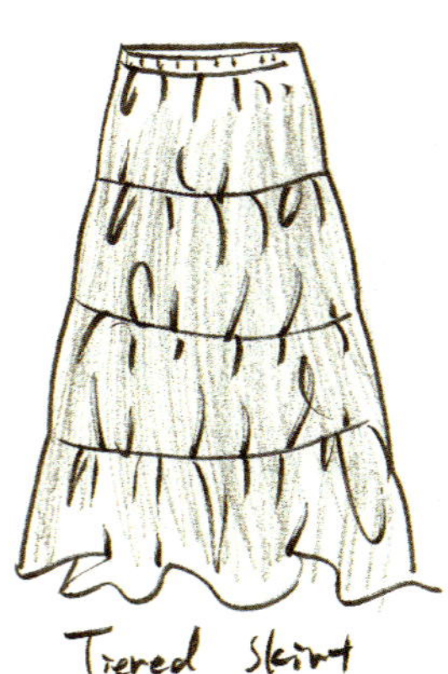

럭 셔 리 한 감 성 을 지 닌 모 피

도대체 계절이 바뀔 때마다 갖고 싶은 것은 왜 그렇게도 많은지, 새로운 계절을 앞에 두면 나는 어김없이 욕망이라는 이름의 전차를 타게 된다. 지난겨울 셀린느의 VIP 초청 행사에서도 그랬다. 밑단에서부터 마호가니(짙은 브라운) 컬러로 염색되어 위로 갈수록 하얗게 그러데이션된 밍크코트를 보는 순간, 내 눈은 캔디의 눈보다 더욱 크고 반짝이는 것으로 변했다. 정말 한순간도 입을 다물 수가 없었다. 밍크의 몸 판에, 탈착이 가능한 폭스 칼라가 더해져 화려하면서도 세련되어 보였다. 가까이하기엔 너무 먼 밍크코트였지만 그럼에도 여러 가지 스타일이 머릿속에 그려졌다. 아이보리 컬러의 니트 풀오버에 스키니 팬츠를 입고 골드 프레임의 버그 아이 선글라스를 매치시켜 제니퍼 로페즈처럼 연출하거나, 베이지 컬러의 팬츠를 입고 블루 컬러의 벌킨 백을 들어 주는 것도 좋겠다고 생각하며 상상의 나래를 펼쳤다.

　　최근 클래식 열풍이 일고 있는 가운데 7부 소매의 빈티지풍 코트가 유행하고 있다. 그레이스 켈리가 예의 켈리 백을 들고 입었던 밍크코트도 멋있지만 마릴린 먼로나 그레타 가르보가 입었던 눈처럼 하얀 여우털 코트는 가슴까지 설레게 한다. 하얀 여우보다 더 관능적이고 드라마틱해 보이는 하얀 여우털은 영화 〈드 러블리〉에서 애슐리 주드가 우아하게 연출하기도 했다. 감촉이 부드러운 모피는 통기성과 내구성, 보온성이 뛰어난데, 많은 이들이 모피를 즐겨 입는 이유는 아마도 아름다운 색상과 아기의 엉덩이 살처럼 부드러운 헤어 때문일 것이다. 화보 같은 의상을 선보였던 영화 〈로열 테넌바움〉에서 기네스 팰트로는 탐스러운 펜디의 모피 코트에 벌킨 백과 스모키 아이를 매치시켰다. 자뎅 드 슈에트의 디자이너 김재현은 겨울이 되면 마호가니 컬러의 밍크코트를 입고 반팔 티셔츠에 데님 팬츠 그리고 뉴발란스의 스니커즈를 신고 나타난다. 스모키 아이에 헝클어진 머리를 길게 늘어뜨린 그녀의 모습이 어찌나 시크하고 에지 있는지, 제인 버킨이 떠오를 정도였다. 이렇듯이 어떠한 상황에서도 모피는 보석과 함께 럭셔리한 감성을 지닌 최고의 아이템이라고 할 수 있다.

　　모피는 털의 종류와 색상에 따라 제품이 무척 다양하다. 나는 양털을 매우 좋아하는데 곱슬곱슬한 양털은 젊고 감각적으로 보이기 때문이다. 또한 다른 모피에 비해 저렴하면서도 가벼워 젊은 여성들에게 인기가 많다. 미우미우와 같은 여성스러우면서도 트렌디한 브랜드에서 양털 모피를 선보이고 있다. 그리고 프라다는 2007년 가을/겨울 컬렉션에서 리얼 퍼 소재를 대체하기 위해 개발해 낸 '뉴 퍼'를 등장시켜 화제를 모았다. 뉴 퍼는 모헤어, 알파카, 세틀랜드 같은 울 소재를 사용해 양털 같은 효과를 낸 것으로, 가볍고 트렌디한 모피의 감성을 합리적으로 즐길 수 있게 됐다. 매번 런웨이에 잠복해 있다가 기습적으로 등장하는 동물보호단체 PETA People for the Ethical Treatment of Animals가 두려워서였을까. 버버리 프로섬, 구찌 등 모피를 많이 사용하는 브랜드의 컬렉션에서는 몸집이 커다란 보디가드가 삼엄한 경계를 서는데 프라다 컬렉션도 예외는 아니었다. 그러나 그 삼엄한 경계를 뚫고 PETA에서는 어김없이 투사(?)를 보냈는데, 사실 이때 런웨이에 등장했던 모피는 모두 인조였기에 강제 퇴장당하는 그의 모습이 무색해 보였다.

요즘에는 나이가 들어서인지 단아하면서도 고급스러운 밍크가 점점 좋아진다. 저녁 모임에 갈 때 드레스와 함께 매치하기도 좋지만 터틀넥과 데님 팬츠에 부츠를 신고 밍크 목도리를 둘러 주면 매우 스타일리시하다. 최근에는 전 세계적인 온난화 현상으로 인해 점점 방한의 개념이 사라지면서, 소매가 없는 베스트나 길이가 짧은 점퍼가 등장하고 스타일도 보다 발랄하고 젊어졌다. 촬영장에서 만난 고소영은 팁(털끝에 희끗희끗하게 색상이 들어간 것)이 들어간 하얀 여우털로 된 점퍼를 입고 있었다. 평상시에도 어디에서 구입했는지 궁금해지는 독특한 스타일을 즐겨 입는 그녀는 그날도 바람에 휘날릴 것 같은 여우털 점퍼에 데님 팬츠를 입고 나타났는데, 그녀의 얼굴이 여우털 속에 파묻혀 더욱 작아 보였다.

"2007년에는 짧게 털을 깎은 슈퍼 세어드 밍크가 등장한 것이 특징입니다. 세어드 밍크와 장모의 밍크를 섞어서 모양에 변화를 주거나 밍크의 장모 위에 골드와 실버 색상을 입힌 메탈릭 밍크, 그리고 양 종류인 스와카라와 글래머러스한 스타일을 연출하기에 좋은 아메리칸 너구리 래쿤, 호피의 왕족인 링스 등이 등장하고 있습니다. 또한 예전과는 달리 베이식한 디자인보다는 약간 변형된 케이프 스타일이나 베스트 스타일이 등장하고 있지요." 모피 전문 브랜드인 퓨어리Fury의 이유형 실장은 모피 트렌드에 대해 이렇게 설명했다. 퓨어리에서는 밍크로 만든 하트 모양의 휴대폰 고리를 출시해 선풍적인 인기를 끌었을 정도로 다양한 스타일의 모피를 선보이고 있다. 이유형 실장의 말에 따르면 처음 모피를 구입할 때는 비교적 쉽게 연출할 수 있는 밍크부터 시작하는 것이 좋다고 한다. 또한 얼굴이 야하게 생겼거나 몸매에 자신 있는 여성들이 여우털을 선호하는데, 피부색이 짙은 사람은 밝은 색상을 입는 것이 좋고 얼굴이나 몸집이 큰 사람은 브이넥을 입어 주는 게 목선이 길어 보여 좋다고 한다.

엘리자베스 테일러나 마릴린 먼로, 제니퍼 로페즈 등 모피 하면 떠오르는 많은 슈퍼스타들이 있지만 내게 있어 모피를 가장 멋지게 연출했던 이는 뭐니뭐니 해도 〈은하철도 999〉의 메텔이다.

펜디의 점퍼 스타일 모피를 입고 있는 케이트 모스
(사진제공 Fendi)

자 유 부 인 自由婦人

고백하건대, 나도 어린 시절 결혼에 대한 꿈이 있었다. 그것도 단란한 가족이나 사랑하는 남자와의 결혼이 아닌 대통령이나 외교관의 부인이 되는 꿈이었다. 그 꿈은 정치적 야망이나 부유한 결혼생활에 대한 환상이 아닌, 지극히 단순한 생각에서 시작되었다. 즉, 한복을 곱게 차려입고 귀빈들이나 외국인 손님을 맞이하는 상상에서 비롯된 것이다. 그때 내가 꿈꾸던 한복은 육영수 여사의 것처럼 소박하고 고요한 스타일이 아니다. 영화 〈스캔들〉에서 이미숙이 입었던 양단 소재의 검정색 저고리에 호박색 치마, 꽃 자수가 놓인 흰색 한복같이 화려한 스타일이었다. 나는 한복의 정적인 우아함과 소박함도 좋지만 마리 앙투아네트만큼 화려하고 세련된 감성을 한복에도 접목시킬 수 있다고 생각했기 때문이다. 어린 시절 설날에 입었던 색동 한복 외에는 달리 한복을 입어 볼 기회가 전혀 없었던 나는 한복에 대한 동경이 끝없이 가득했다.

　그나마 요즘엔 내가 입어 보지는 못해도 한복에 대한 갈증이 좀 풀어지긴 했다. 시대극 영화나 드라마의 인기가 높아지면서 한복도 점차 스타일에 중점을 둔 디자인이 많이 등장했기 때문이다. 〈스캔들〉을 보면서 "바로 이거야"라고 외치기까지 했는데, 입을 다물 수 없을 정도로 고풍스러운 한복이 유럽 고전 음악의 선율과 절묘하게 어우러진 모습은 황홀할 정도였다. 흰색과 회색을 기본으로 해 짙은 자주색과 분홍색이 매치된 숙 부인(전도연)의 청아한 한복은 푸르른 그녀의 절개와 지조를 보여 주기에 충분했다. 조씨 부인(이미숙)의 한복은 또 어떠한가. "사랑? 무슨 가당치도 않은 소리요. 나에게는 갖고자 하는 마음과 가질 수 없으면 부숴 버리고 픈 마음뿐이오"라고 당차게 말하는 그녀는 화려하고 절묘한 색상의 한복을 입었다. 연두색과 짙은 회색, 라벤더 같은 연보라색에 짙은 적색 혹는 달빛 같은 푸른색의 조합, 특히 황금색 저고리에 호박 장식을 한 그녀는 요부이자 트렌드를 주도하는 여인의 모습 그 자체였다.

　〈스캔들〉에 이어 한복의 아름다움이 다시 한 번 알려지게 된 것은 바로 드라마 〈황진이〉를 통해서다. 검정을 기본으로 한 절묘한 색상과 소재의 매치는 르네상스 시대의 여인보다도 고혹적이고 우아하다. 개인적으로는 매우 모던하게 연출된 〈황진이〉의 의상보다는 〈스캔들〉의 의상을 더 좋아하지만, 어쨌거나 최근 들어 많은 영화나 드라마에서 한복의 다양한 모습을 볼 수 있어 그 재미가 쏠쏠하다.

한복 연구가 김혜순에 의해 제작되었던, 드라마 〈황진이〉의 그 화려하고 요염한 한복은 이광수의 소설 《꿈》에 나오는 여주인공 달례를 표현한 '두견새가 피를 토할 정도로 아름다운 모습'이라는 문장을 떠오르게 한다. 이제는 황진이 하면 연상되는 그 붉은색 꽃무늬 저고리는 그녀의 뜨거운 열정을 나타내기에 충분했다. 치자색, 먹색으로 물들인 가지각색의 짧은 저고리 밑으로 드러나던 겨드랑이 살이 어찌나 매혹적이던지, 섹시 배우로 군림했던 실비아 크리스텔(〈엠마누엘 부인〉이라는 영화로 한 시대를 풍미했던 배우)도 명함을 못 내밀 정도였다.

드라마 〈이산〉에서 세손 이산(이서진)의 옷은 지금까지의 것과는 매우 다르다. 은사로 자수된 검정색 평상복이나 금사로 자수된 검정색 곤룡포는 세자 이산의 깊고 듬직한 모습을 더욱 돋보이게 했다. 보통 세자들이 입었던 붉은색 곤룡포는 조선 초기의 것이고, 조선 중후기에 들어서면서부터는 흑룡포를 입었다고 한다. 〈캔디〉의 이라이자만큼 못된 성격의 소유자인 화완 옹주는 역시 이라이자만큼 화려한 의상을 입고 나온다. 검정색이나 연보라색, 붉은색 천에 화려하게 자수가 놓인 그녀의 한복은 영조의 총애를 받고자 하는 욕망이 가득한 옹주, 그것도 품위를 생각하기보다 명예에 대한 콤플렉스가 있을 것 같은 옹주이기에 더욱 잘 어울렸다. 한편 드라마 〈대왕 세종〉은 어마어마한 비용을 들여 의상을 제작해 드라마 시작 전부터 화제를 모았다. 조선 초기의 의상답게 고려 후기의 의복 형태가 엿보이는 것 또한 재미있다. 특히 붉은색 곤룡포 대신 연보라색 곤룡포가 흥미로웠는데, 보통 임금이나 세자가 입는 곤룡포는 모두 붉은색이었다고 한다. 세상의 중심을 상징한다는 중국의 황제는 황룡포를 입었고, 조선시대는 홍룡포를 입었는데 지위에 따라 곤룡포에 수놓인 용의 발가락 개수가 달랐다고 한다. 황제는 5조룡, 왕이나 황태자는 4조룡, 세손은 3조룡으로 나뉘었다고 한다.

이렇게 아름다운 한복을 평상시에도 입고 다니고 싶은 마음이야 변함없지만, 청담동에 한복을 입고 나타나 커피를 마시고 루이비통 매장에서 옷을 고르는 모습은 내가 상상해도 웃음이 나온다. 내가 조금만 살이 쪄도 놀려 대는 이혜영은 모르긴 몰라도 배를 잡고 웃으며 "언니, 이몽룡은 어딨어?"라고 물어 볼 게 틀림없다. 그러나 피천득의 《인연》을 읽으면 한복을 더욱 동경하게 된다. "한여름 '나일론' 거리에 문득 하얀 모시 적삼과 파란 모시 치마가 눈에 띈다. 뭇 닭 속에서 학을 보는 격이다"라는 문장을 읽으면서 문득 떠오르는 여인이 있으니, 학처럼 고운 한복 연구가 담연 선생이다. 〈스캔들〉의 한복을 만들기도 한 담연 선생은 평상시 소색(하얀색) 한복을 입고 청담동에 나타난다. 언제나 한 치의 흐트러짐 없이 곱게 빗어 넘긴 머리와 소나무처럼 고고하게 차려입은 그녀의 모습은 구찌의 섹시한 드레스도, 크리스찬 루부탱의 스틸레토도 무색해지게 만든다.

그렇게도 한복의 아름다움에 목말라 있던 내게 한복을 접할 기회가 생겼다. 모 백화점의 추석과 설을 위한 광고 촬영을 진행하게 되면서 얻은 행운으로, 추석을 위한 촬영에서는 드라마 〈다모〉의 고풍스러우면서도 담백한 한복을 지어 낸 원빔 선생에게 도움을 요청했다. 그녀가 부드러운 목소리로 설명하며 펼쳐 보이는 한복을 보며 나는 깊은 한숨을 내쉬었다. 원빔 선생은 그녀의 목소리만큼이나 부드러우면서도 깊은 색상을 담백하게 사용하는 것으로 유명한데, 천연 재료로 염색한 홍두깨 명주 한복에서 배어 나오는 고혹스러운 색상에 정신을 잃을 것 같았다. 치자나 먹물 같은 천연 재료 염색은 깊디깊은 맛이 배어 나오는데, 여기에 홍두깨 명주가 더해지면 고색창연해지기 때문이다.

설을 위한 촬영에서는 화려하면서도 기품이 있는 양단 한복으로 연출했다. 양단으로 지은 한복은 광택이 은은하면서도 세련되어 관능적이기까지 하다. 눈이 시리도록 깊은 푸른색이나 풍성한 호박색 등 다양한 색상의 양단 한복에 양털이나 토끼털이 매치된 배자를 입고, 비취나 호박 가락지를 끼면 그 화려함은 마리 앙투아네트나 양귀비의 극명한 화려함과는 다른 깊이가 느껴진다. 그런 이유로 나는 한복을 정말 입고 싶다. 연분홍색 양단 한복을 곱게 차려입고 소나무 숲보다도 짙은 비취 가락지를 끼고서 사랑하는 사람과 함께 벚꽃이 흩날리는 봄을 맞이하는 상상에 잠겨 본다.

평상시에 한복을 입지 않더라도 재미있게 매치하는 사람이 있다. 디자이너 이정우는 니트 터틀넥과 데님을 입은 뒤, 토끼털이 매치된 배자를 걸치고 호보 백을 들고 보헤미안처럼 나타난 적이 있다. 그 모습이 어찌나 멋지던지 이후 배자를 꼭 입어 보고 싶다는 생각을 하게 되었다. 하얀색 양단이나 연분홍색 양단에 양털을 매치한 담연 선생의 배자는 마치 미우미우 컬렉션처럼 사랑스러워 스키니 팬츠에도 잘 어울릴 것 같다.

　　사실 〈화양연화〉나 〈색, 계〉의 여주인공들이 아름다워 보이는 이유는 치파오를 매우 클래식하게 입었기 때문이다. 그들의 드라마틱한 표정은 치파오에 의해 더욱 사연 많아 보이게 된다. 그런데 우리나라에도 한복을 멋지고 세련되게 입은 모습을 연출한 영화가 있었으니, 그것은 바로 〈자유부인〉이다. 1950년대에 대담한 러브신과 파격적인 소재로 열풍을 일으켰던 이 영화는 1954년 1월부터 8월까지 〈서울신문〉에 연재되다 정음사에서 단행본으로 간행되어 영화로 만들어진 것이다. 흑백 영화라 기억은 잘 안 나지만 벨벳 소재의 한복에 브로치를 하거나 머리를 재클린 케네디처럼 틀어 올리고 담배를 피우며 두 남자 사이에서 방황하는 여주인공 오선영의 모습은 장만옥보다 더 세련되고 농염해 보였다. 영화 속 장면들이 나의 뇌리에서 잊혀지지 않을 정도로 말이다. 유교적 관념에 의해 한복은 매우 수수하고 소박하다고 생각하지만 한복을 보고 있노라면 그 화려함이 서양 복식보다 더하다. 특히 고려시대로 올라가면 더 대담한 색상과 패턴을 사용하기도 했다고 하니 내가 어찌 한복의 아름다움에 빠지지 않을 수 있겠는가.

사진작가 이건호가 촬영한 〈W〉의 화보.
모델 이현희가 개화기 여인처럼 아름답다.

이국적인 분위기로 만들어주는
전통 의상

오래 전 스타일리스트 박혜라를 우연히 길에서 만났을 때의 일이다. 평상시에도 매니시하면서 에지 있는 스타일링으로 나의 눈과 감각을 즐겁게 해 주던 그녀는 그날도 역시 너무나 멋진 모습을 하고 있었다. 캐리 그랜트도 울고 갈 정도로 멋진 블랙 재킷과 통이 넓은 팬츠를 입은 그녀는 슈트와는 상반되는, 붉은색 바탕에 꽃무늬가 화려하게 그려진 울 소재의 스카프를 거침없이 목에 두르고 있었다. 평상시 화장을 하지 않는 그녀의 자연스러운 얼굴과 커트 머리는 그 화려한 스카프를 스타일리시하게 만들어 주기에 충분했다. 박혜라의 모습이 어찌나 멋있던지 당장에라도 그 화려하고 이국적인 스카프를 구입해 그녀처럼 멋지게 두르고 싶었다. 하지만 그 스카프를 어디에서 구입했는지 물어 본 나는 가을바람에 떨어지는 낙엽처럼 힘없이 어깨를 떨어뜨렸다. "응, 이거 러시아에 갔을 때 구입했던 거야. 나도 마음에

쏙 들어." 예의 무심한 듯한 그녀 대답은 '님은 먼 곳에' 있다는 노래보다 더 가슴을 아프게 했는데, 다음 말은 나를 더욱 안타깝게 만들었다. "예쁘지? 심지어 5천원 정도밖에 안 해."

그때의 심정은 그랬다. 제아무리 가격이 비싸다고 해도, 스카프 정도 못 살 것 없으니 당장에 구입해야겠다고. 그러나 문제는 가격이 아닌, 러시아행 비행기를 타야 한다는 것이었다. 그 당시 직장을 다니고 있었던 나는 당장에라도 회사에 사직서를 내고 싶은 심정이었다. 물론 사직 이유는 '스카프를 구하러 러시아에 가야 하기 때문'이다.

아프리카부터 인도에 이르기까지 많은 나라를 촬영이나 여행으로 갈 기회가 있었지만 어찌 된 일인지 러시아를 포함한 동유럽은 인연이 없었다. 불가리아나 체코슬로바키아만 가도 비슷한 스카프를 구입할 수 있겠건만……. 결국 나는 스페인에서 구입한 스카프로 만족해야 했다. 검정 바탕에 꽃무늬가 수놓인 것으로 카르멘이 연상되는 스타일이다. 프린지 장식이 달린 스페인 전통 스카프이지만 그 느낌은 러시아의 것과 전혀 다르다. 일단 소재도 러시아 것은 두툼한 울 소재인 데 비해 스페인 것은 매끄러운 저지 소재다. 꽃무늬 또한 러시아 것은 크고 탐스럽지만 스페인 것은 작고 귀엽다. 스페인 전통 스카프는 여름에 고어드스커트(일명 집시치마)와 블라우스 위에 걸치면 안성맞춤이고, 러시아 전통 스카프는 겨울에 마르탱 마르지엘라나 발렌시아가의 코트에 걸치면 음유시인처럼 멋있어진다. 그런 이유로 나는 러시아 전통 꽃무늬 스카프를 좋아하게 된 것이다. 만약 그 스카프를 구하게 된다면 겨울 내

내 마트로시카(인형 속에 작은 인형들이 차
례로 들어 있는 러시아 전통 인형)처럼 머리
에도 두르고 다니겠지만, 이 글을 쓰고 있
는 지금까지도 러시아에 가지 못한 나는
그 스카프를 구할 수 없었다. 그러나 디자
이너가 러시아 전통 의상에서 영감을 받
았는지, 스페인 '겐조'에서 그와 흡사한
울 스카프를 우연한 기회에 구하게 되어
겨울 내내 목에 두르고 다녔다.

　　사실 전통 의상이나 액세서리는 어떠한 디자이너의 작
품보다도 아름답고 깊은 맛과 멋이 있다. 다큐멘터
리 프로그램에서 봤는데 히말라야 근처에 있는
부탄이라는 왕국은 아직까지도 전통 의상을 입은
채 생활하고 있다고 한다. TV를 보는 내내 너무
나 아름다운 그들의 모습과 아직까지도 지켜지고
있는 그들의 전통에 감동을 받았던 기억이 난다.
그들은 기모노처럼 생긴 '고'라는 재킷을 입거
나 '키라'라는 기다란 가운을 입는데, 이 소재
들이 또 나를 울렸다. 짙은 와인색이나 청록색
같은 세련된 색상에 사랑스러운 꽃무늬가 기막
히게 수놓여 있었는데, 그곳의 승려들이 춤추는
모습을 볼 때도 그 오묘한 색상의 매치에 입을 다
물 수가 없었다. 미묘하게 채도가 틀린 다양한

와인 색상의 천을 온몸에 레이어드했는데, 이들이 춤을 추며 다리를 들어 올릴 때마다 에르메스를 연상시키는 오렌지색의 속바지가 눈에 띄었다. 남자나 여자나 모두 전통 의상을 입은 모습이 아름답기는 했지만, 사실 이들의 얼굴이나 머리는 안 씻은 흔적이 역력할 정도로 더러웠다. 그럼에도 이들은 전통 의상을 당당하게 입고 거기에 금으로 된 귀고리나 원석으로 된 반지를 착용하고 있었는데, 그 모습이 너무 멋지고 감동스러워 눈물이 났었다.

모로코에 갔을 때 한순간도 내 눈은 쉴 수가 없었다. 길가에 쭈그리고 앉아 담배를 피우는 할머니부터 수줍어 도망치는 아낙네, 지게를 진 할아버지까지 모든 이들이 입고 있는 옷에서 영감이 느껴졌기 때문이다. 특히 그들이 입고 있는 옷의 염색 방법이나 색상, 자수, 문양, 레이어링을 보며 드리스 반 노튼이 모로코 국민을 위해 옷을 만들어 준 게 아닐까란 생각까지 들었다. 그러나 곧 드리스 반 노튼만이 아닌 많은 디자이너들이 그들의 전통 의상에서 영감을 받았음을 알 수 있었다. 아이보리, 오렌지, 겨자 등 천연 재료로 염색된 다양한 색상의 옷을 겹쳐 입은 그들의 감각은 깊이가 느껴졌다. 고깔 모양의 모자가 달린 긴 튜닉 스타일의 가운을 입은 사람들이 당나귀를 끌고 지나갈 때는 마치 〈스타워즈〉의 한 외계 도시에 온 것 같은 착각마저 들 정도로 기묘했다. 하나씩 자세히 들여다보면 그야말로 아름다운 색상에 입이 절로 벌어질 지경이 된다. 검정색 튜닉 가운 속에 흰색 튜닉을 걸치고 여기에 보라색 목도리를 한 후 밀짚모자를 쓴 할아버지나, 겨자색과 흰색 튜닉을 레이어드해 입고 속에는 파란 속바지를 멋지게 매치한 모습으로

1 모로코 시골에서 만난 아주머니. 가와쿠보 레이도 박수쳐 줄 것이다.
2 마라케시에서 본 전통 의상의 색상은 너무나도 아름다웠다.
3 카이로에서 본 귀여운 낙타 옷

담배를 피우는 할머니에게선 카리스마까지 느껴진다. 대체적으로
짙은 겨자색이나 보라색, 선홍색, 초록색, 검정색으로 천연 염색한
면 소재의 가운이나 튜닉을 매치해서 입기 때문인지 그 멋은 정말
커피 향처럼 진하고 맛있게 느껴진다.

　　마라케시에서 두세 시간 떨어진 작은 시골 마을에서 발견한
여인의 복장은 파리 컬렉션에서 보았던 의상보다도 멋졌다. 베이
지색 꽃이 자수된 흰색 튜닉 가운을 입고, 허리에는 빨간색과 흰색
바둑판무늬의 앞치마를, 머리에는 초록빛 스카프를 두른 할머니는
몹시 사랑스러운 초록색 플라스틱 신발을 신고 있었다. 이렇게 사
랑스럽게 옷을 입은 그녀는 에메랄드그린 컬러의 회벽 앞에 서 있
었는데 그 모습이 너무 세련되고 멋있어서 사진 찍기를 요청했지
만, 너무나도 수줍어하며 벽 뒤로 숨어 버렸다. 낡고 허름하지만
사랑스러운 색상의 벽이 인상적이었던 그 집을 배경으로 서 있던
기막힌 룩의 그녀를 보았다면 꼼데 가르송의 디자이너
가와쿠보 레이도 감탄했을 것이다.

　　인도의 의상은 또 어떠한가? 사막에서 만
난 낙타 끄는 할아버지와 청년, 삼라트의 궁전
에서 만난 귀족 부인의 아름다운 사리, 자이
푸르의 한 보석상에서 만난 아저씨의 양복과
전통 의상의 조화는 그야말로 살아 숨 쉬는
감성이었다.

　　실제로도 많은 디자이너들이 다양한 전
통 의상으로부터 영감을 받는다. 가장 대표

적인 예로 이브 생 로랑의 '포크롤 룩'이 있다. 이브 생 로랑은 한창 시절에 러시아의 민속 의상인 루바슈카와 털모자를 이용한 포크롤 룩으로 명성을 날렸다. 이후 루바슈카와 밴드 칼라의 롱 코트 그리고 부츠는 디자이너들이 좋아하는 아이템이 되어 버렸고, 많은 여성들은 마치 〈닥터 지바고〉의 여주인공 라라와 같은 서정적이면서도 우아한 분위기를 자아내는 이 아름다운 러시안 스타일에 마음을 빼앗기게 되었다.

이라크 전쟁이 시작되던 당시 구찌의 톰 포드는 밀리터리 룩과 함께 중동의 남자들이 입는 밑위가 길고 바짓단이 좁아지는 바지에서 영감을 받아 멋진 룩을 연출하기도 했다. 또 해체적이면서도 아방가르드한 감성을 지닌 마르탱 마르지엘라는 일본의 전통 의상 중에서도 노동자들이 신는, 발가락이 두 개로 나뉘는 신발을 부츠로 만들었다. 비비안 웨스트우드는 게다와 비슷한, 굽이 높은 플랫폼 구두를 선보였는데 그녀의 펑키하면서도 클래식한 의상과 어찌나 어울렸는지, 그 플랫폼 구두는 지금까지도 등장하고 있다. 안나 수이는 인디언 전통 의상에서 영감을 받아 모카신이나, 스웨이드 소재와 프린지 장식의 가죽 재킷 등을 선보이며 사랑스러운 룩을 연출하기도 했다.

대체적으로 디자이너들은 자신의 이미지에 맞거나 혹은 계절에 어울리는 나라의 전통 의상을 선택한다. 러시아나 인디언, 멕시코는 모피, 스웨이드, 가죽 같은 소재의 특성 때문인지 가을과 겨울 의상에, 아프리카는 여름 의상에 많이 응용되는 편이다. 이렇듯 전통 의상은 깊이가 있으면서도 아름답고 드라마틱하기 때문에,

디자이너 외에도 많은 사람들의 사랑을 받고 있다.

사실 나만 해도 그렇다. 언제나 여행이나 출장을 가게 되면 꼭 그 나라의 전통 의상이나 액세서리를 구입한다. 우선 구입한 것은 현지에서 현지인처럼 착용하는데 그게 또 재미나다. 그리고 서울에 돌아와서는 구입한 것을 재킷이나 블라우스, 데님 팬츠에 매치해서 입는다. 여름 휴가로 떠난 코타키나발루에서는 말레이시아 전통 의상을 구입했다. 아오자이와 비슷한 디자인이지만 조금 더 헐렁하고, 소재 또한 매우 섬세하게 짜인 면으로 되어 있어 시원하다. 시원하면서도 편하기까지 한 이 셔츠의 디자인 포인트는 허리 옆선의 슬릿으로, 허리 윗부분까지 파여 있어 은근히 섹시하기까지 하다. 이 순백의 말레이시아산 셔츠를 스키니 팬츠와 지저스 샌들(끈으로 된 굽 낮은 샌들)에 매치하거나, 면 소재의 와이드 팬츠에 상아 목걸이를 하거나, 블랙 컬러의 크롭트 팬츠와 빅터 앤 롤프의 블랙 뿔테 안경과 매치시켜 보았다. 어찌나 편하고 나름대로 다양한 스타일을 멋스럽게 연출할 수 있는지, 한여름 내내 입고 다녀 '여름 유니폼'이 됐을 정도였다.

다양한 나라의 전통 의상은 내게 많은 영감과 즐거움을 주는데 그중에서도 나의 베스트 아이템은 중국 의상이다. 나는 칭파오와 치파오를 매우 즐겨 입는다. 특히 치파오는 그 종류도 다양하다. 대만에서 개량으로 맞춘 것부터 베이징과

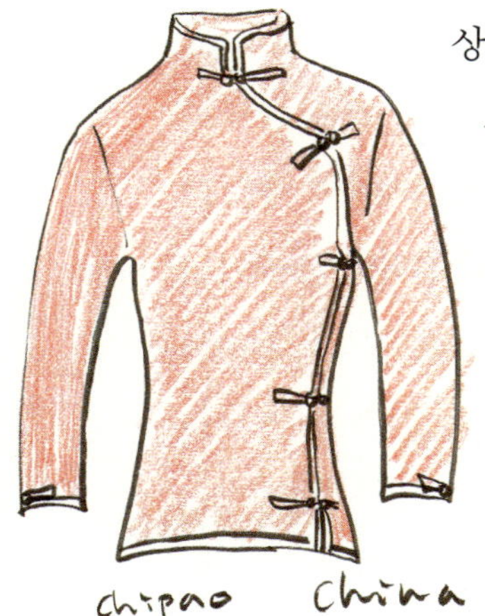

상하이에서 구입한 꽃무늬 자수가 놓인 것까지 그 종류도 다양하다.

사실 치파오를 좋아하는 이유는 〈화양연화〉의 장만옥 때문만은 아니다. 치파오는 어디 한군데 시원스럽게 파인 곳이 없음에도 섹시함의 절정을 이룬다. 아니 섹시하다는 단어보다도 더욱 깊은 맛이 배어 있는 '관능적'이라는 단어가 더 어울리겠다. 일명 차이나 칼라라고 불리는 하이넥은 목이 길어 슬픈 사슴처럼 청초해 보이도록 만들어 준다. 옆선에 들어간 슬릿은 걸을 때마다 다리의 곡선을 살짝살짝 드러내 주는데 그 모습이 어찌나 요염하면서도 드라마틱한지 모른다. 그런 이유로 나는 저녁 식사나 파티에 갈 때 치파오를 즐겨 입는다.

앞에 단추가 있는 재킷 형식의 칭파오는 소매가 긴 것과 7부 소매, 면 소재와 실크 소재, 공주들이 입었던 자수가 화려하게 놓인 것 등 여러 가지가 있다. 블랙 컬러의 칭파오는 발렌시아가의 맵시 좋은 팬츠와 입으면 모던하면서도 이국적으로 보인다. 내 어머니는 겨울에 벨벳 소재로 된 칭파오를 즐겨 입는데, 더욱 극적인 분위기를 연출하고 싶다면 〈인도차이나〉에서의 카트린 드뇌브처럼 약간 색이 들어간 동그란 안경이나 터번을 매치시키

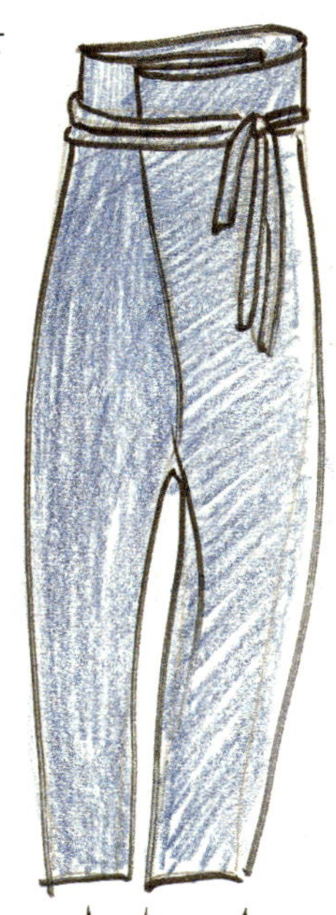

는 것도 좋다.

　　스타일리스트 한혜연은 공주들이 입었다던 검정색 공단에 화려한 꽃무늬 자수가 놓인 칭파오를 데님 팬츠에 매치시켜 나를 감동시켰다. 평상시 드리스 반 노튼이나 마르니와 같은, 서정적이면서도 아방가르드한 스타일을 즐겨 입는 그녀는 칭파오 또한 그녀만의 감성으로 연출하며 즐겨 입는다. 칭파오를 멋들어지게 입는 또 한 사람이 있다. 포토그래퍼 김용호는 중국인보다 더 중국인처럼 칭파오를 멋지게 입는다. 평상시는 물론 촬영을 할 때에도 그는 면으로 된 화이트 컬러의 칭파오에 요지 야마모토의 와이드 팬츠를 입고 동그란 금테 안경이나 검정색 뿔테 안경(렌즈가 없는 안경을 멋으로 곧잘 쓰고 나타난다)을 쓰고 나타나는데 영락없는 '상하이의 돈 많은 지주' 모습이다. 물론 동백기름이라도 바른 것처럼 반짝이는 머리를 옆으로 가지런히 빗어 넘긴 건 당연하고.

　　드라마틱한 분위기를 연출하기에 좋은 또 하나의 전통 의상이 있다면, 그것은 바로 기모노일 것이다. 몸에 느슨하게 흐르는 듯하면서도 목선과 몸매를 드러낼 수 있어서인지 실크 소재로 된 기모노나 면 소재로 된 유카타를 입은 아르데코의 여인들이나 영화 속 여배우의 모습을 종종 볼 수 있다. 〈섹스 앤 더 시티〉에서도 캐리가 종종 집에서 가운으로 입거나 파티에 갈 때

〈엘르〉 인터뷰를 위해 포토그래퍼 권준혁이 촬영해 준 빈티지 치파오

입는 것을 볼 수 있다.

　최근에는 시마그 스카프가 세계적으로 열풍을 일으켰다. 모래 바람을 피하기 위한 아랍인들의 스카프인 시마그는 힙합 전사들에 의해 멋진 트렌드로 등장했는데, 백스테이지 모델들은 스키니 팬츠와 베스트에 멀버리의 록산느 백이나 고야드의 생루이 백과 함께 연출했다. 국내에선 정려원에 의해 유행을 타기도 했다.

　동대문 시장이나 보세 가게에서 인도나, 네팔, 태국에서 들여온 전통 의상을 쉽게 구할 수 있다. 일상생활이 조금 지루하게 느껴질 때 전통 의상을 매치해 보자. 멕시코풍의 스웨이드 부츠는 데님을 멋진 빈티지풍으로 만들어 줄 것이고, 통이 넓은 태국 바지는 캐주얼한 티셔츠를 감각적으로 만들어 줄 것이다.

　세상의 많은 곳을 아직 둘러보진 못했지만 내가 꼭 가 보고 싶은 곳이 있다. 중절모와 아름다운 스카프와 천연 염색 소재의 옷을 멋지게 연출하는 여인들이 있는 페루다. 그곳에 가게 된다면 나는 아마도 기쁨의 눈물을 흘리게 될지도 모르겠다.

진주 예찬

바다엔 진주가 있고, 하늘엔 별이 있고, 우리들 마음엔 사랑이 있다.
— 하인리히 하이네

내가 사랑을 하고 싶을 때 원피스를 입는다면, 아름다운 여자로 보이고 싶을 때는 진주를 몸에 걸친다. 진주는 어떠한 상황에서도 지극히 아름답고 섬세한 여자로 만들어 주는 강력한 힘을 가지고 있다. 호박을 마차로 바꾸는 신데렐라의 요정 대모처럼 진주는 데님과 매치되었을 때조차도 우아한 힘을 잃지 않는다. 브이넥의 블랙 드레스에 매치한 진주 목걸이는 굳이 오드리 헵번을 생각하지 않더라도 그 자체로 고혹적이고 우아하다. 그것을 알고 있듯, 와일드한 〈툼레이더〉의 여전사인 안젤리나 졸리가 브래드 피트의 아름다운 아내이자 아이들의 자상한 어머니가 되어 선택한 보석이 바로 진주다. 최근엔 캐주얼한 의상을 입을 때조차도 언제나 진주 귀고리를 하고 있는 것을 본 적이 있는데, 그녀는 이미 〈미스터 & 미세스 스미스〉에서 다양한 진주 귀고리 연출법을 보여 주었고, 센존의 광고에서도 미키모토의 진주를 착용했다. 지적인 화이트 셔츠에 매치하면 여성스럽게, 세련된 니트 풀오버에는 우아하게, 블랙 브래지어만 걸쳤을 때에도 그 힘을 발휘하여 관능적이면서도 매혹적인 자태로 만들어 주었으니 말이다. 그런 이유로 나는 '아름다운 여자'로 보이고 싶을 때 진주를 즐겨 착용하는데, 그것은 스트라이프 티셔츠나 데님 팬츠를 입을 때도 예외는 아니다. 그리고 진주는 이제 내게 있어 사랑을 시작할 때나 사랑에 빠져 있을 때, 그리고 헤어지는 순간까지도 내 몸의 일부처럼 되어 버린 최고의 보석이다.

사실 진주는 인류에게 가장 오랜 세월 동안 사랑받은 보석이라고 해도 과언이 아닐 것이다. 클레오파트라가 안토니우스의 마음을 사로잡기 위해 '달의 눈물'이라고 하는 매우 진귀한 진주 귀고리 를 술잔에 넣어 마셨다는 일화가 아니더라도, 르네상스 그림이나 왕궁의 그림 속에서 진주는 언제나 우아한 빛을 발하며 우리를 유혹하고 있다. 루이 14세에 의해 다이아몬드가 최고의 보석이 되기 훨씬 이전부터 진주는 지구상에서 유일하게 생명체로부터 생성된 유기질 보석이자 인공적으로는 형태를 바꿀 수 없는 최고의 보석으로 많은 이들의 사랑을 받았다. 그래서일까? 셰익스피어의 〈태풍〉 1막 2장 '에어리얼의 노래'에 나오는 "깊고 깊은 바다 속에 너의 아빠 누워 있네. 그의 뼈는 산호 되고 눈은 진주 되었네."라는 구절뿐 아니라 다른 문학작품 속에서도 진주는 신비로운 모습으로 등장한다.

여자의 젖가슴같이 부드럽고 우아한 형태 때문에 그런지, 달빛처럼 은은하고 고혹적인 색상 때문에 그런지, 진주는 천일야화만큼이나 아름답고 신비로운 이야기를 가득 담고 있다. 진주는 인어의 눈물이었다든가, 혹은 번개가 조개에 떨어져 달이 흘린 눈물이 조개 속에 들어가 진주가 되었다든가 하는 이야기들은 그 매혹적인 모습만큼 아름답고 신비스럽기 그지없다. 그러나 이런 아름다운 전설 속에 나오는 '눈물'이라는 단어 때문에 그런지 진주는 결혼식에 해서는 안 되는 보석으로 알려져 있다. 그런데 사실 그것은 매우 잘못된 편견이다. 진주가 만들어지는 데는 매우 길고 어려운 과정이 있다. 더군다나 아름다운 진주가 나오기 위해서는 모패 또한 건강하게 유지되어야 한다. 이런 이유로 진주는 장수를 의미하기도 하기 때문에 웨딩드레스를 입는 신부에게 더없이 좋은 보석이 아닐까 싶다.

내 어머니는 "은영아, 진주는 여자만이 할 수 있는 가장 아름다운 보석이란다"라고 말하며, 언제나 진주 귀고리와 목걸이 그리고 반지와 팔찌를 하고 있었다. 아주 어린 나이에도 어머니가 얼마나 진주를 사랑하는지 알 수 있을 정도로 그녀는 몸에서 진주를 떼어 놓지 않았다. 모델 장윤주가 어머니를 처음 보고 나서 "언니가 진주를 좋아하는 건 어머니한테 물려받은 거구나"라고 말했을 정도로 어머니는 10줄짜리 진주 목걸이와 5줄짜리 진주 팔찌를 인도의 왕처럼 치렁치렁 차고 있었다. 사실 어머니는 내게 있어 진주의 멘토라고 할 수 있다. 진주를 좋아하게 된 이유를 알기 이전부터 어머니로 인해 자연스럽게 진주를 사랑하게 되었기 때문이다. 어머니는 내가 스무 살이 되자 귀고리

내 어머니야말로 진정한 진주 마니아인데
자신의 웨딩드레스에도 진주를 직접 달았고, 티아라도 진주로 되어 있다.

와 목걸이, 팔찌로 된 진주 세트를 선물로 주셨다. 아마도 그때부터인 것 같다.《백 년 동안의 고독》에서 우르슬라의 강인한 성격이 자신의 딸들에게 대물림됐던 것처럼 나도 어머니의 '진주 사랑'을 그대로 물려받게 된 것이……. "누구에게나 어울리며, 거의 모든 옷에 소화되고, 어떤 장소에든 어울리는 보석, 그것이 바로 진주다." 프랑스의 평론가 다리오 부인의 말을 빌리지 않더라도 진주는 장례식에도 착용할 수 있는 유일한 보석이다.

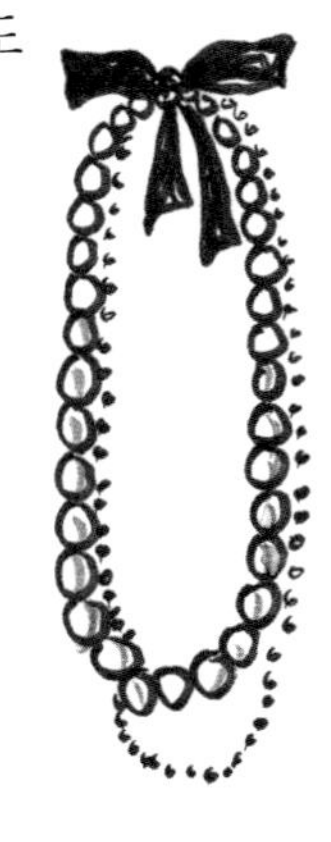

　　이런 진주는 그 디자인과 크기에 따라 분위기도 많이 달라진다. 중심으로부터 점차 가늘어지게 배열된 것을 그래주에이션이라고 하는데 매우 클래식한 분위기여서 빈티지 스타일의 룩이나 우아한 1950년대 룩을 연출하기에 안성맞춤이다. 〈섹스 앤 더 시티〉에서 캐리가 니트 풀오버에 그래주에이션을 두세 겹 착용해 매우 클래식한 룩을 연출하기도 했다. 일정한 크기의 진주를 배열한 유니폼은 가장 대중적인 아이템이다. 영화 〈이창〉에서 그레이스 켈리가 화이트와 블랙으로 매치된 드레스를 입고 목에 딱 맞는 진주 목걸이를 했는데, 이것이 바로 유니폼이다. 내 경우에는 0.3mm의 아주 작은 진주 목걸이를 항상 하고 있는데, 때에 따라서 작은 골드 펜던트나 혹은 작은 십자가 목걸이를 레이어드하면 심플한 티셔츠나 화이트 셔츠도 스타일리시하게 보인다. 그리고 장례식이나 저녁 식사, 파티에는 0.6~0.9mm의 목걸이가 적당하다. 그것보다 더 큰 12mm 정도는 지나치게 화려하거나 나이 들어 보이니 유의해야 한다. 그러나 귀고리는 다르다. 20대에는 아주 작은 것도 예뼈 보이지만 30대가 넘으면 0.9mm나 12mm 정도의 크기가 적당하다.

영화 〈퀸〉을 보면 엘리자베스 여왕의 진주 연출법을 배울 수 있다. 진주를 한 줄만 하거나 여러 겹을 할 때 왼쪽 가슴에 브로치를 하는데 사실 이러한 연출법은 매우 우아하면서도 클래식한 스타일로 1940~1950년대 여자들의 룩에서 많이 볼 수 있다.

나는 간혹 20mm 정도 크기의 모조 진주를 재미 삼아 할 때도 있다. 화이트 셔츠나 플레어스커트에 이 커다란 모조 진주 목걸이를 하면 유니크하면서도 세련된 리조트풍으로 변하게 된다. 그러나 진주를 가장 세련되게 연출한 여자는 누가 뭐래도 코코 샤넬이 아닐까 싶다. 블랙 재킷과 풀오버, 화이트 팬츠와 트위드 슈트에 컨버터블 스타일의 진주를 매치한 그녀의 스타일은 시간을 초월해 많은 여성들의 사랑을 받고 있다.

진주를 사랑했던 코코 샤넬

진주 목걸이 연출법

진주 목걸이는 모양에 따라 다양한 스타일 연출이 가능하다.

유니폼Uniform 일정한 크기로 이루어진, 가장 기본적인 스타일.

그래주에이션Graduation 가운데 중심에서부터 점차 작아지는 목걸이.

컨버터블Convertible 장식을 두 개 이상 사용하여 목걸이와 팔찌로 사용할 수 있는 스타일.

콤비네이션Combination 몇 개의 간격으로 큰 진주를 넣은 것.

트위스트Twist 여러 겹을 꼬아 만든 스타일.

스플렌더Splendor 한 알씩 페어 나가다 두 줄 이상으로 연결시킨 것.

갤럭시Galaxy 마치 뜨개질한 것같이 엮어서 레이스처럼 만든 것.

칵테일Cocktail 진주와 보석을 섞은 스타일.

진주 목걸이는 길이에 따라 포멀하거나 심플한 감성의 스타일을 연출할 수 있다.

초커 Choker 40cm 정도의 길이로 목에 딱 달라붙는 스타일. 가장 기본적인 포멀한 스타일이나 캐주얼한 스타일에 모두 어울린다. 나는 개인적으로 3mm의 가는 초커를 항상 하고 다닌다.

프린세스Princess 45cm 정도의 길이로 가장 기본적인 스타일.

마티네 Matinee 60cm 정도의 길이로 목선에서 조금 길게 떨어지는 여성스러운 스타일. 브로치와 함께 연출하거나 초커 또는 두께가 매우 가는 진주 목걸이와 레이어링해도 좋다. 낮 시간에 가장 어울리는 스타일.

오페라 Opera 초커의 두 배 정도 되는 80cm 길이로 가슴 약간 밑까지 내려오는 우아한 스타일.

로프 Rope 120cm 정도의 매우 긴 길이로 코코 샤넬이 즐겨 하던 스타일. 기본적인 화이트 셔츠나 라운드 네크라인의 니트 풀오버에 매치해도 단숨에 드라마틱한 분위기로 바꾸어 준다.

사랑보다 아름다운 유혹, 보석

나의 어머니가 말하길, 내가 태어나서 8일 동안 눈을 뜨지 않다가
처음 눈을 뜨게 되었을 때 쳐다본 것이 바로 결혼 반지였다고 한다.
나는 그때부터 반지에 완전히 매료되었다.
―엘리자베스 테일러

역시 엘리자베스 테일러는 태어날 때부터 남다르다. 태어나면서부터 다이아몬드 반지를 알아봐서인지 그녀의 일생은 언제나 많은 보석들과 함께였다. 그 유명한 69.42캐럿의 까르띠에 테일러 버튼 다이아몬드는 이제 전설 같은 이야기가 되어 버렸다. 엘리자베스 테일러가 당시 남편인 리처드 버튼에게서 선물로 받은, 달걀만 한 다이아몬드 목걸이를 하고 그레이스 켈리의 40세 생일 기념 파티에 나타난 이야기는 지금까지도 회자되고 있으니 말이다.

탕웨이의 손에 끼워진 다이아몬드 반지는 지독한 사랑만큼 빛났고, 서글픈 사랑만큼 아름다웠다. 영롱하게 빛나는 반지가 되돌아왔을 때의 양조위 눈빛은 가슴이 쓰라려 견딜 수 없을 정도였다. 탕웨이가 짧은 숨을 내뱉으며 바라보던 눈부신 6캐럿의 핑크 다이아몬드 반지는 그렇게 아름다움과 슬픔으로 빛나고 있었다.

애초에 보석이라는 것 자체가 화근 덩어리다. 김중배의 다이아몬드 반지부터 마틸드(모파상의 단편 소설 〈목걸이〉에 등장하는 여주인공)의 다이아몬드 목걸이까지, 보석의 빛은 사람의 마음을 홀려 놓고 말썽까지 일으키기도 한다. 탕웨이에게 여러 가지 복잡하고 혼란한 심정도 있었겠지만, 6캐럿짜리 핑크 다이아몬드가 동료들을 배신하게 만드는 결정타가 되는 것만 봐도 그렇다. 사실 호모 에렉투스가 땅바닥에서 발견한 원석을 주어 이마에 장식하던 그 순간부터 인류는 반짝이는 보석에 마음을 빼앗겨 버렸다. 보석이란 인류에게 기쁨과 함께 분노를 안겨 주기도 하고, 남녀 관계에 있어서는 사랑의 묘약이 되기도 하며 애증의 증표가 되기도 한다. 〈귀여운 여인〉에서 리처드 기어가 해리 윈스턴의 다이아몬드 목걸이를 상자에서 열어 보였을 때 줄리아 로버츠의 입은 말 그대로 귀에 걸렸다. 레니에 공이 도도한 그레이스 켈리에게 청혼을 할 때도 반클리프 앤 아펠의 진주와 다이아몬드가 박힌 목걸이를 목에 걸어 주면서였다.

여자들의 마음을 사로잡는 데 완벽한 큐피드 역할을 하는 보석이 언제나 행복한 결말을 맞이하는 것은 아니다. 헤어진 후 남겨진 보석은 반짝이는 빛만큼 가슴 깊숙이 상처를 남기기도 한다. 헤어진 뒤에 돌려주는 여인도, 돌려받는 남자도 반짝이는 빛 속에서 추억을 더듬게 되기 때문이다. 양조위에게 사랑의 정표를 돌려주어야 하는 탕웨이나, 한동안 화제가 되었던 벤 애플렉이 선물로 준 60캐럿짜리 핑크 다이아몬드 반지를 돌려주는 제니퍼 로페즈의 심정은 받았을 때의 기쁨보다 더한 슬픔이었을 것이다. 사랑을 담았던 다이아몬드는 그렇게 비수가 되어 가슴에 꽂힌다. 오
죽하면 영화 〈사관과 신사〉에서 사관생도가 사랑하는
여인에게 돌려받은 반지를 먹고 자살까지 했을까?

　나는 액세서리를 매우 좋아한다. 어떤 상황에서도 작은 액세
서리는 로보트 태권V만큼이나 커다란 위력을 발휘하기 때문이다.
낮에 머리를 질끈 묶고 일하다가 저녁 모임에 가게 됐을 때, 작은
액세서리 하나만 있으면 바로 변신이 가능하다. 화이트 셔
츠에 데님 팬츠를 입었다 하더라도, 진주 목걸이에 빨간 립
스틱 하나만 더하면 화려한 느낌으로 변한다. 블랙 니트 풀
오버와 스커트를 입었더라도 귀밑에서 달랑거리는 크리스털 귀고
리와 스모키 아이만 있으면 클럽에 갈 수 있는 룩으로 변한다. 더
군다나 부피도 작아서 언제나 내 가방 안에는 작은 귀고리와 반지
그리고 목걸이가 들어 있다. 크리스털부터 아크릴까지 그 소재와
디자인도 매우 다양하다.

　그런데 여러 종류의 액세서리를 그렇게도 좋아하던
내게 이상한 현상이 일어나기 시작했다. 바로 반짝반짝
빛나는 보석의 매력에 푹 빠져들고 만 것이다. 물론 아직
물방울 다이아몬드 같은 보석은 눈물방울을 뚝뚝 흘리며 멀리서
바라봐야 하지만……. 24세 생일에 24캐럿의 다이아몬드 반지를
선물 받은 패리스 힐튼은 아니어도, 한 작품이 끝날 때마다 자신에
게 보석을 선물한 경험이 있다는 배우 장미희가 아니어도, 손가락
위에서 반짝이는 작은 다이아몬드 반지 하나 정도는 가지고 싶다.
프린세스 컷으로 된 쇼메의 에메랄드 링이나, 앤티크 스타일의 로

즈 컷이 아름다운 미네타니의 다이아몬드 반지나, 핑크 펄 주위에 다이아몬드가 파베 세팅된 세인트 에티엔느의 반지가 내 머릿속에서 혹성들처럼 빙빙 돌고 있다. 마틴 루터 킹 목사가 들으면 어리석다 할지라도 나는 사랑하는 사람에게 보석을 선물 받고 싶은 꿈이 있다. 핑크빛 실크 태피터 소재의 드레스를 입고 'Diamonds are a Best Friend'를 요염하게 불러대던 마릴린 먼로를 요즘 들어 마음속 깊이 이해하게 되었다.

'그래, 적어도 보석은 남자에게 선물 받아야지. 내가 보석까지 사야겠어?'란 생각에 촬영용으로 빌려 온 보석을 침만 삼킨 채 바라보며 몇 번이나 참았던지. 두려움이 물밀듯이 밀려오면서도 반짝이는 것만 보면 가슴이 설렌다.

그러던 어느 날 나는 결국 일을 저지르고 말았다. 평상시 좋아하던 앤티크한 세팅과 모던함이 절묘하게 믹스된 미네타니의 반지를 끝내 내 돈 주고 구입한 것이다. 제니퍼 로페즈의 커다란 다이아몬드 반지는 아니지만 크리스털 속에 작은 다이아몬드가 세팅된 멋진 반지였다. 사실 그 반지를 구입하게 된 이유는 보석의 아름다움 때문도 있겠지만 반짝이는 것에서 왠지 모를 '행운'이 느껴졌기 때문이다. "잘했어. 사치의 개념을 떠나서 반짝이는 보석으로 인해 여자가 빛을 발휘할 때도 있어. 만약 중요한 일을 앞두고 있다면 하나 구입하는 것도 좋을 거야." 미적 감각이 뛰어난 고소영에게서 부적과도 같은 말을 들으니 왠지 안심이 됐다. 보석에 대한 심미안을 가지고 있는 메이크업 아티스트 이경민에게도 행운을 가져다주는 보석이 있다고 한다. "비디비치를 처음 홍콩에 론칭하러 갔을 때, 그리고 유럽에서 커다란 행사를 치를 때마다 나는 자수정이나 비취 같은 동양적인 보석을 착용했어. 그때마다 사람들은 보석이 아름답다며 나를 기억해 주기도 해서, 나름대로 일이 잘 풀렸지. 너에게도 행운을 가져다주는 보석이 분명 있을 거야'라는 그녀의 말을 들으니 내 반지가 더욱 반짝거리는 것 같았다. 아마도 반지의 요정이 내게 멋진 남자를 데려다 줄지도 모른다는 생각을 하니 가슴까지 설레어 왔다.

개인적으로 나는 손가락이 가려질 정도로 큰 칵테일 반지를 좋아한다. 최근 패리스 힐튼이나 빅토리아 베컴이 끼고 있는 큰 반지는 데님 팬츠와 티셔츠 같은 캐주얼 룩에도 잘 어울린다. 또한 라운드 컷보다는 사각형의 프린세스 컷이 클래식하면서도 에지 있어 보여 좋다. 〈섹스 앤 더 시티〉에서 타원형의 오벌 컷 다이아몬드를 사 온 에이든을 두고 사만다가 다이아몬드를 제대로 고르지 못하는 남자와는 결혼하지도 말라고 했던 부분에서 나는 물개처럼 박수를 쳤다. 그러나 라운드로 된 티파니의 기본형은 매우 우아하여 많은 여성들에게 사랑받는 아이템이기도 하다. 얼마 전 바니스 뉴욕 백화점의 보석 코너를 보면서도 느꼈지만 최근 들어서는 로즈 컷의 반지나 목걸이가 여러 곳에서 선보이고 있다. 기본적으로 밑 부분에 커팅이 많이 들어간 것과는 달리 로즈 컷은 표면에 커팅이 많이 들어가 다른 것에 비해 반짝임이 강하다. 그래서 자칫 유리 같은 광택으로 인해 사람들의 오해를 사기도 하지만 분위기 있는 앤티크 스타일로 마니아층까지 생겨나고 있다고 한다. 아르데코 시대에는 플래티넘을 많이 사용한 것에 비해, 요즘에는 18K 화이트 골드를 많이 사용한다.

최근에는 자신의 개성을 살린 유색 보석의 인기도 높아지고 있다. 벤 애플렉이 제니퍼 로페즈에게 선물하면서 유명해진 해리 윈스턴의 다이아몬드 반지는 핑크 컬러였다. 핑크 다이아몬드는 독특한 빛만큼 희소성이 높아 가격대가 매우 높다고 한다. 다이아몬드 같지만 가격대가 조금 낮은 보석으로는 사파이어나 코냑 다이아몬드, 강물처럼 맑은 토파즈나 아콰마린, 한국에서는 큐빅이라 불리는 지르코니아, 건강에도 좋다는 투르말린이 있다.

이렇게 아름다운 보석도 어떻게 매치하느냐에 따라, 혹은 어떻게 장식하느냐에 따라 분위기가 매우 달라진다. 〈이창〉에서 그레이스 켈리가 착용한 진주 목걸이나 〈화양연화〉에서 하이넥에 머리를 틀어 올린 장만옥의 귀밑에서 반짝이던 옥 귀고리, 〈안나 카레리나〉에서 소피 마르소가 했던 앤티크 스타일의 작은 유색 귀고리와 반지들은 상상만 해도 즐겁다.

물론 이러한 것들이 모두 파인 주얼리의 영롱한 빛으로 완성되기는 하지만 그렇다고 너무 아쉬워할 필요는 없다. 최근 들어 동대문 시장이나 백화점에서 파인 주얼리처럼 정교하게 세팅된 액세서리들을 판매하고 있다. 물론 진짜 보석이 주는 뿌듯함은 없겠지만 그래도 가끔은 즐길 만하다. 다이아몬드가 크리스털 안에 박힌 '모베상' 반지를 카피한 것도 종종 찾을 수 있다. "가짜 다이아몬드에서는 빛이 나오지 않아. 오직 진짜만이 반짝이지"라고 말했던 장 콕토가 들으면 기함할 일이지만 말이다.

내　손　안　의　비밀,　백Bag

당신의 모든 인생을 당신의 가방에 모두 넣을 필요는 없어요.
─주디스 리버(백 디자이너)

고양이나 꽃 등 다양한 그림을 크리스털로 장식한, 작지만 화려한 백으로 유명한 디자이너 주디스 리버의 말은 정말로 맞는 것 같다. 그러나 나는 언제나 내 삶을 모두 다 넣어 버릴 듯이 가방에 이것저것을 쑤셔 넣는다. 아직 운전을 못해 대중교통을 이용하는 나는 가방 안에 모든 것을 넣어야 할 때가 많은데, 때로는 발이 아플 때를 생각해서 납작한 신발까지 넣는다. 어디 여행이라도 떠나듯이 무겁게 짐을 넣으면 가방은 배가 부르다고 난리다.

그런데 이 짓도 못하게 되었다. 디자인이 세련되어질수록 가방들은 점차 엄청나게 무거워지고 있기 때문이다. 한 패션 잡지에서 가방들의 무게를 측정한 글을 읽은 적이 있다. 어떤 가방들이었는지 확실하게 기억은 나지 않지만, 무겁기로는 강

242

호동 부럽지 않은 것들로만 모았었다. 그중에 1, 2위가 끌로에의 패딩턴 백과 멀버리의 록산느 백이었다. 특히 패딩턴에 달려 있는 자물쇠 장식은 처음 봤을 때는 빈티지스럽고 멋있었는데, 이제는 그 무게 때문에 두렵기까지 하다.

여행을 떠날 때, 스트라이프 티셔츠에 베이지색 치노 팬츠를 입고 버버리 프로섬의 빅 백을 들고 가면 멋있을 거라고 생각했지만 막상 들고 갔다가 어깨가 빠질 뻔했다. 노트북부터 수첩, 먹을 거리처럼 잡다한 것까지 모두 넣고 다니는 내겐 가벼운 가방이 필요하다. 이제는 여행을 떠날 때 갭에서 구입한, 포대 자루처럼 크지만 얇은 가죽으로 만들어진 가방이나 랄프 로렌의 캔버스 소재의 천 가방을 들고 간다.

나는 개인적으로 모양이 확실한 토트 백을 좋아한다. 여름에 가벼운 캐주얼 의상

을 입거나, 니트 풀오버의 정숙한 옷을 입을 때는
셀린느의 부기 백을 들어 주고, 네이비와 회색으
로 매치한 프레피 스타일을 연출할 때는 버버리
프로섬의 체크 패턴 가방을 들어 준다.

　　임신을 해서 살짝 배가 부른 사라 제시커
파커는 타월지로 된 초록색 미니 드레스에 빨
간색 스틸레토를 신고, 파란색 벌킨 백을 들었
는데, 자칫 신호등같이 될 뻔한 색상 조합을 과감하게 매치시켰다.
약간 루스하면서도 아방가르드한 스타일을 즐겨 입는 엄정화는 부
드러운 가죽 소재의 커다란 백을 자연스럽게 메고, 깔끔하면서도
사랑스럽게 연출하길 좋아하는 장윤주는 하얀색 가방을 소재별로
즐겨 든다. 얼마 전 집에 놀러 온 그녀는 비비드한 아메리칸 어패
럴의 티셔츠에 카키색 점퍼를 입고 미우미우의 하얀 백을 들고 있
었는데, 어찌나 예쁘던지 문 앞에서 들어오지도 못하게 한 채 사진
을 찍어 댔다.

　　파티 같은 행사에는 커다란 가방을 그대로 들고 가는 것보다
는 컬러풀하거나 화려한 크리스털 장식이 있는 클러치 백(장식이
없는 심플한 것이어도 좋다)을 들어 주면 기본 톱과 스키니 팬츠 혹
은 원피스여도 그 분위기가 크게 달라진다. 또한 샤넬의 2.55나
그것에서 영감을 받은 듯한 체인 백을 들어 주면 매우 스타일리시
하게 변할 수 있다. 기본적으로 레오퍼드 프린트를 좋아하는 나는
가방도 예외는 아닌데, 최근에는 '시크릿 퐁퐁'에서 나온 벌킨 백
스타일의 레오퍼드 프린트 백을 열심히 들고 다녔다. 한겨울 패딩

점퍼나 데님, 스니커즈도 세련되게 만들어 주는 다재다능한 녀석
이다.

　그러나 정말로 똘똘한 녀석은 그레이스 켈리의 볼록해진 배
를 멋지게 가려 준 켈리 백이다. 이 이야기는 너무 많이 회자되어
모르는 이가 없겠지만, 들을 때마다 멋지고 그 장면이 찍힌 사진을
볼 때마다 부러움에 가득 차게 된다. 언젠가는 가방에 아기 용품을
가득 넣고 다니는 아기 엄마가 될 내 모습을 꿈꾸며, 나는 오늘도
아기 기저귀 가방만큼 무거운 백을 들고 일하러 나간다.

I Want This···, Now!

트렌드 아이콘인 제인 버킨이 들고 다니던 백을 보고 영감을 받아 만들었
다는 에르메스의 벌킨 백을 원한다. 회색 니트 풀오버를 세련되게 입고
머스터드 색상의 벌킨 백을 들어도 좋을 것이고, 화이트 셔츠에 회색 벌
킨 백을 들어 주면 모던해 보일 것이고, 스트라이프 티
셔츠에 스키니 팬츠를 입고 빨간색 벌킨 백을
들어 주면 너무 흥분해서 기절할지도 모른다.
내게 있어 벌킨 백은 정우성보다 매력적이고,
브래드 피트보다 듬직하고, 조니 뎁보다 섹시
하다. 그런 이유로 나는 벌킨 백을 원한다.

아이콘이 되어 버린 백

샤넬Chanel '2.55퀼팅 백' 1955년 2월 데뷔. 양가
죽과 체인으로 된 샤넬의 대표적인 백으로, 데님까지
도 세련되게 만들어 버리는 만병통치약과도 같다.

구찌Gucci '**재키**Jackie **백**' 1970년 초 데뷔. 재클린 케네디가 들어 유명해진 이 백은 2002년 호보 스타일로 부활했다.

보테가 베네타 Bottega Veneta '**베네타**Veneta **백**' 1966년 데뷔. 감자를 넣고 다니는 자루 모양으로 생겼지만 가격은 엄청나게 비싸다.

에르메스Hermes '**벌킨**Birkin **백**' 1984년 데뷔. 에르메스의 후손이자 전 CEO였던 장 루이 뒤마 회장이 비행기에 탄 제인 버킨의 가방에서 영감을 얻어 만든 백.

크리스찬 디올 Christian Dior '**레이디 디올**Lady Dior **백**' 1995년 9월 데뷔. 다이애나 비가 들고 다닌 후부터 레이디 디올이라는 이름을 얻게 된, 그야말로 공주같이 아름다운 백.

펜디Fendi '**바게트**Baguette **백**' 1997년 가을 데뷔. 처음 나왔을 당시 여성들에게 폭발적인 인기를 얻어 제과점에 널려 있는 바게트 빵보다 더 많이 볼 수 있었다.

프라다Prada ‘볼링Bowling 백’ 1999년 가을 데뷔. 가죽과 캔버스 천으로 디자인된 이 백은 일하는 여성에게 완벽한 백이다.

루이비통Louis Vuitton ‘무라카미Murakami 백’ 2003년 봄 데뷔. 스티븐 스프라우스의 그라피티 백이 폭발적인 반응을 얻은 뒤에 나온 백으로, 알록달록한 그림이 그려진 모노그램 백을 내 어머니도 행복해하며 들고 다녔다.

루이비통Louis Vuitton ‘스피드Speed 백’ 가장 많은 ‘짝퉁’이 생산되었을 정도로 많은 이들에게 사랑받는 클래식한 보스턴 백인 스피드는 스티븐 스프라우스나 무라카미 등에 의해 새로운 모습으로 계속해서 선보이고 있다.

크리스찬 디올Christian Dior ‘새들Saddle 백’ 2000년 여름 데뷔. 보면 볼수록 매력적인 이 백은 나의 스타일과는 어울리지 않지만, 언제나 들어보고 싶은 백이다.

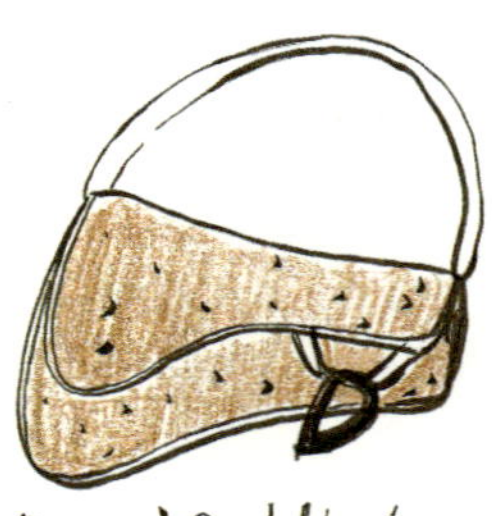

스타일 데커레이션, 모자

프레타 포르테 컬렉션에 가면 항상 눈에 띄는 인물이 있다. 바로 '안나 피아지'라는 노장의 스타일리스트인데, 그녀는 디자이너들의 뮤즈이다. 젊은 시절 이탈리아판 〈보그〉의 패션 에디터였던 그녀는 사실 걸어 다니는 패션사 박물관이자 예술 작품과도 같다. 똑같은 펜디의 트렌치코트라도 그녀는 상상조차 할 수 없는 다양한 브랜드를 섞어 자신만의 스타일로 만들어 버린다.

그런 그녀의 연출법에서 가장 눈에 띄는 것이 바로 모자다. 다양한 크기와 색상의 페도라를 비스듬히 착용하고(한쪽 눈은 항상 보이지 않는다), 옷에 맞춰 지팡이를 들기도 한다. 그녀는 언제나 패션쇼 장의 맨 앞자리에서 예의 뽐

내는 표정으로 홀로 앉아 있는데, 앙드레 김처럼 늘 사람들의 시선을 끈다. 짙은 화장을 뚫고 나올 정도로 비현실적인 그녀의 스타일은 〈이상한 나라의 앨리스〉에 나오는 카드 나라 여왕도 무릎을 꿇을 정도다.

프레타 포르테 컬렉션에 가게 되면 안나 피아지 외에 멋진 모자로 눈에 띄는 또 한 명의 여성이 있었으니, 지금은 고인이 된 '이사벨라 블로'다. 미국판 〈보그〉의 편집장 안나 윈투어의 어시스턴트로 시작해 영국의 젊은 패션 디자이너와 모델들을 발굴해 내는 대모가 되어 세계 패션계에 영향을 끼쳤던 이사벨라 블로의 트레이드마크는 바로 모자였다. 그녀는 모자 디자이너 필립 트레이시가 제작한 아름답고 조형적이며 독창적인 모자를 즐겨 착용했는데, 2007년 5월 48세의 나이로 요절했다. 컬렉션 장이나 파티에서 몇 번 보았던 그녀를 마지막으로 보게 된 것은 폴 스미스의 컬렉션에서였다. 긴 드레스 위에 피코트를 입고 역시 깃털 장식의 모자를 착용한 그녀는 특유의 음울한 표정으로 계단을 오르고 있었다. 지금 생각해 보면 참으로 묘한 아름다움이 풍겼던 여인이었다. 과장될 정도로 화려한 안나 피아지와는 달리 섬세하고 우아한 감성까지 느껴졌던 이사벨라 블로를 추모하며, 2008년 봄/여름 컬렉션에서 알렉산더 맥퀸(데뷔 당시 이사벨라 블로가 그의 컬렉션을 모두 사 들이며 일약 스타 디자이너가 되었다)은 나비가 잔뜩 달리거나 수학

기호처럼 생긴 필립 트레이시의 모자를 모델에게 씌웠다. 그리고 평생 모자를 사랑한 그녀의 장례식에 온 조문객들은 너 나 할 것 없이 아름다운 모자를 착용하여 그녀의 죽음을 애도했다.

사실 구두가 스타일의 마지막 단계라고 한다면, 모자는 아름다운 케이크 위에 마지막으로 올려지는 데커레이션과도 같다. 지금이야 장식용으로 모자가 많이 착용되지만 예전에는 예절의 필수 아이템이기도 했다. 로맨틱한 캐리 그랜트나 그레고리 팩은 물론이고, 바람둥이 역할의 클라크 게이블이나 반항아 제임스 딘도 모자를 착용하여 예의를 갖추었다. 모자 하나로 강한 인상을 준 인물들도 많다. 〈티파니에서 아침을〉에서 커다란 챙 모자를 쓰지 않은 오드리 헵번을 상상할 수 없고, 페도라를 쓰지 않은 인디애나 존스를 상상할 수 없다.

모자를 유난히 좋아했던 나는 20대 때 일년 내내 모자를 쓰고 다녔을 정도였다. 기본적으로 베레모를 좋아했던 나는 가을과 겨울에는 펠트지로 된 베레모를, 봄여름에는 면이나 리넨으로 된 베레모를 언제나 쓰고 다녔다. 유학 시절부터 30대 초반까지 거의 매일 쓰고 다녔던 베레모로 인해 지금의 〈바자〉 편집장과도 친분이 생겼을 정도다. 꽤 오래전의 일로, 그녀가 〈보그〉 패션 에디터였던 시절 나의 모자를 취재하면서 친분이 두터워지기 시작했다.

평상시에 즐겨 착용하던 것은 베레모였지만 가끔은 챙이 넓은 펠트지의 모자나 러시아인들이 쓰고 다녔을 것 같은 털모자를 쓰고 다닐 때도 있었다.

그런데 문제는 그때마다 왜 그렇게 대중교통을 이용했는지, 그리고 그때마다 빈자리를 찾겠다고 지하철이나 버스 안을 왜 그렇게 헤매고 다녔는지 모르겠다. 레오퍼드 프린트의 모자를 쓰고 털 코트를 입거나, 〈은하철도 999〉의 메텔처럼 블랙 컬러의 털모자에 화이트 컬러의 롱 코트를 입고 지하철의 앞 칸부터 뒤 칸까지 걸어가면 사람들이 곁눈질로 내 모습을 흘끔거리기에 바빴다.

기억에 남는 불후의 명작에서도 여주인공은 모자를 쓰고 있다. 〈바람과 함께 사라지다〉에서 비비안 리가 그랬고, 〈보니 & 클라이드〉에서 페이 더너웨이가 그랬고, 〈애니홀〉에서 다이앤 키튼이 그랬다. 그리고 유명한 〈셜록 홈스〉의 모자와 〈사우스 파크〉에서 등장인물 모두가 착용한 컬러풀한 모자까지 있다. 더군다나 〈연인〉에서 제인 마치가 그저 양쪽으로 머리를 땋고 루스한 실루엣의 원피스를 입는 것으로 끝났다면, 그녀의 룩은 두고두고 회자되지 않았을 것이다. 롤리타와도 같이 소녀스러운 제인 마치가 쓰고 있던 것은 귀여운 베레모나 밀짚모자가 아닌 남성용 페도라였고, 그 상반된 이미지로 인해 두고두고 그 룩이 화제가 되었던 것은 아닐까?

내게 있어 모자는 단지 해를 가리거나 추위를 막아주는 기능성이 아닌, 그레타 가르보같이 세련되면서도 우아하게 변할 수 있다는 가능성을 주는 아이템이다. 더군다나 얼굴이 작아 보이는 효과까지 있으니 어찌 모자를 사랑하지 않을 수 있겠는가.

밀라노의 Via Della Spiga 거리에 있는 모자 가게

은밀한 구두의 매력

하이힐은 당신의 종아리를 당겨 주면서 다리를 늘려 줄 것이다.
그러나 키튼 힐(앞은 뾰족하지만 굽이 낮은 구두)은 당신을 슬럼프에 빠뜨릴 것이다.
—빅토리아 베컴

〈반지의 제왕〉에서 호빗족들이 사는 아름다운 샤이어 마을이 등장한다. 3편인 〈반지의 제왕 : 왕의 귀환〉 마지막에서 샘과 프로도가 지쳐 쓰러져 샤이어의 아름다운 풍경을 그리워할 때 나도 그곳을 그리워했고, 험난한 여정을 마치고 고향으로 돌아갔을 때는 감격스럽기까지 했다. 아름다운 샤이어 마을은 싸움도 없고, 슬픔도 없고, 심지어 노화도 매우 늦다. 그런데 이렇게 완벽한 마을임에도 나는 살아 보고 싶다는 생각이 들지 않는다. 왜냐하면 샤이어 마을의 호빗족들은 구두를 신지 않기 때문이다.

지난가을, '엘르 홍콩 어워드'에서 주체하는 파티에 초대받아 배우 김아중과 함께 홍콩에 갔을 때의 일이다. 일정을 끝낸 다음 날, 명품 숍이 즐비한 캔턴 로드로 쇼핑을 갔다. 다른 나라에 비해 제품의 종류도 많고 가격도 저렴한 홍콩에서의 쇼핑에 한껏 들떠 있으면서도 가슴 한구석에선 두려움이 밀려오기 시작했다. 출장이나 여행을 갈 때마다 순간적인 아름다움에 빠져 신지도 않을 구두를 사 오는 습관이 있기 때문이다. 나의 이러한 습관으로 인해 만원 버스처럼 빽빽하게 들어찬 신발장과 거기로 모자라 베란다까지 점령한 구두들을 보며 얼마나 한숨지으며 곤혹스러워 했던가! 그런 이유로 최근에는 아예 구두 매장에 가더라도 신어 볼 생각도 하지 않고 눈을 감아 버린다.

그러나 미우미우 매장에서 본 핑크와 오렌지 컬러가 사랑스러운 메리제인풍의 라운드 토 스틸레토와 핫 핑크 컬러의 핀 힐 스틸레토가 나를 보며 이렇게 속삭이고 있었다. "나를 보세요. 나 예쁘지 않아요?" 나는 더 이상 참을 수 없어 점원에게 이렇게 말했다. "이거하고 저거, 그리고 그것도 주세요!" 도대체가 남자의 유혹에는 귀머거리 삼 년의 며느리처럼 그렇게 요지부동으로 움직이지 않으면서, 스틸레토의 유혹 앞에서는 왜 그렇게 모래성처럼 쉽게 무너지는지 모르겠다.

뉴욕에 촬영 갔을 때의 일이다. 일정을 끝내고 간 바니스 뉴욕 백화점에서 나는 눈물 없이는 볼 수 없는 아름다운 힐을 발견했다. 최근 굉장한 인기를 얻고 있는 스페인 디자이너 주세페 제노티의 것으로, 옆에서 보면 살짝 웨지 힐이고 뒤에서 보면 끊어질 정도로 가는 메리제인풍의 오픈 토 스틸레토였다. 아찔할 정도로 아름다운 라인의 이 스틸레토는 페이턴트 소재로 나의 마음을 완전히 사로

잡았다. 그러나 구두를 더 이상 사지 않겠다는 결심 때문에 한동안 망설이자 옆에서 보고 있던 배우 고소영이 말했다. "병나겠다. 내가 선물할게." 본의 아니게 그녀에게 부담을 주었지만 호텔로 돌아온 나는 사랑스러운 스틸레토를 신은 채 잠이 들었다.

사실 눈에 들어온 구두는 나를 절대 실망시키지 않지만, 굳은 결심을 하고 구입해서 돌아오게 되도 정작 신을 일이 별로 많지 않다. 언제나 촬영장에선 스니커즈를 신고 다니기 때문에 스틸레토는 저녁 외출 때만 잠깐 반짝이게 되는 것이다. 그러나 어쩌겠는가. 애지중지 아끼는 자식처럼 그렇게 하이힐들을 바라보기만 해도 흐뭇하니……. 영화 〈당신이 그녀라면〉에서 사고뭉치 동생인 카메론 디아즈가 변호사 언니인 토니 콜레트의 지미추 스틸레토를 신고 엉망으로 만들어 놓았을 때, 나의 가슴도 미어지는 듯했고 영화 속 여주인공과 함께 분노하기까지 했다.

《연애와 결혼의 원칙》이라는 책을 보면 구두에 대한 재미있는 이야기를 발견할 수 있다. 사랑을 발견하고부터 결혼에 이르기까지 꽤 상세하게 기록된 이 책의 저자에 따르면, 직장을 얻으려 할 때 많은 정보를 얻는 것처럼 사랑을 원할 때도 많은 노력이 필요하다고 한다. 저자는 말하는 방법, 태도 등과 함께 '매력적인 옷차림'에 대해서도 언급했는데, 구두에 대한 부분이 나의 눈길을 끌었다. "힐이 있는 구두를 신으면 더욱 매력적으로 보인다. 약간 올라가는 굽이 종아리를 강조하고, 우아한 각선미를 만들어 준다." 그리고 이어서 중요한 것을 말했다. "쉽게 벗고 신을 수 있는 신발을 신어라. 이것이 남자의 상상력을 자극할 것이다!" 나는 저자의 말에 100%, 아니 그 이상 동의한다. 늦게 시작한 나의 연애 경험을 통해서도 그 사실을 깨달을 수 있었기 때문이다.

동서양과 시대를 막론하고 대부분의 남자들은 납작한 구두나 스니커즈를 신은 여자보다 하이힐 신은 여자에게 매력을 느낀다. 제아무리 트렌디한 분야에서 일하는 남자라 해도 여자의 발에는 유행을 앞서가는 독특한 구두보다 아찔하게 정신을 빼놓을 만큼 아름다운 하이힐이 신겨져 있기를 바라는 것이다.

얼마 전 케이블 TV를 보면서 재미있는 말을 들었다. 쿨케이와 구두 디자이너들이 구두에 대해 이야기하던 중이었다. 구두 디자이너들은 한결같이 독특한 디자인의 구두를 예찬하고 있는데 쿨케이는 앞코가 날렵하게 빠진 검정색 펌프스를 선호한다는 것이다. 최근 인터넷 쇼핑몰도 운영하면서 트렌드세터로 등극한 그였기에 그 말이 놀라웠지만, 그의 다음 말은 더욱 흥미로웠다. "이런 기본 펌프스를 보면 긴 생머리의 아름다운 여자를 보는 것 같아요."

발 치료 전문의이며 의학박사인 윌리엄 로시는 《에로틱한 발》에서 이렇게 말했다. "발은 에로틱한 신체 기관이고 신발은 그 발을 보호하는 섹슈얼한 씌우개다. 그것은 발 본유의 에로틱한 특성을 보호해 주는 성적인 보호구이다. 따라서 신발 산업은 에로틱한 발을 돋보이게 하는 예술 분야가 된다." 인류가 진화해 직립 보행을 하게 되면서부터 성감대가 만들어졌다고 한다. 또한 직립 보행을 하게 되면서부터 볼록한 가슴과 엉덩이 그리고 성기도 바로 볼 수 있게 되었다. 심장부터 생식기관까지 연결되어 있는 인간의 발은 에로틱한 기관이고, 자연스럽게 하이힐은 섹슈얼한 보호구가 된다는 것이다. 지크문트 프로이트도 이렇게 말했다. "발은 아주 원시시대부터 남근의 상징이었다. 따라서 신발이나 슬리퍼는 자연스럽게 음문의 상징이 되었다." 이런 이유로 남자들은 하이힐 신은 여성을 바라보며 사디즘과 마조히즘까지 느낄 정도로 에로틱해지는 것일까? 하이힐은 실용적인 용도를 떠나서 아찔하게 생긴 그 모양부터 걸음걸이까지 풍부한 상상력을 일으키게 만든다. 너무나도 많이 회자되어 유명해진 마릴린 먼로의 일화도 그렇다. 그녀가 섹시함의 대명사가 되어 버린 것은 바로 그녀의 걸음걸이 때문이었다. 영화 〈나이아가라〉에서 사이즈가 서로 다른 하이힐을 신은 그녀는 뒤뚱거리며 걸을 수밖에 없었고, 이 걸음걸이는 엉덩이를 묘하게 흔들게 하여 그녀를 일약 세계적인 섹시 스타로 만들어 주었던 것이다.

영화 〈베오울프〉에서 안젤리나 졸리는 '물의 악녀'로 등장한다. 그런데 재미있는 점은 꼬리까지 달린 황금빛 전라이면서도 그녀의 발에는 하이힐이 신겨져 있다는 것이다. 아니, 더 정확하게 표현하자면 맨발에 스틸레토가 날카롭게 자라 있었다. 강력한 분위기를 연출하기에 '맨발'은 역부족이었

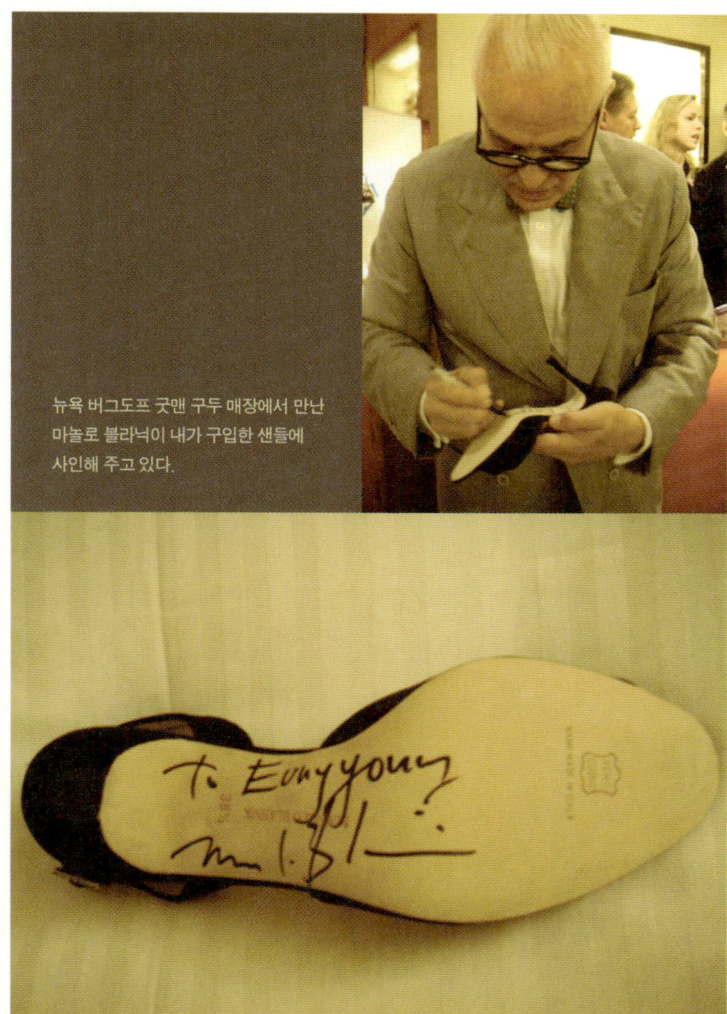

뉴욕 버그도프 굿맨 구두 매장에서 만난
마놀로 블라닉이 내가 구입한 샌들에
사인해 주고 있다.

던 것이다. 이렇듯 하이힐은 여성성을 가지면서 성적 매력을 발산하는 원천지가 된다. 〈섹스 앤 더 시티〉에서 샬롯의 예쁜 발에 구두를 신기고 싶어 애절하게 부탁하고, 구두를 신기면서 오르가슴을 느꼈던 점원의 이야기는 조금 과장되었을지 모르지만 어느 정도 맞는 말이다. 남자들은 여자들이 하이힐 벗는 것을 속옷 벗는 것만큼 은밀하다고 느껴, 하이힐을 신겨 주는 행동을 통해 희열을 맛보는 듯하다. 남자들은 이 희열감 때문에 자신이 직접 하이힐을 벗겨 주거나 신겨 주고 싶어 안달하는 것 같다. "내가 신겨 주면 안 될까?"라는 말을 나도 몇 번 남자에게 들었고, 그때마다 남자들의 얼굴엔 신데렐라의 왕자라도 된 것 같은 기쁨과 승리감의 표정이 떠올랐기 때문이다.

지금이야 팝의 여왕으로 군림하게 되었지만 과거에는 린제이 로한이 근처에도 못 갈 최고의 'Bad Girl'이었던 마돈나 또한 이렇게 말했다. "나는 섹스보다 하이힐이 더 좋아요"라고.

하이힐의 매력은 손수건을 떨어트리고 가는 어우동보다 더 요염할 때가 있다. 하이힐의 매력은 앞에서보다 뒤에서 볼 때 강하다. 뒤꿈치에 리본이 달리거나 굽에 크리스털이 장식된 수콤마 보니의 스틸레토는 큰 위력을 발휘하기도 한다. 여자의 앞모습은 아름답게 화장한 얼굴이나 깊게 파인 가슴에 눈이 갈 수 있지만 걸어가는 그녀의 뒷모습은 엉덩이부터 내려와 잘빠진 스틸레토 굽으로 이어질 때 더욱 섹시하다. 그런 이유로 많은 여성들이 자신을 섹시하게 보이고 싶을 때나 아름답게 보이고 싶을 때, 그리고 우아하게 보이고 싶을 때 그 성향에 맞는 구두를 찾으러 원정을 나서게 되는 것이다. 구두를 보면 그 사람의 신분, 배경과 함께 성격까지도 알 수 있다. 구두를 어떻게 신었는가에 따라 조심스러운지, 덜렁거리는지 알 수 있다. 내성적이고 소극적인 사람은 아찔할 정도의 스틸레토를 구입하지도 않는다. 또한 젊은 여성이 '사스(효도 신발이라고 불릴 정도로 편한 건강 신발)'를 사 신는 일도 거의 없다. 그러니 구두를 통해 연령을 포함한 그 사람의 모든 것을 알 수 있다는 말에 나는 전적으로 동감하는 것이다.

옷은 구두가 만든다는 말이 있다. 화이트 셔츠에 블랙 팬츠를 입더라도 구두의 스타일에 따라 그 분위기는 전혀 달라진다. 잘생긴 블랙 로퍼를 신고 빅터 앤 롤프의 뿔테 안경을 쓰면 지적이면서도 전문적인 분위기가 난다. 이때 입술을 붉은색으로 칠해 주면 세련된 분위기를 연출할 수 있다. 또한 실버 메탈 구두와 실버 액세서리를 매치시키면 도시적인 이미지를 연출할 수 있는데, 이때 캘빈클라인의 향수 'One'을 뿌려 주면 더욱 모던해질 것이다. 그리고 리본 장식의 사랑스러운 스틸레토를 신고 진주 목걸이와 귀고리를 하고 포니테일로 머리를 틀어 올리면 여성스러우면서도 고급스러운 '업 타운 걸'이 된다. 이렇듯 똑같은 스타일 하나에 어떤 스타일의 구두로

마무리를 하느냐에 따라 분위기를 자유자재로 바꿀 수 있는 것이다. 출장을 갈 때도 마찬가지다. 무거운 짐이 부담스러울 경우 데님 팬츠와 다른 스타일의 구두 세 켤레 정도, 그리고 구두에 맞는 액세서리를 챙겨 가는데, 하이힐만으로도 트랜스포머처럼 변신이 가능하게 된다. 그런 이유로 나는 스타일링에 있어 하이힐을 매우 중요하게 생각한다. 그리고 언제나 하이힐을 신고 있을 때 사랑이 시작되었다.

구두의 종류

wedge

웨지 힐

stack heel

스택 힐

oxford

옥스퍼드 힐

knee hight boot

니 하이 부츠

lace up sandal

레이스 업 샌들

Mocassin

모카신

pin heel stiletto

핀 힐 스틸레토

kitten heel ankle Boot

키튼 힐 앵글 부츠

mule

뮬

flat

플랫 통

long Boot

롱 부츠

pumps

펌프스

Ballet flat pumps

발레 플랫 펌프스

thong sandal

통 샌들

스타일을 즐기세요

《스타일 북》에서 나는 '어떻게 옷을 입는가'보다 '왜 입어야 하는가'에 대해 이야기했다. 어떤 식으로 옷을 입는지에 대한 책은 해외에도 이미 많이 나와 있지만 '왜' 입어야 하는지에 대해서 말해 주는 책은 없었고, 스타일리스트로 활동하면서 '왜'에 대해 아는 것이 중요하다고 느꼈기 때문이다. 그리고 나의 추억 속에서, 혹은 나의 삶 속에서 느꼈던 스타일의 중요성을 알리고 싶었다. 스타일은 사치가 아닌, 인생이고 사랑이고 즐거움이라는 사실에 대해서.

《스타일 북, 두 번째 이야기》에서 나는 '어떻게 입어야 하는가'와 함께 '어떻게 조화로운 발상을 할 수 있는가'에 대해서 말하고자 했다. 오랜 시간 옷을 입고 입히다보니, 이 세상에 서로 어울리지 않는 색상이나 스타일은 없다는 사실을 깨달았다. 흔히 사람들은 이렇게 이야기한다. "빨간색과 어울리지 않는 색상은 무엇인가요?", "분홍색을 입으면 공주처럼 되는 것 아닌가요?", "이 블라우스에 어떤 스타일을 입어야 하나요?"라고. 하지만 모든 색상은 서로 어울리며, 모든 스타일 또한 공존할 수 있다. 단 어떤 식으로 조화롭게 연출하느냐의 문제인 것이다. 분홍색이라고 해서 모두 공주가 되는 것은 아니다. 어떤 머리 스타일과 메이크업을 했느냐,

어떤 디자인을 입었느냐, 어떤 비율로 입었느냐에 따라 공주의 전유물일 것 같은 분홍색이 가장 모던하게 변할 수도 있다.

그리고 가장 중요한 것은 마음가짐이다. 매번 말하지만 당당하고 즐겁게 스타일을 즐겨야 한다. 제 아무리 명품 드레스나 다이아몬드 반지라도 주인의 마음이 우울하다면 귀신같이 알고 그 빛을 잃는다. 평범한 화이트 셔츠도 여유롭고 자신감 있는 사람이 입으면 멋있어 보인다. 무엇을 입고 어떻게 행동하는가에 따라 '자신만의 스타일'이 결정되는 것이다.

해야 할 이야기는 아직 많은데 다 못한 것 같고, 알기 쉽고 재미있게 쓰고 싶었는데 두서없이 쏟아낸 것 같아, 마지막 이야기를 정리하면서 마음이 못내 아쉽다. 조금이라도 더 친절하게 이야기하고 싶은 간절한 마음으로 써내려간 글이 군더더기 많은 잡다한 이야기가 될까봐 두렵기도 하다. 머릿속에서 맴돌던 말들을 글로 정리하는 것은 언제나 어렵다. 하지만 생각지도 않게 받은 독자들의 크나큰 사랑에 보답하기 위해 정성껏 이 책을 썼다. 이 자리를 빌려 독자들에게 진심 어린 감사의 마음을 전하고 싶다.

패션은 느낌이다. 그 어떠한 이유도 존재하지 않는다.
―크리스찬 디올